本书由中共上海市委党校（上海行政学院）
学术著作出版基金资助出版

从"背离"到"互构"

制度实践的行动逻辑

包 艳 著

上海三联书店

目　录

第一章

绪　论

> ■　论题是件公共事务，事实上，一个论题往往包含了制度安排中
> 的某个危机，或是马克思主义者所说的"矛盾"或"对立"。
>
> ——C·赖特·米尔斯

第一节　研究的缘起

　　制度①作为社会学理论的基本概念，从社会学建立的那天起就具有很重要的地位，在社会学发展史上产生了较为丰富而积极的制度研究成果，制度同时也是经济学、历史学、政治学等社会科学的重要分析单位。关于制度的概念，并不是一个很容易回答的问题，在制度分析史上也很难找到一个统一的答案，但是并不是说对制度有完全不同的理解，总体来讲，社会科学家对制度有一个共同的认识，概括而言，所谓的制度就是行为的规则和方式，他们认为制度是指人们在行为中所共同遵守的办事规程和行为准则，更通俗地讲，制度就是

---

①　制度，是社会科学理论基本的概念，但是至今也没有统一的定义，在英文中，"system"与instituion两个词都可以理解为制度，但是二者在词义上又存在一些差别，如"system"有系统、体系、体制、秩序、规律、方法等含义；而"instituion"则指相对微观的、具体的制度。需要说明的是西方经济学中的制度都使用"instituion"而不使用"system"。本文不打算就这个问题展开自己的讨论，因为这是对不同语言涵义的考察，但是并不是说这一个争议的概念不能进入社会学的视野，制度从古典社会学家那里开始就成为社会学理论的基本概念。本文在文献综述中，基于社会学对新制度经济学的回应而作出的大量研究，得出对制度的总体理解，本文认为"制度"就是人类行为的规范或约束规则的总称。

社会成员的行为规范和共同认可的模式。就一个社会而言，其中任何一个个人、组织、社团，甚至包括政府都生存在特定的制度体系中，受其束缚，受其制约。从制度存在的形式来看，制度包括可辨别的正式制度和难以辨别的非正式制度。前者主要指现实中各种正式的、成文的、微观的制度，例如宪法、法令、产权、契约等，而后者则指各种不成文的、没有上升为国家意志的、不受国家法律保护的制度，例如道德观念、意识形态、习俗、惯例等。

　　二战后，由于受到科学主义①的影响，西方经济学和政治学普遍忽视了制度分析在解释经济与政治现象过程中的地位和作用，但是进入 20 世纪 70、80 年代，在主流经济学和主流政治学领域内兴起了重视制度分析的新的研究取向——新制度主义②。20 世纪 90 年代以来，新制度主义这一新的制度分析范式得到了进一步扩展，"这对

----

① 科学主义是近代西方占主导地位的哲学思潮。它既是一种科学观，也是一种文化观。一般认为，科学主义包括以下两方面内容：1、自然科学知识是人类知识的典范，它可以推广用以解决人类面临的所有问题；2、自然科学的方法应该用于包括哲学、人文学科在内的一切研究领域，并规范这些学科的内容。科学主义的科学观具有重大的局限性，这在逻辑实证主义者身上可见一斑，例如：他们只重视科学的逻辑，而严重忽视了科学赖以产生和发展的人文背景。在逻辑实证主义的视野里，似乎存在着一种超越历史、永恒不变的科学理论结构和科学进步模式；他们只强调科学的实证精神，而忽视了人的创造精神和创新精神；他们强调科学与人文两个世界的截然区分，而忽视了科学与人文文化的关联和科学的人文意义和人文价值。此外，科学主义的科学观将科学视为人类文化独一无二的优秀典型，认为艺术、宗教、哲学等其他的人类文化形式都应该且将要纳入科学发展的轨迹，这一思想也成为众多人类学家和社会学家的批判对象。参考范中、寇世琪，《试析科学主义的产生和发展》，《自然辩证法研究》，1994 年。孟建伟，《论科学的人文价值》，北京：中国社会科学出版社，2000 年。

② 新制度主义之所以是"新颖的"，在于它与传统的或旧的制度主义相比，具有了一些新的特征：如对制度的理解更为宽泛，即扩展了制度概念的外延，甚至具有将制度概念普遍化的倾向；不是简单地假定制度的存在，且泛泛地谈论制度的地位和作用，而是尝试解释制度，研究制度的起源及其内在机制，制度的变迁及其动力，制度的绩效。简言之，新制度主义就是在解释制度与个人行动之间的互动关系。参考董才生，《论制度社会学在当代的建构》，《江苏社会科学》，2006 年第 3 期。豪尔、泰勒将新制度主义分为：理性选择制度主义、历史制度主义和社会学制度主义。B. 豪尔、L. 泰勒，《政治科学与三个制度主义》，载《全球化与新制度主义》，社会科学出版社，2004 年。

于社会学而言,无疑是'经济学帝国主义'与'政治学帝国主义'的入侵形式"。① 在当代社会学理论中,制度作为一种新的分析方法,其地位的进一步突显正是源于以上两个学派对制度作用的强调。正如周雪光所言,上述学派对制度的关注促进了制度研究的两个重要发展,一是对市场失败和制度重要性的看法强化了社会学对经济现象的解释力;二是经济学家按经济学的理论逻辑解释制度的生成和发展,对社会学等学科原有的理论模式发出了挑战。社会学制度理论在发展中的机遇与挑战激发了社会学学者对于制度分析的进一步关注,为社会学学者从社会学的视角提出关于制度分析的论点提供了良好的契机和广阔的空间。

不仅理论的新发展需要我们关注制度分析,中国社会的发展实际也需要我们进行制度研究。中国目前正处于社会转型期,而中国社会转型本质上是制度转型和变迁的过程。自从中国开始市场化导向的经济体制改革以来,社会生活的各个领域及各个部门都在发生着变化,例如企业管理制度、金融制度、住宅制度、教育制度、医疗制度、就业制度、社会保障制度等等制度的变迁。中国的制度变迁主要是以政府为主导,以建立市场经济体制为契机,在经济、社会、文化、政治等各领域中进行的变迁。中国二十多年的发展过程中,各社会部门在不断地学习、借鉴和创新着制度,"中国制度变迁的庞大规模与深刻程度是当代世界舞台上罕见的"。② 在制度变迁过程中人们深刻地体会到"制度是经济增长的源泉",感觉到制定一个科学、合理的制度对社会经济发展尤为重要,甚至在人们心中形成了"制度崇拜",人们寄希望于通过科学的制度设计来创造一个良性循环的社会秩序。毫无疑问,中国三十几年来在以市场经济转型为主导的社会转型过程中,制度制定、制度移植与模仿和制度创新等方面的确取得了一定的成功,然而在取得巨大成就的同时,制度变迁中的实践过程

---

① 董才生:《论制度社会学在当代的建构》,《江苏社会科学》,2006 年第 3 期,第 93 页。
② 周雪光:《西方社会学关于中国组织与制度变迁研究状况述评》,《社会学研究》,1999 第 4 期。

却不尽如人意,转型过程中发生了很多问题和矛盾,时常出现正式制度的式微、制度运作中的变通以及制度失效等现象,被人们通俗地称为"土政策"、"潜规则"、"陋规"等不成文的制度在各种社会组织中发挥着作用,正像学者所表述的那样:"制度的文本表达和制度的真实实践之间出现了悖论"①。正式制度一经通过实践,其结果便无法达到或接近既定的制度目标,或者说"从表面上来看,制度实践所遵循的原则及试图实现的目标是与原制度一致的,但变通后的目标就其更深刻的内涵来看则与原制度目标不尽相同甚至根本背道而驰"。②当我们满怀希望地在社会转型过程中寻求制度支持和制定理性约束的时候,却发现正式制度的目标在制度实践过程中被消解。正式制度表达与实践结果之间发生的背离现象不禁令笔者产生疑问:制度的实践过程到底怎么了? 制度实践中究竟是什么因素在发挥着作用? 其作用机制是什么?

纵观目前的理论解释,制度经济学认为,以国家为主体的强制性制度变迁引致失败的原因有如下几个方面:一是统治者的偏好和有限理性;二是意识形态刚性;三是官僚机构在信息传递中的失真和耗散;四是集团利益的冲突;五是社会科学知识的局限性。以上因素分析不无道理,但是并没有说明行动者在制度实践过程中的行动逻辑,也没有说明以上原因是怎样共同发挥作用的。国内许多学者对制度变迁和制度运行机制做了很多理论研究③,他们从不同学科角度,对

---

① 黄宗智:《民事审判于民间调节:清代的表达与实践》,中国社会科学出版社,1998年,第3页。

② 孙立平、郭于华,《"软硬兼施":正式权力的非正式运作的过程分析——华北B镇定购粮收购的个案研究》,清华大学社会学系主编《清华社会学评论特辑》第1辑,鹭江出版社2000年。

③ 例如林毅夫的《财产权利与制度变迁》;刘世定和孙立平等的《作为制度运作和制度变迁方式的变通》、杨瑞龙的《我国制度变迁方式转换的三阶段论——兼论地方政府的制度创新行为》;周其仁的《产权与制度变迁:中国改革的经验研究》;刘世定的《占有、认知与人际关系——对中国乡村制度变迁的经济社会学分析》;范志海的《论中国制度创新中的"内卷化"问题》;张继焦的《市场化中的非正式制度》等理论研究。

制度运行和变迁阐述了各自的观点,为笔者进一步思考奠定了一定的理论基础。

总之,"中国正在进行着一场巨大的制度变迁的过程,对于做社会科学研究的人而言,这是一个非常难得的机会"。[①] 这样一个制度转型的社会大背景和前人关于制度研究的成果,引发了笔者的研究兴趣,促使笔者对制度的实践过程做进一步的思考。

促使本文研究制度实践过程的另一个直接的缘由是中国政府从1998年开始治理而至今依然事故频发的中国小煤矿问题。小煤矿的存在虽然解决了我国能源需求、促进了当地经济发展、提供了就业机会,但是非法小煤矿的无序开采与大量存在不仅造成资源开采浪费、环境污染、扰乱煤炭市场秩序,而且频繁发生的矿难威胁了矿工的生命、造成了重大经济损失、影响了社会安定和谐、损害了国家形象。面对小煤矿的泛滥趋势,中央政府做出了一系列的制度安排[②],然而这些政策并没有得到实质性效果,小煤矿数目仍然居高不下,违规操作、违法生产依然存在。从2003年的冬季开始,"矿难"成为新闻媒体和人们日常谈论中频频出现的词语,2004年、2005年小煤矿百万吨死亡率分别为5.87、5.53,是国有重点煤矿的6倍、国有地方煤矿的2倍。2005年8月28日,全国人大常委会执法检查组在《关于检查〈中华人民共和国安全生产法〉实施情况的报告》中把"争取用三年左右的时间,解决小煤矿问题"作为煤矿安全生产工作的两大目标之一,同时拉开了新一轮小煤矿整顿关闭工作的序幕。为了整顿关闭小煤矿,中央相关主管部

---

① 刘世定:《制度变迁的机制研究》,2002年5月16日北大讲座,来源于网络天益:学习型社会领航者 http://www.tecn.cn

② 例如:1998年12月,国务院发出《关于关闭非法和布局不合理煤矿有关问题的通知》,国家对煤炭行业实施"关井压产、总量控制"的调控政策。2001年国务院办公厅对煤炭行业实施安全专项整治政策,国务院办公厅下发了《关于关闭国有煤矿矿办小井和乡镇煤矿停产整顿的紧急通知》,提出"四个一律关闭"即国有煤矿矿办小井、国有煤矿矿区范围内的小煤矿、不具备基本安全生产条件的小煤矿、"四证"不全和开采高灰高硫的小煤矿一律关闭。

门先后发布了各种文件，出台了一系列政策，并制定了与之配套的新的法律规章。出台这些正式制度的目标是：从 2005 年 7 月算起，至 2008 年的 6 月，计划用三年的时间治理整顿小煤矿问题，基本消灭非法开采、违法违规生产建设、破坏浪费资源、污染环境和布局不合理的煤矿；小煤矿数量大幅度削减，力争控制在 1 万处左右，单井平均规模在 9 万吨/年以上，产业结构趋于合理；小煤矿事故总量大幅度下降，特别重大事故得到有效遏制，小煤矿百万吨死亡率力争控制在 4 以下。2006 年的一年时间里，以国家安监总局局长为首的中央有关部门领导到各省市监督煤矿整合关闭工作的落实情况。

当人们将希望寄托于新一轮整顿关闭小煤矿这一比较系统的制度安排时，2006 年 11 月份以来矿难的再一次频发又令人触目惊心。在震惊过后，人们不禁对出台近两年的治理小煤矿的政策产生疑问，对这些政策的执行效果发出质疑。整顿关闭小煤矿的相关正式制度从出台到执行以来的十八个月中，人们发现国家正式制度的表达和实践情况之间出现了背离：

第一，国家政策规定地方政府主管部门核定所管辖地区内的矿井生产能力，低于规定的生产能力的矿井予以关闭。可是，有些地方核定工作走过场，"上有政策、下有对策，甚至互相串通。有的在没有采用新技术新工艺，也没有进行改扩建的情况下，核定能力成倍增长。这样的核定，使非法变成了合法，隐患更为严重，无异于鼓励煤矿冒险生产，纵容不法矿主继续以矿工生命为代价来换取眼前利益。一些小煤矿核定能力提高后，势必依靠增加作业人数、延长劳动时间、提高劳动强度来实现提高产量，埋下了更大隐患。"①

第二，国家明确要求地方在规定的时间内，上报各地方应该关闭

---

① 《关于近期几起煤矿透水事故的通报》，中国煤炭安全监察局网站，http://www.chinasafety.gov.cn

的煤矿名单,有些地方不能按照时间及时上报应关闭煤矿的数量和名单,上报缓慢,并且不能明确具体煤矿的名称,只能上报数量。从审核到上报这一时间间隔来看,很显然地方主管部门和矿主存在较长时间的博弈过程。

第三,国家政策规定,具备资源条件的小煤矿,可以通过技术改进等方式增加生产能力,能够予以保留。可是,一些地方借以这样的政策,即以资源整合和技改、改扩建为名,把生产能力落后的、需要技改的矿井保护下来,暂时掩盖了矛盾。这样的技改矿井问题严重,但是这些矿井不但没有进行任何技术改进,甚至依旧违法开采,埋下了事故隐患。

第四,国家煤炭安全监察局在媒体中已经公告予以关闭的矿井,又被当地以所谓"置换"等各种名义保留了下来,逃避关闭,并且继续非法生产,酿成特别重大事故。

整顿关闭小煤矿的一系列正式制度自实施以来的一年半时间,小煤矿统计数量似乎得到了控制,但是从实质上讲,这一制度安排并没有真正地提高小煤矿的安全投入和技术水平,也没能有效遏制矿难的发生,即制度执行的状况并没有达到制度的既定目标。这一社会事实引起了笔者的思考:是什么因素导致小煤矿整顿关闭的正式制度在执行过程中发生了偏离? 在制度运作中各类行动主体都是怎样的行动逻辑?

总之,面对经济学和政治学关于制度研究的新进展,社会学学者有必要在制度分析方面做出有力地回应;中国社会制度变迁中出现的制度文本表达与制度实践结果相背离的现象,社会学学者有责任对其作出理性的分析和科学的解释。中国小煤矿整顿关闭过程中出现的悖论现象直接促使笔者寻找正式制度表达与制度实践之间相背离的原因,思考人们在正式制度实践过程中的行动逻辑,并深入地探寻行动与制度之间的关系。

第二节　文献综述与问题的提出

一、关于行动与制度关系的理论综述

笔者为了分析行动者在制度实践过程中的行动逻辑，首先从行动与制度之间的关系入手阅读文献资料，这些文献为笔者进一步研究积累了大量的预备知识，同时也激发了本文新的研究思路。以下笔者将对社会学、经济学等学科关于行动与制度关系的研究成果做以梳理。

（一）早期社会学关于行动与制度关系的研究

早期社会学对制度的研究主要有两种基本取向，一是以迪尔凯姆为代表的方法论整体主义，二是以韦伯为代表的方法论个体主义。

迪尔凯姆从社会结构角度来研究制度，将制度理解为一种行为方式或模式。他认为社会规则不能简化为个人或个人行动，而要通过社会事实或结构加以理解。"他所说的社会事实有两层意思：一是社会比率；二是集体表象，主要指公众意见、社会心理、思维模式和社会规范"①。迪尔凯姆这里的社会事实更多地强调一种社会形式和存在方式，力图在客观的层面上把握社会制度，这种独特的方法成为以后"方法论整体主义"的理论渊源，该视角假定社会制度等宏观现象不能简化为个体行动的行动准则。在迪尔凯姆那里，社会事实或制度构成了社会秩序，而对行动者的行为和地位却忽略了或存而不论。

帕森斯认为，制度理论必须要把行动者的理性选择行为结合进去，而行动者的选择必须在制度约束中进行。规则和价值观构成了制度，而不是具体行动。他在强调制度对行动者制约的时候，是从制

①　刘少杰：《后现代西方社会学理论》，社会科学文献出版社，2002年，第67页。

度对行动者的利益角度考虑的,这种利益是通过制度内的激励措施来完成的。他认为,"个人的行动是由一定的目标所指引的;个人的行为发生在一种情景之中,在该情景中有一些既定的因素,而其他因素则作为达到目的的手段被行动者利用;个人的行为要在目的和手段的选择方面进行规范性调节"①。

行动者有目的的行为与社会制度间的互动关系问题在默顿那里得到了部分解决。默顿倡导的中层理论,由于强调社会学理论和经验现实紧密关联性而表现出了较强的对社会现实的解释力。他认为,社会制度对行动者有两重作用:一种是对行为进行约束,二是激励和压制行为。而这种机会的选择是在社会制度所能容许的范围内进行的。其实这两种作用是一种作用,即制度的约束作用。维克托-尼认为"从迪尔凯姆到帕森斯再到默顿,遵循的是一条功能主义的发展脉络,因此,在这一脉络下,侧重制度对行动的制约作用。诺斯认为,功能主义的制度观不能解决'搭便车'的问题"②。

韦伯则从个人的社会行为角度研究制度,他认为制度指的是一种社会行为发生的根据、准则,社会行为就是以制度为取向而发生的,因而制度对于社会行为具有约束力或榜样。理性选择必须在特定的社会历史背景、特定的制度框架下理解。韦伯所主张的实际上是一种有情景约束的理性选择方法,韦伯所提到的"理性"有别于经济学意义上的"理性",它主要指人们行动的根据,而这种根据可以是经济的标准,也可以是价值上的标准。韦伯进一步研究了制度的具体形式及其相互关系,在他看来,习惯、习俗、惯例以及法律、宗教等都是制度的具体形式,其间还互相转化、互相过渡,而且他们之间互相转化、互相过渡的界限是模糊的。总之,韦伯虽然认为制度对个人的社会行为具有约束力,但制度却是一种社会关系的意义内容,他坚持的是一种方法论个体主义取向。

①　维克托·尼:《嵌入与超越:制度、交换和社会结构》,载薛晓源、陈家刚主编《全球化与新制度主义》社科文献出版社 2004 年,第 98 页。
②　同上。

　　而吉登斯则比较明确地从结构(广义上的制度)和行动互动的角度建立其结构化理论。吉登斯的制度定义稍显抽象,更多的是在社会哲学的层面上展开,他把制度定义为社会当中跨越时空的互动系统。"这里的制度是和资源联系在一起的,当规则和资源被再生产出来的时候,制度就存在于一个社会之中。这里的规则是狭义上的制度,它有两个层面意义:一是规范性的,体现在组织中;二是解释性的,体现在人们的意义系统。"[①]这两个层面上的规则类似于通常所说的正式制度和非正式制度。从吉登斯关于规则的两层阐释中,我们可以看出他是在结构和行动两个层面上展开其理论脉络:行动者利用结构(狭义的制度),并在利用的过程中改变或再生产了结构。因而,"吉登斯的制度观或者说结构观有两个显著特点:一是制度和资源相联系;二是突出行动者的能动作用。但是吉登斯的分析较多的是在社会哲学的层面上展开,缺少和经验现实的有效对话。同时他的分析虽然力图弥补结构和行动的二元对立,但是他对行动的分析和关注还是欠缺的,重点还是落在了结构(制度)对行动的制约上"[②]。

(二) 制度经济学关于行动与制度关系的研究

　　古典经济学并没有关心制度与经济行为的关系,而是将制度直接看作是既定的前提。20世纪初,凡勃伦和康芒斯等人开创的旧制度经济学派开始关注制度对经济行为的约束和控制。凡勃伦认为制度与经济发展有着不可分割的联系,他从心理学的角度对制度进行定义:"制度实质上就是个人或社会对有关的某些关系或某些作用的一般思想习惯;而生活方式所构成的是在某一时期或社会发展的某一阶段通行的制度的综合,因此从心理学的方面来说,可以概括地把

---

① 乔治·特纳:《社会学理论的结构》,邱泽奇译,上海远东出版社,2001年,第172—173页。

② 张运良:《制度:一个社会学概念的演化》,中国社会学网,http://www.sociology.cass.cn/shxw/shll/t20060920_9677.htm

它说成是一种流行的精神态度或一种流行的生活理论"①。康芒斯的制度概念别具一格,他把制度界定为"集体行动控制个体行动"②,而且他认为在集体行动中,最重要的是法律制度,强调法律具有不可替代的作用。可以看出,旧制度主义反对新古典经济学关于人的行为就是追求最大化的观点,他们认为人的行动是一个通行的社会规范和社会制度问题,同时也是一个由个人根据日常生活模式建立习惯和常规的问题,即人的行为是制度决定的,而不是理性决定的。尽管旧制度经济学没有形成统一的理论体系,但他们的思想在当时开阔了后人的视野,社会学也从其中获得灵感。

20 世纪 60 年代在经济学领域内兴起了一种重视制度分析的新的学派,即新制度经济学。新制度经济学意识到古典经济学所暗含的假设存在严重的缺陷,指出无摩擦交易、完备信息和明确的产权界定在现实的市场经济中是不现实的,认为人的理性是有限的,信息并不是免费的,完全的市场是不存在的,完全界定的私有产权只不过是一种理性预期,而非现实的存在,因此开始关注制度与经济行为的关系。诺斯曾经多次给制度下定义,他认为:"制度是一系列被制定出来的规则、守法秩序和行为道德、伦理规范,它旨在约束主体福利或效用最大化利益的个人行为。"③,"制度是一个社会的游戏规则,更规范地说,它们是为决定人们相互关系而人为设定的一些制约"④。诺斯的定义虽然表述不同,但意思都是一致的,都是表明制度是约束个人行为的规则。

博弈论在社会科学中不断发展、成熟,被运用到经济学中分析制度的生成、运行和变迁,博弈论不仅认为制度是约束经济行为的因

① 凡勃伦:《有闲阶级论》,商务印书馆,1964 年,第 139 页。
② 康芒斯认为集体行动的范围较广,包括家庭、公司、工会、国家等,集体控制实际是集体对个体约束的范围与强度。康芒斯:《制度经济学》上册,商务印书馆,1983 年,第 97 页。
③ 道格拉斯·C.诺思:《经济史中的结构与变迁》,上海三联书店,1994 年,第 226 页。
④ 道格拉斯·C.诺思:《制度、制度变迁与经济绩效》,上海三联书店,1994 年,第 3 页。

素,并且开始关注经济行为者之间的决策"互动"。青木昌彦在其《比较制度分析》一书中曾经从博弈论的角度给制度下过定义:"制度是博弈如何进行的共有信念的一个自我维系系统","制度就是以一种自我实施的方式制约着参与人的策略互动,并反过来又被他们在连续变化的环境下做出的实际决策不断再生产出来"。① 青木昌彦从博弈论的角度归纳了经济学家们持有的三种制度观:即分别把制度看作是博弈的参与者(行业协会、大学、法庭、政府机构、司法等)、博弈规则、博弈过程中参与人的均衡策略。诺斯认为第二个即博弈规则的说法是正确的,认为制度无非就是一种社会博弈规则,是人们所创造的用以限制人们相互交往的行为框架。由此可见,博弈制度观不仅看到制度对行为的约束,同时也注意到了行动对制度的建构。

(三) 当代社会学关于行动与制度关系的研究

制度一直以来是社会学领域的重要范畴,新制度经济学引进了制度框架来理解经济现象,突破了新古典经济学的瓶颈,大大扩展了经济学的研究主题,这一由经济学界席卷而来的制度分析热潮引起了当代社会学的回应。

1. 组织社会学关于行动与制度关系的研究

组织社会学视野下制度和行动的关系与传统社会学是不同的,后者强调制度赋予角色以行为规范,这是一种"单向度"的关系,侧重于制度的制约作用。而组织社会学看来,制度和行动是一种双向度的互动关系,一方面,制度为行动规定了行动者实现目标的方式或手段,另一方面,行动者是有能动性的,在一定情况下会对制度所提供的方式和手段进行修正,因而在某种程度上,行动者又对制度进行了建构。体现了社会学建构主义对组织社会学的影响。当然,在制度和行动的双向互动中,组织社会学认为制度对行动的制约作用和行动对制度的建构作用之间是不均衡的。

---

① 青木昌彦:《比较制度分析》,周黎安译,上海远东出版社,2001年,第28页。

另外,与新制度经济学派强调制度对行动者的利益功能不同,"组织社会学中的制度观认为制度给行动者带来的社会行动的合法性,所谓社会行动的合法性指的是行动者的行动符合特定社会内文化的价值"①。周雪光认为,这是两种不同的机制在起作用,前者是效率机制,强调的是纯粹的个人利益;后者是合法性机制,考虑到了行动在特定社会文化价值观下的合理性。

2. 经济社会学关于行动与制度关系的分析

经济社会学在意识到新制度经济学的命题缺陷后,力图对其修正和弥补。社会学家针对新制度经济学的观点是否有充分的解释力、是否与实践相符合等问题展开了大量的调查。

"社会网络分析一直是经济社会学的一个非常重要的研究方法,认为经济行动者不是原子化的个人,而是嵌入于各种各样的人际关系网络中,网络对经济制度的运行也起着非常重要的作用"②。格兰诺维特提出经济制度是一种"社会建构",并认为通过社会网络对资源的动员,经济制度得以建构起来,而这种建构本身受到以前的背景——社会、政治、市场、技术等的历史发展的限制。

针对如何保持现实经济生活的秩序井然?"以往的研究提出了两种解释:一种是依靠制度安排,另一种是依赖普遍道德"③。诺斯等人都认为制度安排可以有效地解决经济问题,机会主义行为受到来自制度安排的约束,可以使秩序成为可能。另外一些学者则认为除了制度安排,行动者还要依靠内在的社会规范的制约即普遍道德而自动地维护社会秩序。格兰诺维特对以上两种观点进行批判,认为两者都存在缺陷,前者是一种"低度社会化"观点,因为它忽视了社会结构和社会关系对于经济行为的影响;后者是"过渡社会化"观点,认为人们的经济行为受到义务和责任的指导。格

---

① B. 豪尔、L. 泰勒,《政治科学与三个制度主义》,载于《全球化与新制度主义》,社会科学出版社,2004 年,第 204 页。

② 朱国宏、桂勇:《经济社会学导论》,复旦大学出版社,2005 年,第 128 页。

③ 同上。

兰诺维特认为,"对行为和制度的分析,必须考虑正在运行中的社会关系"①。他认为之所以很多交易不以契约的方式进行是因为在基于嵌入基础上的调节比契约更具有灵活性,而以法律法规等方式调整交易、解决问题不仅需要付出较高的成本,而且可能会破坏双方已建立起来的良好的关系。当然,格兰诺维特也认识到了关系网络的双重作用,一方面它可以调节市场交易,节省交易成本;另一方面它也存在着局限性,例如过度嵌入会导致经济交易的负面作用。

3. 社会学新制度主义关于行动与制度关系的研究

制度经济学激起了人们对社会制度和社会行动的研究兴趣,社会学新制度主义范式试图将目的性行动(purposive action)与社会学传统的比较制度分析相整合。

社会学的制度主义认为经济社会学网络-嵌入的观点的确具有一定的解释力,但是"情景限制理性"的概念整合经济学和心理学的"理性行动"思想能够改进嵌入观点。鲍威尔和迪玛乔的《组织分析的制度主义》以及布林顿和倪志伟的《社会学的制度主义》等著作系统地介绍了新制度主义范式在社会学的发展。社会学家在关于行动与制度关系方面初步形成了共识:"一是将制度看作是社会互动的结果,关注社会规则的建构,认为已经存在的规则和资源分配会形成某种权力,形成制度建立和制度复制的基础;二是制度一旦形成,一方面会限制行动者,另一方面也可以为行动者提供很多机会;三是有特权的行动者能够利用他们的资源复制他们的地位,没有特权的行动者容易受到制度的限制,但是在某些时候,他们可以利用偶然机会创造新的制度。"②

(四) 评述

早期社会学制度研究强调制度对行动的约束作用,忽视了行动

---

① 朱国宏、桂勇:《经济社会学导论》,复旦大学出版社,2005年,第128页。
② 同上,第118页。

主体的主观能动性，坚持的是一种整体论和文化论。早期社会学家认为制度是一种通行的社会规范，个体的行动是受到社会规范的约束，他们更加强调道德观念、价值观等"软制度"的作用，认为人的理性不仅是工具理性还有价值理性，是受到情景约束的。

　　从新制度经济学有关制度及制度变迁的论述中可以看到，他们的分析方法是个人主义方法论，认为社会经济系统及其变迁原因在于个人的行为，所有经济现象在本质上都可以用个体的性质、禀赋和目标来解释。他们分析的逻辑起点是行动主体是"经济人"，这种经济人是讲究成本——收益的理性"经济人"，正是由于经济人的存在，制度才会产生和发生变迁。因而制度变迁的起点就是"经济人"的成本——收益分析，其核心是强调产权变革，要借助国家降低维护费用，保持经济增长。这种人性假设虽然造就了诺斯等人的制度变迁理论，但同时也使其陷入了不可避免的局限，即变迁动力的考察不足，只关注效率机制，难以认识到制度以外的因素，因此整个理论建构都有其局限性。诺斯的分析虽然引入了意识形态等文化因素，但是它仍然是从意识形态可以节约成本的角度切入的。"该学派存在两个问题，一是在制度建立过程中，该学派显然忽视了权力的重要作用；二是它对现有制度存在和发展原因上，认为现有制度带来的效率是关键因素，这就忽视了一些无效率制度的长期存在"①。它倾向于假定制度的建立是高度目的性的或者说是合理性的，而这种目的性或合理性在新制度经济学看来，主要遵循的是行动者的经济利益标准，这简化了特定行动者在特定历史条件下的复杂的动机因素，认为制度实施过程中行动者之间所遵循的就是成本——收益分析这一行动逻辑，而忽视了利益以外的其他因素。制度似乎对每个行动者或群体都是有利的，忽视了制度包含的不平等因素，实际上，一种制度不可能对每一群

---

① B. 豪尔、L. 泰勒：《政治科学与三个制度主义》，载于《全球化与新制度主义》，社会科学出版社，2004 年，第 211 页。

体都是有益的，权力的不平等分布状况对制度里的利益划分起到了重要的作用。

　　社会学对新制度经济学派所忽视的问题进行了回应，组织社会学从合法性机制的角度强调了低效制度长期存在的社会文化原因，提出社会行动的合法性。经济社会学针对新制度经济学派的个体主义方法论做出了回应，从社会关系网络角度强调了制度的制定、变迁过程中社会关系网络所发挥的作用，认为制度是通过社会网络对资源的动员才得以建构起来的。社会学的新制度主义强调了制度和行动的双向关系，也特别提出行动者权力的作用，对早期社会学关于制度的理论进行了补充和完善，认为制度不是外在于我们的客观事实，它是内生的，因而具有主观性，或者说是可以建构的；在方法论层面上，认为制度是可以建构的，研究方法从整体主义的视角转向个体主义的视角，或者是两者的结合。

　　综合上述研究成果，社会学视野下的制度概念指的是正式规则、程序和规范，同时也包括为个体的行动提供意义解释的文化符号和道德模式。因而制度研究的分析对象不仅要关注正式的规则和规范，也要考虑影响行动者的风俗习惯和道德等非正式的规则和规范；"在研究方法上，整体主义的视角必须转向个体主义的视角，在个体和社会、主观和客观的策略性的、丰富性的互动中展开研究，在这种互动中必须考虑不同的行动者对权力和资源的占有状况和这种占有状况对行动的影响；制度的生成和变迁也要在具体分析各种行动者复杂的、策略性的互动中展开"①。

二、关于制度实际运行的本土研究

　　我国社会学家结合中国社会发展和制度转型的实际，关于制度运行的社会过程以及制度变迁的规律和模式做了大量的本土研究。

---

① 张运良：《制度：一个社会学概念的演化》，中国社会学网，http://www. sociology. cass.
　　cn/shxw/shll/t20060920_9677. htm

综合起来看,我国社会学学者对正式制度执行过程中非正式、非制度化、非合法化的规则关注得特别多,而制度经济学学者根据我国社会转型和制度改革的特点就制度变迁的行动主体提出了不同的看法。

(一)关于制度之非正式运作的本土研究

1. "非正式制度"——不同的内涵

非正式制度是与正式制度相对的概念,它成为目前制度研究的热门课题,"非正式制度"这一概念的提法是由诺斯首先提出来的,但是其内容风俗习惯、伦理规范、道德观念、意识形态等无形的约束规则却早已是社会学、人类学等学科研究的领域。随着社会科学界中"新制度主义"兴起,学者们不仅注意到正式制度,而且也开始研究非正式制度。

张继焦是研究非正式制度的社会学学者,他研究非正式制度作为一种社会结构因素是如何在政府和市场之外进行资源配置的。他认为"非正式制度"(或称非制度化规则、非正式约束)是社会共同认可的、不成文的行为规范,虽然它是非正式的规范,却已经内化于行动者意识之中,在很大程度上约束着每个行为主体可以干什么和不可以干什么,约定了交换的原则,分清了人们在资源配置中各自的责任、权利和利益,也包含着对违规者的惩罚[①]。张继焦是将"非正式制度"作为社会结构的有机组成部分加以考虑的,他从社会结构和制度变迁两个层面动态地剖析非正式制度的特性、结构与功能。他认为任何制度改革,从根本上说都不是一个由政府的战略或政策推动的"外生"过程,而是一个"内生"的社会经济过程。国家和政府总是想尽快通过改变正式制度实现新旧体制的转轨,如果这种改变引起了正式制度与非正式制度的紧张关系,则说明再好的正式制度若偏离了土生土长的非正式制度,也是"好看不中用的"。在制

---

① 张继焦关于非正式制度的观点,参见张继焦:《市场化中的非正式制度》,文物出版社,1999 年;沙莲香等著《社会学家的沉思:中国社会文化心理》,中国社会出版社,1998 年,第 297—347 页。

度变迁过程中，非正式制度有的因不利于体制转型和社会结构稳定而被淘汰或限制，有的则演变成新的制度安排，并成为新体制的生长点。张继焦通过对家庭商业中亲缘关系网所起的资源配置作用、民间借贷这种非正式的融资制度、侨资企业的寻根经济等实证研究，着重探讨了非正式制度在资源配置中发挥的正功能（他并不否认非正式制度所具有的阻碍经济社会发展和制度创新的负功能，笔者注）。张继焦反对国家或政府是制度性资源的垄断者或制度安排的主要提供者，他认为，即使制度变迁的主体为国家或是政府，所表现出来的制度创新表面上是强制性的，其实质却是诱致性的；社会大众在制度变迁中也并非是完全被动的，一方面他们可以推动制度变迁的主体，另一方面，新的制度安排也需要他们的认可或接受，才能最终实现制度创新。制度改革并不是始终遵循着一种根据人们的"经济理性"设计的完备方案而展开，实际的发展进程遵循着群体生活的"社会理性"，社会上不同的利益群体在较量、磨合和妥协中选择保持相对效率和相对利益分配的变迁路线。在政府自上而下的强制性制度变迁的背后，是一个自下而上的自发性制度变革的过程。

唐绍欣关于非正式制度论述，其新观点在于，他在正式制度与非正式制度这一划分基础上，进一步将非正式制度根据其来源细分为两类：一类就是人们在长期的接触交往中通过相互模仿、选择而稳定下来的代代传承的理念，如风俗、文化、传统等；而另一类并不是长期演化而来的，是适应于短期的特定环境而产生的，它从产生到消亡可能时间很短，但却大量存在于经济活动中，起着重要的作用，如惯例、行规等①。他认为，长期演化而来的非正式制度，由于是代代传承而来，处于该制度下的个人可能生来就接受其灌输、熏染和影响，受此类制度安排制约的人可能很少从理性角度考虑遵守它，而只是一种

---

① 唐绍欣：《传统、习俗与非正式制度安排》，《江苏社会科学》，2003 年，第 5 期，第 46—50 页。

潜意识,这是一种不自觉的心理活动,具有非理性特征。这种长期演化的非正式制度,由于个体在遵守时缺少理性的权衡,而可能仅仅是直觉的价值观上的判断,所以难以用成本——收益分析的方法来解释它。相对于长期演化形成的非正式制度,另一类为短期内形成的针对相应的具体环境而大量存在的非正式制度,它不同于习俗、道德等,后者已根植于人们的意识之中,人们遵守它经常是一种潜意识的行为,较少地考虑成本和收益,而前者是在特定环境下主体之间经过博弈而形成的一个短暂的或小范围的均衡,成员之间一般是通过权衡成本和收益而形成了一种共识,在这种共识下的行为,人人都能达到更高的收益。但是随时间的推移,出现了打破该均衡的因素,例如一种新法令的通过,原均衡就会被破坏,人们原先的共识就会被在新环境下重新博弈后的共识所替代。唐绍欣关于非正式制度的理解与张继焦相比,除了认识到非正式制度中的传统习俗、道德规范和意识形态的内容之外,还提出了另一个层面的非正式制度,即具体情景之下权衡博弈后形成的共识,这个层面的非正式制度既不是完全按照正式制度规定的形态,也不是单纯出于传统文化风俗习惯的、无意识的非理性选择。

2. "潜规则"——不同的价值判断

吴思在《潜规则:中国历史中的真实游戏》这本书中,以"潜规则"这一概念为工具解读了中国历史,令人耳目一新。吴思认为,支配中国历史运行的实际规则不是制度化的正式规则,而是蕴藏在历史生活中的非制度化的潜规则。潜规则是一种无形的力量,像一只看不见的手,影响支配社会生活的运行。潜规则的高妙之处,在于其隐匿性和模糊性造就了其不可证伪性,因而构成了常识中最为坚固的一部分,同时由于潜规则的存在是以主体的认同为前提的,因此它实际上可以看成是处在关系结构中的主体之间形成的某种契约。这使主体的位置变得十分玄妙,一方面它无法逃脱这种规则和契约的牵制,另一方面它本身又是这种规则和契约的制定与修改的始作俑者。

　　在与吴思等人的一次讨论①中，任小波认为近几年来，潜规则问题越来越引起人们的关注，但很多人是将潜规则作为贬义词来使用，这是不够全面和准确的。潜规则比显规则的历史更加悠久，它广泛地存在于社会生活的不同层面及不同时代、地域、类型、行业、职业的群体、组织之中，它以习俗、风气、惯例、规矩的形式出现，成为一种为很多人默契的价值取向和行为方式，可以说，凡有集体、群体之处，就有潜规则的存在。任小波认为，潜规则可分为良性、中性、不良这三种类型。

　　于广君作为一个社会学学者，读过吴思《潜规则：中国历史中的真实游戏》一书后，对"潜规则"作了独到的社会学解读②。他认为，正式组织（社会本身就是一个大的组织）中明文规定的规章制度就是正式规则，它代替着行动的合法性。非正式组织中自发形成的，对行为具有约束作用的规范，称之为非正式规则。正式规则的创建是一种自觉行为，非正式规则的形成是一种自发的过程。在实际行动中的人们很少公然违抗正式规则，因为正式规则提供了行动的合法性，遵守正式规则能起到保护个人的作用，正是规则成了保护个人利益的手段和资源。同时，人们的行动很少同正式规则完全一致，为了获取更多个人利益，人们的行动总是偏离正式规则。所以，实际运作的规则既不是正式规则，也不是非正式规则，而是一种消解了二者界限的潜规则。于广君的观点是，潜规则不是正式规则又不是非正式规则，而是社会生活中的礼仪各方处于趋利避害的动机，以交换、谈判、竞争等形式形成的特定行为规则，然后利益各方都自觉遵守这个不成文的规则，以尽可能追求自己的利益，缩小自己的失误。于广君进一步探讨了潜规则形成的机制，他认为，规则是权力、利益和传统文化各种因素博弈的产物，又是进行这种博弈的工具和手段，其中权力现象的存在是潜规则产生的根本原因，个人利益的诉求是潜规则产

---

① 《潜规则：社会肌体的痼瘤》，吴思、何中华、任小波、王文元关于潜规则的讨论《北京日报》，2006 年 8 月 22 日。

② 于广君：《关于"潜规则"的社会学解读》，社会科学论坛，2006 年（上），第 51—56 页。

生的动力,传统和文化的惯性力量在潜规则形成的过程中起着潜移默化的作用,正式规则在技术上的漏洞和破绽给了潜规则成长的空间。

　　而梁碧波对潜规则的概念却有明确的价值判断。他将非正式制度又分为与正式制度相容的非正式制度,和与正式制度相悖的非正式制度两种①。相容性的非正式制度为正式制度的运作提供了良好的外部环境,它们相辅相成,互为补充,形成一个体现国家意志的完整的主体制度体系;而相悖性的非正式制度是对统治集团意志和理念的一种反动、对抗或偏离,它体现的是非主导集团的意志,反映处于非主流地位的特定阶层或群体的利益。相悖性的非正式制度由于偏离国家意志而受到体现国家意志的主体制度体系的排斥和打压,由于主体制度体系并不承认其合法性,因而总是处于从属性的、非主流的地位;它甚至不能公开运作,因而处于一种"地下状态"。相悖性的非正式制度虽然未获处于统治地位的主体制度体系的承认,但它却是一种客观存在。于是他对潜规则作了如下界定,即"潜规则"就是制度体系中属于非正式制度范畴、且与主体制度体系相悖的非正式制度,它游离于占统治地位的主体制度体系之外,并与主导集团的意志相违背,它规范和调整的对象是非法交易或非合法交易,由于未获主体制度体系的承认而未具"合法身份",从而处于地下状态。他认为潜规则之所以存在,是由于存在对潜规则的需求。

　　3."社会潜网"——关注非制度化规则

　　李培林提出了"社会潜网"这个概念,他认为社会潜网指的是在经济生活和社会生活中协调人们行为的各种非制度化的规则。他从两方面来解释社会潜网,"一方面是从制度化规则的发生学意义上讲的,另一方面是从体制转轨和结构转型的意义上讲的"。②

---

① 梁碧波:《"潜规则"的供给、需求于运行机制》,《经济问题》,2004 年第 8 期,第 14—16 页。

② 李培林:《另一只看不见的手——社会结构转型》,社会科学文献出版社,2005 年,第 22 页。

从制度化规则的发生来看,在一种通过法律确立的交易制度和文字契约形成之前,人们的交易活动也不是毫无规范可言的,因为人们从现实生活中认识到,针对每一特例情况具体解决个别交易中的摩擦、矛盾和冲突,其成本往往是很高的,因而需要建立一种相对来说比较普遍运用且能为多数人认同和遵从的规范,这些规范在初期常常表现为习惯法、礼俗、默契甚至乡规、族规、帮规。这就是社会潜网的其中一个层面内容。但是,由于这些非制度化的规则适用的普遍性有限,特别是在出现违约情况后往往通过非制度化方式解决,其代价和成本也是很高的,这样就产生了制度化的需求。李培林对社会潜网的第一种解释,类似于制度经济学所论述的制度的起源问题。

李培林从体制转轨和结构转型来理解社会潜网的第二种情况,他认为,体制转轨和结构转型是从一种制度化结构向另一种制度化结构的过渡,这种过渡虽然表现在社会结构的宏观层次上,但是它却发生在个体行动的微观层次上,当原有的体制不再适用新的交易活动,而新的交易活动又被证明是更为经济有效时,这些交易活动就一次又一次地突破原有体制的限制,通过无数次的重复在原有体制之外,建立起一套被我们认为有效的但实际上并不符合现有法律或无法可依的行为规范。李培林认为,在制度化过程中,这类活动有一部分因危害了体制过渡的稳定性而被淘汰和限制,也有一部分则成为新体制的生长点。

李培林认为,现实生活中大量起作用的是这些社会潜网,社会潜网对资源的配置往往是通过更加广泛的社会交换来实现的,权力、地位、声誉、人情等都可能作为稀缺资源或特殊等价物参与这种交换,它体现为既不同于市场也不同于国家干预的"另一只看不见的手"的力量。①

---

① 李培林:《另一只看不见的手——社会结构转型》,社会科学文献出版社,2005 年,第 24 页。

4. "土政策"——地方政府对政策的选择性执行

翟学伟给"土政策"下了定义,"指地方或组织根据上级的方针性政策或根据自己的需求,结合本地区和组织的实际状况和利益而制定的一套灵活、可变、可操作的社会资源的再控制与再分配准则,而这套准则对其他地方和组织没有效果。"①该土政策的实施中难以明显地表现出它属于哪种类型,因此,翟学伟认为土政策作为完整的制度所体现的特点既非特殊主义,也不是普遍主义,而是把两者巧妙地糅和在了一起。

孙开红在翟学伟关于"土政策"定义的基础上,总结了土政策的制定和推行的几种方式:第一,断章取义制定"土政策":地方政府在执行上级政策时根据自己的利益需求对上级政策原有的精神实质和部分内容"按需所取、为我所用",于己不利的部分有意曲解甚至舍弃,于己有利的部分就贯彻执行,这种对上级政策"选择性执行"造成的土政策必定使原有政策残缺不全,面目全非。第二,添枝加叶制定"土政策":地方政府在政策执行过程中为了个人利益或局部利益给所执行的上级政策添加了一些原有政策目标所没有的不恰当的内容,致使政策的调控对象、范围、力度、目标超越了原定的要求,其结果使政策发生很大变异。第三,偷梁换柱制定"土政策":地方政策执行者,发现上级政策对自身不利但由于上下级的主从关系又不得不执行时,往往在"灵活变通"的幌子下,采取"象征性合作"的方式,口头上支持上级政策,但在政策执行过程中加入了表面上与上级政策一致,而在事实上背离上级政策精神实质的内容,这种"貌合神离、偷梁换柱"的替换性执行更不可避免地使原有政策发生质变。第四,无中生有制定"土政策":在很多情况下,在没有上级相关政策的情况下,地方政府为了地方或政府自身利益最大化的需求制定土政策,政策制定出来后不动声色地执行,直到民怨沸起,上级政府出面制止,

---

① 翟学伟《"土政策"的功能分析——从普遍主义到特殊主义》,载《社会学研究》1997 年第 3 期。

直到不能为继为止①。

5."社会的双线运作"——制度与行动的交叉双线运作

陈心想对一个村落计划生育政策的执行情况进行研究后得出了这样一个结论：制度与行动的交叉双线运作。他认为基层社会运作的一个重要特点是：双线运作，行动并不是按照规则来进行的。不管是上级让下级办的事还是下级有求于上级办的事情，都是双线运作。"一条是明线，即制度化的、官方的、合法的、公开的，但是往往官僚化、多障碍、低效率，甚至根本就走不通；一条是暗线的，即民间的、非法的、私下的，却往往效率极高。"②

6."制度的变通"——介乎于正式与非正式之间的一种准正式的运作方式

孙立平在《作为制度运作和制度变迁方式的变通》一文中，对"变通"这种中国市场转型过程中的独特机制进行了系统的探讨。他认为变通既不是一种完全正式的制度运作方式，也不是一种完全非正式的制度运作方式，而是介乎于正式的运作方式与非正式的运作方式之间的一种准正式的运作方式。更确切地说，变通实际上是一种正式机构按非正式程序进行的运作。进行变通的主体都是在制度中拥有合法地位的正式机构，或者是地方政府，或者是政府中的有关部门，或者是延伸着政权的社会控制和管理功能的企业以及其他单位。这篇文章特别指出，变通的最微妙之处在于它对原制度的似是而非的执行。也就是说，从表面上来看，它所遵循的原则及试图实现的目标是与原制度一致的，但变通后的目标就其更深刻的内涵来看则与原制度目标不尽相同甚至根本背道而驰。具体的变通方式包括：一是重新定义政策概念边界；二是调整制度安排的组合结构；三是利用制度约束的空白点；四是打政策的"擦边球"。孙立平进一步解释变通的结果并不仅仅局限于运作和技术的层面，而是具有制度变迁的

---

① 孙开红：《论"土政策"》，《理论探讨》，2005年第5期，第128—131页。
② 陈心想：《从陈村计划生育中的博弈看基层社会运作》，《社会学研究》，2004年第3期。

含义。变通是对原制度的一种局部性改变,它能否演变为更大范围内的社会制度变迁,取决于一系列复杂的环节和机制。其中变通正式化程度的提升和变通的扩散是十分重要的两个环节,通过变通正式化程度的提升和变通的扩散这两个环节,一种新的准正式制度会得以形成。准正式制度是一种介乎于正式的与非正式的之间的制度类型。而随着准正式制度的正式化程度的提升,准正式制度就可能会形成一种正式的制度。①

(二)关于制度变迁之行动主体的本土研究

1. 国家和个人的二元行动主体

我国学者林毅夫提出制度变迁的二元论,他把制度变迁分为强制性制度变迁和诱致性制度变迁②。强制性制度变迁是由政府法令引起的变迁,行动主体是国家和其代理人,国家的基本功能就是提供法律和秩序,并保护产权以换取税收,国家可以凭借强制力,降低组织成本和实施成本。诱致性制度变迁行动主体则是个人或是一群人,由他们在利益的诱导下对制度不均衡引致的外来利润的自发性反映,只有当制度变迁的预期收益大于预期成本时,有关群体才会推进制度变迁。诱致性制度变迁是一种自下而上、从局部到整体的制度变迁过程。虽然他从供给与需求角度提出的两种制度变迁方式——诱致性制度变迁与强制性制度变迁都具有经典的理论价值,但是仅仅用这两种制度变迁方式来解释中国制度变迁的现实路径是不够的。为此,国内学者针对中国制度变迁的现实路径提出了诸多极富理论创新的假说。

2. 地方政府被纳入制度变迁的行动主体

以杨瑞龙为代表,把具有独立利益目标与拥有资源配置权的地

---

① 孙立平:《作为制度运作和制度变迁方式的变通》,《中国社会科学季刊》,1997 年冬季卷。

② 林毅夫:《诱致性变迁与强制性变迁》,载 R·科斯、A·阿尔钦、D·诺斯等著《财产权利与制度变迁——产权学派与新制度学派译文集》,三联出版社,1994 年,第 371 页。

方政府引入制度经济学的分析框架，提出了"中间扩散型制度变迁方式"的理论假说，并作出以下推断：一个中央集权型计划经济的国家有可能成功地向市场经济体制渐进过渡的现实路径是，由改革之初的供给主导型制度变迁方式逐步向中间扩散型制度变迁方式转变，并随着排他性产权的逐步确立，最终过渡到需求诱致性制度变迁方式，从而完成向市场经济体制的过渡，即"三阶段论"[1]。杨瑞龙认为自上而下的供给主导型制度变迁，为完成向市场经济的过渡，将难以解开"诺斯悖论"[2]而面临一系列很难逾越的障碍。但是，在权力中心主导制度变迁的条件下，微观主体的制度需求能否转变为现实的制度安排，依赖其能否从权力中心获得制度创新的特许权，或者能否凭借其讨价还价能力突破进入壁垒，因而自下而上的制度变迁同样面临着障碍。因此杨瑞龙认为，随着放权让利改革战略和"分灶吃饭"财政体制的实施，拥有较大资源配置权的地方政府成为同时追求利益最大化的政治组织。

　　3. 制度变迁行动主体的角色转换说

　　黄少安认为，制度的设定和变迁不可能发生在单一主体的社会里，社会中不同利益主体都会参与制度变迁，只是他们对制度变迁的支持程度不同而已。他认为，中央政府、地方政府以及民众各种主体在制度变迁中也会发生角色的互换，而且角色转换是可逆的。黄少安认为中国制度变迁的过程及不同制度变迁主体的角色及其转换远非杨瑞龙所述的那么简单，基本上不存在"三阶段论"。他认为把地方政府界定为介于微观主体与权利中心之间、不同于二者的组织是

---

① 杨瑞龙：《论我国制度变迁方式与制度选择目标的冲突及其协调》，《经济研究》，1994 年第 5 期。

② "诺斯悖论"，即权利中心在组织和实施制度创新时，不仅具有通过降低交易费用实现社会总产出最大化的动机，而且总是力图获取最大化的垄断租金。这样在最大化统治者及其集团垄断租金的所有权结构与降低交易费用、促进经济增长之间，就存在着持久的冲突，从而当权利中心面临竞争约束和交易费用约束时，会容忍低效率产权结构的长期存在。"诺斯悖论"在供给主导型制度变迁方式中表现为制度变迁方式与制度选择目标之间的冲突。

不恰当的。地方政府与中央政府本质上都是一样的组织或主体,二者本质上没有变,而且仍然都是在追求自身利益最大化——只是这一追求的目标函数和约束条件变了。而且各级地方政府在其行政区域内也是"权力中心",在制度创新时也既要追求其垄断租金最大化,又要考虑降低交易费用和促进本地区经济增长。所以黄少安认为并不存在一个特定的相对独立的"中间扩散型制度变迁"。①

(三) 评述

关于制度运行的本土研究可谓是百家争鸣,学术界对正式制度的非正式运行这一社会事实给予了特别的关注,学者对我国制度移植和制度创新的过程和真实结果进行了理性思考,提出了"非正式制度"、"潜规则"以及"社会潜网"等概念,学者们认为真实的规则不仅是利益,而且也是权力、传统文化等各种因素共同博弈的产物,这些研究将稀缺资源的交换从单纯物质的,扩展到权利、地位、声誉、人情等多种等价物。"土政策"和"制度变通"的提出则是社会学学者对制度运行中地方政府的作用给予了强调。总结以上观点,学者们强调了在制度运行中自下而上的一股力量,这种力量与传统文化、社会关系和地方权力等因素有关,地方政府等与制度运行有关的行动者能动地参与到制度的运作中来。但是,他们的研究并没有将传统文化、社会关系、地方权利以及个人利益最大化等因素整合起来,也没有关注制度运行后的结果反过来对正式制度以及所谓的非正式化的规则产生什么影响,并没有形成一个完整的理论体系。

我国学者面对本国制度变迁的行动主体提出了各种观点。其中制度变迁的二元论已经无法解释我国的实际状况,而三阶段论和主体角色转换说的共同点是强调了我国制度变迁过程中地方政府的作用,将地方政府视为利益独立化的主体,在制度变迁中追求自己的目标函数即一方面追求垄断租金最大化,同时还要考虑降低交易费用

---

① 黄少安:《关于制度变迁的三个新假说及其验证》,《中国社会科学》,2000 年第 4 期。

和促进地方经济增长。这些研究除了关注地方政府以外，也强调了制度变迁是包括民众在内的制度变迁主体追求利益最大化的过程。这些观点的可取之处在于不再认为我国的制度变迁完全是一种自上而下的强制性变迁。但是由于这些研究遵循的仍然是新制度经济学的逻辑原则，因此忽略了在利益最大化背后权利、社会关系和文化等影响制度变迁的更深层原因。

三、关于小煤矿安全生产事故频发原因的研究

虽然国家制定了多项整顿治理小煤矿的正式制度，但是正式制度并没有充分发挥效力，小煤矿安全生产事故依然大量存在。政府决策层①和学术界围绕小煤矿安全生产事故的发生从不同角度进行了原因分析，这些研究为笔者分析制度实践的行动逻辑提供了借鉴。

（一）经济学学者关于小煤矿安全生产事故频发原因的分析

1. 从交易成本角度分析事故频发的原因

王宏强和张晔以制度经济学为视角，用交易成本分析了矿难背后的制度原因。首先这两位学者借助科斯和布坎南的理论论述并区

_____

① 国家煤矿主管部门对小煤矿事故频发的原因分析，涉及到了与矿难有关的几个主体，即矿主、矿工、地方政府职能部门以及专业技术人员等。例如面对 2006 年 11 月份的几起煤炭安全生产事故，安监总局发出〔2006〕247 号文件《关于几起煤矿等特大特别重大事故的通报》，对实施 2006 年 11 月份发生的煤矿事故原因进行了分析。总结导致事故的原因有：一是已关闭矿井、停产整顿矿井擅自非法恢复生产；二是监管不严，该停的不停，该关的不关，非法违法生产；三是煤炭资源整合不规范，技改矿井问题严重；四是矿井生产能力核定工作走过场；五是安全管理混乱，基础工作薄弱；六是一些煤矿"三超"问题突出，列为关闭对象的矿井关闭之前超产冲动强烈。国家煤矿主管部门认为最重要的原因是由于制订的措施和制度依然停留在文件、会议这样的表达层面，没有得到真正的执行，制度的执行过程问题百出。国家主管部门的原因分析中并没有进一步探讨制度执行之所以"走过场"的深层原因，所以以上这些方面并不是煤矿安全事故的真正原因，而仍旧是问题。我们需要探究的正是：为什么已被关闭的煤矿依然继续生产？为什么该关的不关，该停的没停？煤矿企业为什么不愿意进行安全投入？地方主管部门为什么监管不能到位？为什么监管部门遏制不了超能力生产？

分了煤矿企业的交易成本和生产成本,并认为煤炭安全生产中存在交易成本对生产成本的替代现象。科斯在《企业的性质》一文中指出,企业的存在是为了节约市场交易成本,即用成本较低的企业内交易替代成本较高的市场交易。企业内部的交易属于"管理型交易"。企业内部的科层组织中处于上级方的交易者发出由下级执行的行政命令可以替代那些交易成本非常高的谈判型市场交易过程。企业内部的管理型交易在替代交易成本较高的谈判型交易过程中,它可以降低企业的生产成本。除此之外,管理型交易还包括那些非市场的政治交易,这是科斯较少关注到的。公共选择理论代表人物布坎南指出,除了市场中允许存在交易成本外,政治秩序所决定的体制规则也会带来高昂的交易成本。"在这种政治交易的相互关系中,经济资源不需要向其价值最高的用途运动与流动,这是由于在政治秩序的决策规则下,个人会在不存在有关交易的自愿的一致前提下被允许去实施资源转移,不管这种转移或者是公开发生的,或者是隐蔽地发生的"。(詹姆斯·布坎南,1998)王宏强和张晔通过公共选择理论得出结论,高昂的政治交易成本对企业来讲是无法消除的,因为政治过程中的管理关系对市场关系的替代改变了人们先前的相互制约关系,出现了权利的单项运动,受影响的一方在交易中没有能力进行讨价还价。尽管在交易中处于不利地位,但企业仍然可以通过内部管理型交易降低生产成本来弥补外部政治性管理交易所带来的损失。对于追求利益最大化的煤炭私营企业而言,要降低生产成本以弥补政治交易费用的支出,就有可能在生产管理中尽可能降低非生产性支出,压缩安全设备开支。如果安全设备方面的支出超过了向安监人员行贿的费用,则行贿对那些追求利益最大化的企业而言是有利可图的。认为,这便是政治性的管理型交易成本部分替代了生产成本①。生产成本的降低,安全投入的减少,必然会带来事故的

---

① 王宏强、张晔:《交易成本、寻租与制度变迁——对矿难事件的制度经济学思考》,《经济问题探索》,2006年第6期,第142—145页。

发生。

2. 从"寻租"角度分析事故频发的原因

王宏强和张晔进一步从煤矿行业行政管制导致"寻租行为"[1]这一角度来探讨矿难事故发生和制度失效的原因。他们认为,政府的行业管制,通常会产生寻租问题,寻租行为会使地方行政管理人员与矿主形成利益共同体,从而使行业监管成为不可能。寻租是和政府对经济活动的干预联系在一起的,政府干预导致了人为租金的创造,在我国煤炭经济中,来自政府的行政和法律管制非常普遍,煤炭企业必须"六证"[2]齐全,行政审批和行政监管涉及到至少十几个主管部门。政府部门对煤炭企业管制的目标是为了促进煤炭企业合理开发利用煤炭资源以及减少安全事故的发生,其动机可能是好的,但是管制本身不可避免会带来政府内部相关部门或部门官员的寻租问题,使许可证的发放变成一种稀缺资源,从而形成竞争性寻租,即便是通过合法途径获得政府颁发的许可证,由于人为的限制所导致的稀缺供应,许可证的价格可能高得惊人。企业要办全所有的证件,要付出很高的交易成本,于是为了降低成本让监管人员通过"干股"和"官股"的形式在生产经营活动中拥有一定的股权,以冲破行政管理部门设置的寻租障碍,并获得了"保护伞",这样矿主在设备投入和改善工人作业条件方面节省成本[3]。结果政府的行政管制由保障生产安全的功能转而成为酿成重大安全事故的关键因素。

---

[1] 寻租理论建立于 20 世纪 70 年代末,最早是由吴敬琏将此概念引入国内,其核心是认为行政权力取得"租金"即"非直接生产性利润"的众多机会,拥有这些权利的人通过运用这种权力甚至创造这种权力来致富,企业为了寻求租金向官员行贿。由设租到寻租,产生了一个贪污腐化、因果联系的恶性循环,这被经济学家看作腐败存在的根源。而有效的预防和打击腐败现象就是改变这种寻租的因果链。寻租活动对经济社会秩序的破坏性及对其的打击防控已经在中外学者间达成共识。

[2] 安全生产许可证、采矿许可证、煤炭生产许可证、营业执照、矿长资格证书、矿长安全生产资格证。

[3] 王宏强、张晔:《交易成本、寻租与制度变迁——对矿难事件的制度经济学思考》,《经济问题探索》,2006 年第 6 期,第 142—145 页。

3. 从中央政府与地方政府的效用函数角度分析事故频发的原因

王宏强和张晔又以交易费用理论为工具对现行的制度结构进行了论述,他们认为,面对小煤矿问题,中央与地方政府具有不同的效用函数。中央的煤炭产业政策保护最多的是国有企业的产权利益,而地方政府的经济行为目标是使本地区预算收入最大化,促进本地区企业的发展,保护小煤矿的生存。新制度主义学者指出,推动制度变迁的代理人是对内含于制度框架中的激励做出回应的企业家或政治企业家。正是他们对构成制度框架的规则、准则和实施的组合做出边际调整,以获得在现存制度框架下所无法获得的利益。私营煤矿矿主和地方政府官员实际上充当了推动煤炭产权制度和煤矿安监制度变迁的代理人。王宏强和张晔进一步指出,我国的政治制度环境使地方煤矿矿主和政府官员还不敢公然反对国家出台的正式行业规章制度以及推动实施的相关政策。但是,私营煤矿矿主以"官股"的形式确定了与地方政府部门的博弈规则,所以煤矿矿主从地方政府那里得到暗中保护,地方政府因私营煤矿的存在,不仅能够繁荣地方经济,又可以获得大量私人利益。在这样的博弈规则作用下,国家安全监查制度也形同虚设。由于矿产资源归国家所有,以及来自国家行业管制和相关管理部门的寻租行为,使得大多数私营煤矿矿主在安全投入上态度消极[①]。

(二)法律学从正式制度角度寻找小煤矿事故发生的原因

法律是具有强制执行的正式制度,在探索煤矿安全事故的制度原因时,我们不能回避法律这样的制度在煤矿安全生产中发挥作用的现状。法律学界的学者也从我国煤矿安全生产相关法律法规入手,说明煤矿安全事故发生的制度原因。

刘超捷、汤道路认为我国煤矿安全立法虽然已经形成了以《宪

---

① 王宏强、张晔:《交易成本、寻租与制度变迁——对矿难事件的制度经济学思考》,《经济问题探索》,2006年第6期,第142—145页。

法》和《劳动法》为根基的一些相关法律、法规,但是在这一宏观体系内,还存在着法律内容滞后、法律空白、法律之间的相互矛盾等许多问题,有待于改进和完善。他们认为我国的立法以"立法宜粗不宜细、原则化、概括"为指导思想,虽然便于迅速立法,符合当时的实际情况,但是从长远的观点来看,这种立法指导思想是不科学的。一部与煤矿生产有关的法律通过以后,国务院或其他有关部门或地方立法机关便要制定一系列的条例、细则、办法,随之而产生了行政立法代替人大立法的倾向。再由于立法水平的低下,母法和一些下位法之间相互矛盾,使执法和守法难以适从。刘超捷、汤道路还指出,立法背景已经发生了变化,但是法律更新没有跟上。十年来,煤矿企业从政府直接管理到政企分开,一直发展到占矿山总数 80％以上的乡镇、私营矿山代替原来单一的国有企业占据煤炭行业的现象,十多年前颁布的《矿产安全法》及其《实施条例》的内容已严重落后。专门为履行煤矿安全监察职能而成立的"煤矿安全监察局"对煤矿安全的监管也处于缺乏法律依据的尴尬境地。以事故瞒报为例,说明目前我国法律对瞒报者的处罚处于空白,使得非国有煤矿瞒报事故的行为有惊无恐①。

　　马珊珊从法律学角度寻找"官股撤资最后通牒"的法律依据,并讨论了寻租行为的刑法定位。她认为,如果用寻租理论来讲,行政主管人员是设租人,煤矿经营者是寻租人,行政管理者为了个人的利益获得而让渡公共权力。在我国现行刑法对于职务犯罪的规定中,公职人员的寻租行为无法完全涵盖在刑事规范中,这与我国官方存在的寻租现象是极不相符的,因而将寻租纳入我国刑事法视野势在必行。在治理寻租活动上,中国学者对"正式的法律"寄予厚望。

(三) 社会学关于小煤矿事故频发的原因分析

　　社会学以小煤矿为研究对象的文献很少,颜烨以安全社会学的

① 刘捷超、汤道路:《论我国煤矿安全立法的不足及完善》,《煤矿安全》,第 36 卷第 6 期,第48—51 页。

视角,从宏观、中观和微观等方面探索了我国安全生产事故频发的社会性原因。首先,从宏观社会结构与变迁原因来看,从计划经济到市场经济的社会结构转型,是安全生产事故频发的社会大背景。"在转型过程中,旧体制、旧制度失效而新体制、新制度尚且阙如,因而存在一些制度'真空'(制度洞),尤其是社会转型前期。"①他认为我国安全生产监督管理部门分工不明确,垂直管理没有完全到位,安全生产监管制度建设十分滞后,例如安全生产损失补偿制度没有设立。其次,从中观组织层面来看,安全事故频发是由于生产组织对制度的冷漠和隔离,以及对技术支撑和投入严重不足。最后,他从微观个人层面探索原因,认为一些企业主忽视国家、社会安全生产的规章制度,逃避正式制度而利用人际关系中的非正式网络,在生产过程中偷工减料,导致安全事故频发等等。颜烨从安全社会学视角分析安全事故的社会性原因,内容点多面广,分析的层次值得借鉴,但是每一层面的探讨并不十分深刻,没有一个独特的理论脉络。

孙立平曾经在《守卫底线:转型社会生活的基础秩序》一书中关于"官煤政治"表达了自己的看法,他将煤矿停产整顿和国家要求国家机关工作人员在规定时间之前撤出在煤矿的投资(被人们称之为"最后通牒")等治理方式称之为"雷厉风行"式的治理方式,他认为看起来气势汹汹的严厉措施,在实际实行过程中会带来诸多弊端,真正的出路,应该是从根本上转变社会治理模式。孙立平又从历史的角度,论述了在我国煤矿改革的过程,尤其是 2001 年的改制,以此说明现如今我国煤矿生产状况并不是某一时刻的制度决定的,我国进行的是渐进式的改革,在煤炭改革的每一步都是付出代价的,"渐进中的每一步,并不一定意味着有利于达到最终目的的阶梯。它在其中的每一步都有可能固化下来"。② 因此他认为每一步改革都有可能

---

① 颜烨:《安全社会学:转型中国安全生产事故频发的社会性原因》,中国社会学网,http:www. sociology. cass. cn. 2005 年 8 月 16 日。

② 孙立平:《官煤政治之二:"扭曲的改革"与利益最大化》,来自网络:"社会学 BLOG",网址 http://blog. sociology. org. cn/thslping/archive/2006/01/06/。

出现不同的形态，而且每一种形态都会因某种均衡的利益模式而形成一种相对稳定的结构，而要进行下一步改革的时候，"只有当另一种形态可以提供更大利益的时候，这种形态才会被另一种形态所取代。"①当一种相对稳定的关系结构一旦形成，新制度的执行必然会受到来自这一稳定关系结构的阻碍，业已稳定的关系结构中的主体为了保持自身利益而对新制度进行重新解释，变通执行。孙立平的观点启发笔者，制度执行的成功与否，并不在于新制度的制定，而在于实践过程中能否打破原有的关系结构，否则制度运行的结果与制度目标之间只不过是形似而神不似。孙立平认为之所以治理整顿煤矿的各种正式制度无法真正起作用，不仅仅是因为官煤勾结，更重要的是由于从开矿、开采权获得、审批办证、监察监督、到运输和销售的全部环节上形成了一个相对稳定的隐性秩序，这种完整的、系统性的秩序不仅内部人中有相当高的共识，而且局外人也不得不无奈地认同。孙立平认为，"这种隐性秩序不是表现在某些零星的环节上，也不是表现在正式体制的某些漏洞上，而是体现为一个完整的系统。"②这里所论述的稳定的、系统性的隐性秩序为新一轮的制度安排设置了障碍。

（四）评述

首先，经济学学者运用制度经济学的交易成本理论和寻租理论对小煤矿安全生产事故发生的原因作了解释，前者认为由于小煤矿投入了大量的政治性的管理型交易成本因此必然会降低部分生产成本；后者的解释是因为小煤矿矿主为了减少生产成本投入，所以向管理部门进行权力寻租。不管因果关系如何，最终是导致了安全事故发生。这种观点着眼于行政管理部门和矿主之间的利益关系，但是

---

① 孙立平：《官煤政治之二："扭曲的改革"与利益最大化》，来自网络："社会学 BLOG"，网址 http://blog. sociology. org. cn/thslping/archive/2006/01/06/。

② 孙立平：《官煤政治之三：另一种秩序》，源自网络：社会学 BLOG，http://blog. sociology. org. cn，2006 年 1 月 6 日

这个判断只是考虑到自上而下的制度的政治性管制,认为管理部门和矿主之间仅仅从个人的利益角度调整自己的策略,而没有解释允许二者之间做出如此选择的深层原因的。这种分析的逻辑出发点依然与古典经济学一样,即坚持人的"经济人"假设,在方法上,完全将制度实践过程中的行动者看成是脱离社会关系的一个完全个体化的人。另外,经济学认为虽然是相同的正式制度,但是制度制定者中央政府和制度执行者地方政府之间的利益目标是不同的,因此制度的约束力在执行过程种必然会被弱化,此观点值得笔者借鉴。

其次,法律学有关小煤矿安全生产事故的研究,十分重视作为正式制度的法律的权威性、可行性和完善性。法律学者认为法律的缺失、漏洞以及相互之间出现的矛盾必然会影响这些法律的具体执行,以致无法达到法律要求的目标,因此建议尽快建立一个科学合理的法律体系,使治理小煤矿问题时有严谨的、正式的具有权威的法律可遵循。这是从现有正式制度自身的缺点来解释小煤矿安全生产事故发生的原因的。笔者认为,我们决不能忽视法律等正式制度的约束作用,但是并不是有了完善的正式制度,制度在执行过程中的偏离现象就会杜绝。我们知道,正式制度是对人们行为的约束和规范,修正正式制度必须首先对现有行为的发生机制有所了解,知晓问题发生的根源,才能有效改进法律。另外,在制度结构中,不能单一依靠正式的制度约束人们的行为,况且正式制度本身就有滞后性,因此在修订和改进正式制度时不能忽视非正式制度的功能,包括它的正功能和负功能。

最后,社会学关于小煤矿的研究强调了小煤矿相关行动主体之间的关系,以及正式制度之下长期形成的隐性秩序。从思考方法上,社会学并不像经济学那样以个体主义出发研究行动者的策略,而是从关系主义的角度关注行动主体之间复杂的关系网络。社会学研究成果认为行动者不是独立的个体,而是在一定的关系网络中做出自己的行动策略。社会学学者认为制度运行过程中,行动者并不是以个体为单位考虑自己的利益得失,也不是完全受制于正式制度的约束,而是在复杂的关系网络下,形成了稳定的隐形秩序,社会学揭示了更加真实的制度实践。孙立平的观点给予笔者很大的启发,因为这一观点并不是将煤矿安全事故归结在某个主体和某几个主体身上,而是强调了一个庞大的利益集团所编织的一个复杂的关系网络,以及在这一稳定的关系结构基础上形成的隐性秩序。

但是孙立平以上有关官煤政治的论述,是基于一个社会学家对社会问题的关注而阐述的自己的观点,是对煤矿改革路程和某些矿难的文本分析,并不是一个严格意义上的学术论文,并没有做专门的实证研究,他为后来者打开了一扇门,留下了广阔的研究空间。

四、问题的提出

笔者要通过探讨制度实践的行动逻辑,寻找正式制度表达与和实践结果之间相背离的原因,解释行动与制度的关系。前文关于行动与制度关系的理论和关于制度运行的本土研究以及有关小煤矿事故频发的原因分析为笔者思考正式制度表达与制度实践结果之间相背离的原因提供了参考。例如个体的利益计算、正式制度的缺陷、非正式制度的影响还有关系网络的作用等等,这些都是导致二者背离的因素,但是单独地考虑这些因素并不能系统地解释制度运行的逻辑,只有将正式制度、非正式制度以及行动者的利益动机整合在一起,将规范、文化、资本、关系等综合在一起才能对制度运行的真实过程做一个全面地解释。如孙立平所言,行动者在制度运作过程中所采取的"既不是一种完全正式的制度运作方式,也不是一种完全非正式的制度运作方式,而是介乎于正式的运作方式与非正式的运作方式之间的一种准正式的运作方式",那么这个所谓的准正式的运作方式是通过怎样的逻辑展开的呢?

笔者为了揭示正式制度表达与实践结果之间相背离的原因,为了探讨制度实践的行动逻辑,提出以下几个具体问题,并在以后的篇章中围绕这些问题做深入研究。

(1)正式制度这一具有强制性的规则为什么无法得以有效地

执行？

（2）非正式制度这一无形的规则通过怎样的机制影响行动者参与制度实践？

（3）行动者在制度实践过程中的策略选择受什么因素影响？遵循什么逻辑？

（4）行动者制度实践的结果是怎样的秩序？它对原有的正式制度和非正式制度产生什么影响？

综合以上问题，其实就是通过研究制度实践的行动逻辑，探寻行动与制度之间的关系。

第三节　研究视角与研究方法

为了真实地揭示制度实践的行动逻辑，笔者认为不仅要关注正式的规则和规范，也不能忽视风俗习惯和道德等非正式规则，同时还要考虑不同行动者的权力和资源的占有状况，并且要在行动者策略性的、复杂的动态的互动中展开研究。因此，笔者采用布迪厄的实践理论和关系主义方法论来研究制度实践的行动逻辑。

一、社会实践理论的主要内容

布迪厄认为，社会学的任务在于揭示构成社会宇宙的各种不同的社会世界中那些掩藏最深的结构，同时揭示那些确保这些结构得以再生产或转化的机制。因此在方法论上他提出了一种"双重解读"的关系主义方法论，即实践理论。

（一）布迪厄的"实践观"

布迪厄提出了"实践"这一概念，实践是指人的"实际活动"（Pratique）。他认为人的实践是在社会时空之中发生的，同时也不断再生产和修改社会时空制度，独立于时空之外的实践是不存在也是无法理解的。在他看来，实践一方面实现了个人的利益，另一方面在某种程度上使结构和体系得以不断再生产，这样的社会再生产并不是一种机械的自动过程，社会结构的再生产只有通过实践才能完成。也就是说，实践的原则应该在各种外在约束和各种性情倾向之间的关系之中来寻找，即要到结构和惯习的交织作用中来理解实践。

社会实践理论就是解释了行动者在哪里实践？用什么实践？以及如何实践？换言之，行动者的实践空间、实践的工具和实践原则是什么？布迪厄用场域、资本、惯习以及它们之间的关系创造性地回答了这三个相互联系的问题，场域、资本、惯习以及三者之间的关系所形成的理论体系，就是布迪厄社会实践理论的主要内容。这三个核心概念，也是本文研究制度实践的重要分析工具。

（二）场域

场域，是行动者进行社会实践的空间。布迪厄从关系的角度进行思考，认为场域就是各种位置之间存在的客观关系的网络或构型。

第一，场域是构成社会宇宙的各个社会小世界。布迪厄认为，在高度分化的社会里，社会世界是由大量具有相对自主的社会小世界构成的，他把这个大的社会世界称为"社会宇宙"。他认为构成大社会宇宙的无数社会小世界相当于构成社会的各个具体的社会领域。所谓的社会小世界就是有自身逻辑和必然性的客观关系的空间。"社会宇宙并不是按照同一个逻辑规则运行的，任何一个社会小世界自身特有的逻辑和必然性不可划约成为其他领域运作的逻辑和必然性，也就是说每一个社会小世界都有自身的逻辑、规则和常规"。①这里所谓的社会小世界就是布迪厄所认为的客观关系的空间，也就是场域。

第二，场域是一个客观关系构成的系统。布迪厄对场域概念有

---

① 布迪厄、华康德，《实践与反思——反思社会学导论》，中央编译出版社，2004 年，第 134 页。

一个明确的信念："概念的真正意涵来自于各种关系,只有在关系系统中,这些概念才获得了它们的意涵。……而用场域概念也正是要证实这一点"。① 布迪厄认为,场域是客观关系的系统,而不是实体系统,这与布迪厄关系论的思维方式是一脉相承的。他说"现实的就是关系的",在社会世界中存在的都是各种各样的关系——不是行动者之间的互动或个人之间交互主体性的纽带,而是各种马克思所谓的"独立于个人意识和个人意志而存在的客观关系。"各种场域都是关系的系统,根据场域概念进行思考就是从关系的角度进行思考。②

第三,场域是力量争斗的社会空间。场域不是一个固定静止的关系结构,它是一个包含着潜在的和活跃的力量的空间,是一个充满着旨在维护或者改变场域中的力量格局的斗争场所,是一个争夺稀有资源的控制权的竞技场。场域的灵魂是贯穿于社会关系中的力量对比及其实际的紧张状态。因此场域是具体的实际活动的场所,是一个具有结构并充斥着各种社会力量和争斗的空间。布迪厄从来不把场域看成是静止不动的场所,因为场域中存在着积极活动的各种力量,它们之间不断进行博弈,博弈使场域类似于一个"游戏",而博弈的结果就是"游戏规则"。

第四,社会场域受到权力场域和国家元场域的支配。布迪厄认为尽管每个场域都或多或少具有一定的自主性,遵循着自己的逻辑和规律,但特定的场域相对于权力场域③以及其他场域的关系,无疑

① 布迪厄、华康德,《实践与反思——反思社会学导论》,中央编译出版社,2004 年,第132—133 页。

② 同上,第 133 页。

③ 布迪厄借助"权力场域"这一概念来清除"统治阶级"概念的实体主义倾向的,统治阶级是一个实在论的概念,它指的是一个实在的人群,这一人群持有一种人们称之为权力的有形实体。他用权力场域而非统治阶级,是为了与实体主义的思维方式相决裂。布迪厄的权力场域是指各种各样的资本拥有者彼此竞争、以求自己拥有的资本能取得支配地位的竞技场。发生在权力场域中的支配者之间的斗争,时常被人们错误地理解为各支配阶级与被支配阶级之间的对立冲突,其实权力场域中争斗的焦点在于各种彼此对立的资本形式之间的相对价值和"兑换率"。

对这个场域有着不可忽视的制约作用,尤其是从关系主义思考,完全自主和孤立的场域是不存在的。布迪厄在其国家理论中把国家视为"元场域"。他认为在具体分析中会遇到的各种以权威形式(例如立法、规章、行政管理措施)体现出来的统治权力,这个权力是来自于各种行政管理或科层制场域的聚合体,这个聚合体并不是清晰明确、接线分明的统一实体,它的内部仍然进行这你争我夺,谋求特定的权威形式。布迪厄将生产政策等权威形式的国家看成是诸场域的聚合体,认为这是元场域。因此任何一个社会场域都会受到权力场域和国家元场域的支配和限制。

(三) 资本

资本,是行动者参与实践的工具。资本是行动者在实践中不断积累起来的劳动,布迪厄的资本概念除了包含经济资本外,还包含文化资本、社会资本和符号资本等涵义,布迪厄通过用资本概念使行动者的实践工具从经济领域扩展到符号和非物质领域,深化了人们对实践工具的认识。

理解资本的涵义,首先,必须将资本与场域联系起来。一种特定的资本的价值取决于一种游戏的存在,资本既是行动者争斗的工具,又是争斗的对象。场域离不开资本,场域是一种网络结构,是由拥有不同资本的行动者之间的关系构成的不同位置之间客观关系的空间,如果没有资本,空洞的结构也是没有意义的。另一方面,资本的价值取决于它所处的场域,行动者使用资本的策略也决定于行动者在场域中所处的位置。

其次,资本与权力密切相连,行动者所拥有的资本数量和结构决定了其在场域的位置,也决定了其权力的大小。在布迪厄的社会实践理论中,他甚至将资本简化为权力,或更简单的财富概念——被规定为谋取权力的资源。他认为"资本赋予了某种支配场域的权力,赋予了某种支配那些体现在物质或身体上的生产或在生产的工具的权力,并赋予了某种支配那些确定场域日常运作的常规和规则,以及从中产生的利润的权力"。①

最后,各种资本类型之间能够相互转化。资本的不同类型的可转换性构成了行动者策略的基础,这些策略的目的在于通过转换来保证资本的再生产,以及在社会空间中不同地位的行动者的社会关系、社会地位的再生产。

(四) 惯习

惯习(habitués)②是行动者参与实践的原则和依据。布迪厄实践理论认为行动者并没有被化约为那种根据个人观念而理解的完全理性的个人,而是被社会化了的有机体,被赋予了一整套性情倾向。惯习就是行动者在历史经验中沉积下来和内在化成为心态结构的性情倾向系统,是一种社会化了的主观性,它具有一定的稳定性,又可以置换,它来自于社会制度,又寄居于身体之中。它是一个开放的性情倾向系统,不断地随经验而变,从而在这些经验中不断地强化,或是调整自己的结构。

惯习包含两方面涵义,一方面,惯习是"被结构的结构"③(structured structure)。这是因为惯习是外在结构内化的结果,是一种社会化了的主观性,惯习通过社会化过程使外在结构有了内化的倾向,从而为个体行为设立了限制。另一方面,惯习是"具有结构能力的结构"④(structuring structure)。这是因为惯习是一种实践,它将内在化了的社会结构转化为个人的志向或期望反过来又在倾向于再生产客观结构的行为中得以外在化,具有一定的"结构能力",而且惯

---

① 布迪厄、华康德,《实践与反思——反思社会学导论》,中央编译出版社,1998 年,第 146—147 页。

② 法语"HabitUs"在中文中有三种译法,包亚明把它译为"习性"气;高宣扬把它译为"生存心态";李猛、李康等大多数学者则把它译为"惯习",上述译法,虽然文字不一样,但表示的意思基本一致,本文采用的是最通常的译法。

③ 戴维·斯沃茨:《文化与权力——布尔迪厄的社会学》,上海译文出版社,2006 年,第 116—135 页。

④ 同上。

习不是单纯地复制经验，而是以一种独特的、创造性的方式，再生、重建和改造社会条件的一种主动性的动力因素。

（五）策略和利益

除了场域、惯习和资本这三个重要概念以外，策略和利益也是理解布迪厄社会实践理论不可缺少的概念。布迪厄认为，策略是行动者惯习的外在表现。通俗来讲，策略就是行动者从小养成的，通过惯习表现出来的，为了扩大资本量和占有场域中的最有利位置而对游戏走向的一种判断。① 策略的重要性在于它体现了处于不同场域位置的行动者所拥有的资本状况，而且策略互动的结果决定了行动者关系结构的变化，规定了场域的游戏规则。布迪厄的社会实践理论非常重要的一点，就是从对规则的过度关注转向对策略的重视，从建立模型的机械力学转向勾勒策略的辩证法。

关于"利益"，布迪厄的观点超出了经济学的利益范畴。他认为"利益是历史的建构"②，不同场域有不同的利益，每个场域都有各自特定的利益形式。总体来说，利益是场域内人们彼此争夺的目标和对游戏规则的把握。行动者策略的目的就在于通过转换来保证资本的再生产，以及在社会空间中不同地位的行动者的社会关系、社会地位的再生产。

二、社会实践理论的意义及与本研究的关联

布迪厄建构实践理论超越了社会学界普遍存在的社会物理学的客观主义、结构主义方法论和社会现象学的主观主义、建构主义方法论之间的二元对立③。在综合客观主义与主观主义、结构主义

---

① 宫留记：博士论文《布迪厄的社会实践理论》，南京师范大学，2007 年，第 89 页。
② 布迪厄、华康德：《实践与反思：反思社会学导引》，李猛译，中央编译出版社，2002 年，第 159 页。
③ 为了消除社会学理论中主观与客观、整体与个体、制度与行动的二元对立，当代西方社会学家进行了不懈的努力，其中，尤以法国社会学家布迪厄和英国社会学家吉登斯二人所做的工作最为突出。尽管吉登斯将结构不仅看成规则，而且看成作为权力来源，但是，布迪厄强调惯习和策略，比他更明显地摆脱了结构主义的色彩。

与建构主义的基础上,布迪厄提出了他的总体性的实践理论。布迪厄的实践理论试图在人的行动和结构之间找到沟通和相互转换的中介,他用惯习和场域的概念来消解客观主义和主观主义的二元对立,认为实践活动包含着外在性的内在化和内在性的外在化双重运动过程,前者和惯习概念有关,后者和场域概念有关,并以此为基础来阐释社会生活中实践的奥秘。

布迪厄所提出的实践理论和关系主义方法论,有利于本文研究将制度与行动有机地结合起来。本文以布迪厄的实践理论作为研究制度实践的分析工具,目的就是试图克服研究制度实践过程过于注重外部结构制约因素(例如文化的约束和合法性机制)的倾向,转向从行动者的能动性来考察行动主体间进行的制度实践,突出人的社会主体性和能动性。所以,本文运用社会实践理论进行研究,除了重视正式制度和非正式制度的规范作用外,能够更加关注制度实践中各种行动主体之间所构成的关系网络,关注每个行动者为了实现各自的利益而采取的种种策略,理解每个行动者赋予他们行动的意义。

总之,笔者认为探寻行动者在制度实践的行动逻辑,布迪厄社会实践理论是最合适的分析框架,社会实践理论中的重要概念工具即场域、惯习和资本能够将正式制度、非正式制度和行动者的关系构型以及行动者主体能动性联系起来,能够在行动者复杂的关系结构中,在策略性的互动中动态分析制度实践的行动逻辑,进而通过制度实践的行动逻辑来解释正式制度表达与制度实践之间相背离的原因。

三、调查地点的选择

(一)调查地点应符合的条件

本文通过调查国家"2005 年—2008 年整顿关闭小煤矿"正式制度在某一具体城市的执行过程,分析与此正式制度相关的不同行动者的策略选择。国家整顿关闭小煤矿的正式制度包括一系列的制度安排，可以用四个关键词来概括，即关闭、整顿、整合、技改。国家正式制度明确列出了 14 类关闭矿井；出台了与控制下井人数、提高安全培训、安装监控系统、事故报告及处理等相关的部门规章；规定了煤炭资源整合的范围、原则、目标和程序；精确量化了技术改造的各项标准。其中明确规定资源枯竭、生产条件落后以及年生产能力在 3 万吨以下（包括 3 万吨，下同）的矿井一律关闭，生产条件符合规定并年生产能力在 3 万吨以上的矿井有资格参与资源整合。本文就是要调查三年时间内这些正式制度的执行情况。

因此调查地必须具备以下条件：

1. 该地区存在一定数量的小煤矿，并有十年左右的开采历史，而且拥有煤炭资源储量，煤炭资源能够支持小煤矿未来开采五到十年或十年以上。只有这样的地区，才有国家整顿关闭正式制度所约束的对象。只有具有开采历史并且未来依然生产的小煤矿面对国家整顿关闭制度才能采取主动的应对策略。

2. 小煤矿的年生产能力有 3 万吨以下的，也有 3 万吨以上的。生产条件有相对落后的，也有比较完善的。这样才能了解不同规模、不同类型的小煤矿矿主应对正式制度约束时所采取的不同策略。

3. 该地区有完备的煤炭管理行政机构，因为煤炭相关管理部门人员是国家正式制度的执行者，他们是笔者考察国家正式制度的实践过程不可缺少的行动者。

（二）所选调查地的典型性

本文选择东北 F 市作为调查地点。东北矿产资源丰富，新中国成立以来东北三省一直向全国输送煤炭。F 市处于东北的西北部，是一座"因煤而立、因煤而兴"的城市。F 市已经拥有一百多年的煤炭开采历史，F 矿区曾是全国四大主力矿区之一。虽然这里以国有大型煤矿为主，但是自从 20 世纪 80 年代国家鼓励小煤矿发展以来，从国有煤矿矿办小井到集体公司性质的小煤矿，从乡镇小煤矿到个体小煤矿，F 市的小煤矿成为该市煤炭业不可缺少的部分。由于长达百年的开采,F市矿产资源接近枯竭,从2001年开始大型露天煤矿和国有大煤矿的相继破产,剩余资源又给了小煤矿生存发展的空间,截止到2005年上半年,F市小煤矿总数179处。F市小煤矿成为该市地方财政收入的重要来源,解决人们就业的主要途径之一。

F市179处小煤矿中有48处小煤矿的年生产能力在3万吨以上,其余131处小煤矿年生产能力在3万吨以下。年生产能力最小是1万吨,最大是6万吨。按照所有制划分,F市小煤包括四种类型:国有煤矿的矿办小井;事业单位为增加福利而办的小矿;村镇开办的集体所有的矿井;个人所有的小煤矿,其中个体小煤矿占绝大多数。

由于F市是"因煤而兴"的城市,因此,煤矿行业相关管理部门齐全,煤炭工业管理局、国土资源局、煤炭安全监察分局等部门在F市所有的行政机构中占据重要的地位,拥有对全市煤矿行政审批、行政执法、监督管理的职能。

2005年国家为了遏制小煤矿矿难频发,提出了"争取用三年时间解决小煤矿问题"的政策目标,出台了一系列整顿关闭小煤矿的正式制度,关闭、整顿、资源整合、技术改造,国家正式制度在F市的执行,必将会对F市小煤矿原有的格局以及煤矿相关管理部门原有的管理方式产生影响。

根据以上F市小煤矿发展的历史和现状来看,F市符合上述三个条件,具有一定的典型性。

四、研究方法及资料收集

本文考察一个地方性的制度实践过程,该研究是经验性的,所以笔者采用定量研究与定性研究相结合的方法。笔者认为掌握F市小煤矿数量的变化和各个小煤矿生产能力的提高幅度,能够说明国家"整顿关闭小煤矿"制度执行的效果。但是,单纯的定量分析无法深入了解行动者参与制度实践的行动逻辑,"社会是由活生生的人和具体的社会活动组成的,对它必须根据社会成员的动机和主观意义来理解"①，因此定性研究更加重要。于是在研究过程中，笔者进行实地调查，运用访谈法了解行动者制度实践的策略选择过程，从当事人的角度理解行为的动机和意义。

（一）调查对象的选取

笔者要分析制度实践中不同类型行动者策略选择的依据和策略互动的过程，所以，首先要明确制度实践的行动者。笔者将参与制度实践的行动者分为四类：地方政府、管理部门、小煤矿矿主和小煤矿矿工。F 市进行实地调查时，根据这四类群体的不同特征确定访谈对象。

1. 地方政府

地方政府是国家正式制度在地方具体实施时的执行者和监督者，对当地小煤矿是否实施关闭拥有最终决定权，同时也负有发展地方经济、稳定地方社会秩序的职责。为了防止访谈获得的信息会受到被访谈人职务级别的影响，因此笔者选择了 5 个地方政府部分访谈对象，包括副市长 1 人、副区（县）长 2 人，区（县）地方政府办公室主任 1 人，秘书 1 人。笔者认为从不同级别、不同职务的被调查者那里获得信息，能够保证信息的真实性。

2. 管理部门

管理部门是国家正式制度最基层的执行者，掌握地方小煤矿发展状况和地方矿产资源分布情况，拥有提请地方政府关闭小煤矿的权力，与小煤矿矿主有最直接的联系。同时为了获得真实的信息，笔者所选取的访谈对象分别处于不同部门、不同级别、不同职务。市、区两级国土资源管理局 4 人（包括局长 1 人、副局长 1 人、工程师 1 人、一般科员 1 人）；煤炭工业管理局 4 人（包括副局长 2 人、工程师 1 人、科员 1 人）和煤矿安全监察分局 2 人（包括工程师 1 人、科员 1 人）。接受访谈的管理部门人员共 10 人。

---

① 袁方、王汉生：《社会研究方法教程》，北京大学出版社，2003 年，第 146 页。

3. 小煤矿矿主

矿主是指小煤矿企业的法人。笔者根据 F 市小煤矿不同生产能力的比例，选择不同的矿主进行访谈。2006 年 F 市小煤矿共 152 处，其中被列入关闭名单的 14 处，占总数的 9%；年生产能力在 3 万吨以上的 48 处，占总数的 32%；没有直接列入关闭名单，但年生产能力低于 3 万吨的 90 处，占总数的 59%。笔者为了重点探讨整顿关闭过程中矿主为了躲避关闭而采取的策略选择，因此提高了访谈对象中关闭矿矿主的比例，降低了原生产能力就在 3 万吨以上的煤矿矿主比例。最终笔者选取的 10 位矿主中，包括被关闭矿矿主 4 人，未列入关闭名单，但年生产能力 3 万吨以下的煤矿矿主 4 人，年生产能力 3 万吨以上的煤矿矿主 2 人。这 10 位矿主不仅其煤矿生产能力不同，而且他们的年龄、学历也各不相同，这有利于笔者分析个人背景对策略选择的影响。

4. 小煤矿矿工

小煤矿矿工是国家正式制度的直接受益者，也是参与制度实践的行动者，这类行动者的策略选择直接影响制度实践的最终结果。本文选择了不同年龄、不同学历且在不同煤矿工作的矿工，被调查人数 10 人。20—29 岁矿工 2 人；30—39 岁矿工 4 人；40—49 岁矿工 2 人；50—59 岁矿工 2 人。其中小学学历 4 人、初中学历 5 人；高中学历 1 人，他们分别在 7 个不同的煤矿工作。

（二）调查过程和资料收集方法

为了调查国家三年整顿关闭小煤矿正式制度的实践过程，笔者三访 F 市，每一次笔者都直接进入 F 市进行实地调查，调查采用直接访问法和文献法获得资料。

1. 初访 F 市

第一次实地调查是在 2006 年 9 月中旬到 10 月中旬，虽然国家整顿关闭正式制度已经出台，但是在 F 市的实施才刚刚开始。这一个月是 F 市确定小煤矿关闭名单、酝酿资源整合方案的时间。笔者通过无结构式访谈的方法走访了F市地方政府官员、管理部门人员、矿主和矿工。第一,调查了管理部门人员的工作状况、小煤矿矿主的开矿经历、矿工的生存现状以及他们之间的相互关系。第二,了解管理部门和矿主对刚刚实施的国家新一轮整顿关闭制度所持有的看法以及对制度实施结果的预测。第三,调查了四类行动主体应对国家关闭政策时的策略互动过程。第四,笔者从地方政府和管理部门那里获得了有关F市小煤矿发展历史和生产状况的报告、文件及统计数字等官方文献资料。

2. 二访F市

第二次实地调查是在2007年5月,F市2006年年末制定的关闭整合方案未获得国家和省级主管部门通过,F市小煤矿领域的行动主体重新调整策略。笔者仍然采取直接访问的方式了解了F市地方政府、管理部门和矿主策略调整的过程。笔者走进矿区,到矿工家里与矿工做直接访谈,深入调查整顿制度在小煤矿的执行状况。此间,笔者通过网络连续关注国家整顿关闭小煤矿的政策,及时获取文件、报告等官方文献。

3. 三访F市

第三次调查是在2008年3月,笔者采用直接访谈法访问了四类行动者在继续整顿和整合技改阶段中所采取的策略。特别调查了技改阶段矿主为了保住煤矿所做的种种努力。同年6月,笔者又采用电话间接访谈法进行跟踪访问,了解国家三年整顿关闭小煤矿制度在F市的最终执行结果,并且通过电子邮件的形式了解管理部门人员和矿主对这一轮整顿关闭制度的看法,及时掌握他们的心理动态和策略变化。

第四节 概念界定与研究设计

一、基本概念的界定

本文研究涉及到五个基本概念即正式制度、非正式制度、小煤矿场域、制度实践、局部秩序,在此笔者对这些概念的涵义做以界定。

(一) 正式制度

制度是一个社会的游戏规则,为决定人们的相互关系而人为设定的一些制约。更通俗地讲,制度就是人们在行为中所共同遵守的办事规程和行为准则,是社会成员的行为规范和共同认可的行为模式。制度研究者一般延用诺斯的制度划分方法,即根据有无界限明确的组织来制订和监督实施,将制度区分为正式制度和非正式制度。[①]

正式制度又叫正式规则或硬制度,一般指某些人或组织自觉和有意识地制定的各项法律、法规、规则(如宪法、企业法、知识产权保护法等),以及经济活动主体之间签订的正式契约(如合同、协议),诺斯的观点认为,正式制度应该包括政治规则、经济规则和契约。它们形成一个等级结构,从宪法到成文法和普通法,再到明细的规则,最后是个别的契约,这些规则共同约束着人们的行为。

与非正式制度相比,正式制度具有以下特征:第一,具有文本性。正式制度一般都是通过正式、规范、具体的文本来表现的。例如国家的宪法、一般的法律、国家部委规章等。第二,正式制度具有确定性。在其作用有效期内,每个人不管你接不接受都要按章办事,共同遵守,它不会因人改变,所以正式制度的确定性明确了人们的心理预期,增强了可预见性,降低了人们交往互动结果的不确定性。第三,正式制度具有强制性。为了保证正式制度的执行,要求有专门的维护者和实施者,借助正式的机构来保障实施。国家会通过强制手段,例如军队、警察、法庭、监狱等来进行制裁。第四,正式制度变革的速度比较快。虽然正式制度的建立和更改需要一定的程序,但是往往建立或废止一个正式制度只需短短的时间。有时只需要一个决定、

[①] 道格拉斯·C.诺思:《制度、制度变迁与经济绩效》,上海三联书店,1994年,第3页。

一个紧急通知、一个命令就能在较短的时间内以激烈的方式完成正式制度的变革。

本文笔者结合中国的国情，界定正式制度的涵义，认为正式制度中不仅包含具有法律效力的成文法，除此之外还有一个不可忽略的内容即公共政策。

对公共政策这一概念的理解国外学者和国内学者都曾做了大量的解释①。国内学者结合中国国情，认为公共政策的制定主体是具有权威性的国家机构即党和政府；在内涵上，公共政策的多种形式，如法规、条例、措施、办法、方案、规划、指南、文件等；在性质上强调国家的权威性。当然广义②的公共政策可以分为元政策、基本政策和具体政策，狭义的公共政策仅指具体政策。本文被界定为正式制度的公共政策是指具体政策。（注：下文出现的公共政策单纯指具体政策）

本文之所以认为公共政策属于正式制度的范畴，原因在于：首先，公共政策具有公共性和权威性。所谓公共性是区别于私人性而言的，它意指公共政策属于从私人领域中抽离出来的诸如公共卫生、公共教育、公共资源、公共舆论、公共秩序等公共领域的现象，它对公众在公共领域中的行为（包括其权利和义务）进行规范和约束。另外公共政策的权威性一方面表现在其制定和实施的主体即国家政府在享有决策资源、综合运用专家智库、搜集社会信息方面的权威性地位；另一方面表现是政府机构享有警察权威可以对一些政策实行强制执行，公共政策一旦制定就必须付诸实施。其次，公共政策具有规制功能。规制的英文是"regulation"，翻译成中文可以译成"规制"、"管制"、"规束"等。公共政策的规制功能是指政府通过公共政策对社会行为和经济行为进行规范和管制，对国家事务和社会生活出现的影响社会发展的问题进行规范和约束。再次，公共政策的表现形

---

① 相关解释参照：陶学荣，《公共政策学》，东北财经大学出版社，2006年，第30—33页。
② 同上，第38—41页。

式具有文本性。广义上的公共政策包括法规、条例、措施、办法、方案、规划、文件等,这些表现形式都是通过严肃、正式、规范的公文形式发布的,例如《国务院关于××的意见》、《国家环境保护总局关于××的紧急通知》。最后,公共政策是成文法的重要补充。中国是一个发展中国家,自改革开放以来,中国社会的方方面面都在改革的道路上探寻并实践着(所谓的"摸着石头过河")。改革带来社会变迁和社会转型,在这样一个探索发展的时期,中国的法律体系还不够完善,当面对各种具体的新情况、新问题时,政府机构除了利用法律手段以外,还需要通过制定和执行各种公共政策来调整社会资源分配,以促使社会良性运行和协调发展。虽然我们不赞成公共政策的泛滥和繁多,而更加强调成文法的作用,但是由于公共政策本身所具有的灵活性和及时性优势,决定了公共政策在中国目前的社会发展时期是成文法的重要补充。

　　基于以上分析,本文所界定的正式制度概念与以往国内外学者的观点有所不同。本文认为正式制度包括两方面内容:第一是成文法,包括宪法、法律、行政法规、部门规章①等;第二是公共政策,包括措施、办法、方案、规划、文件等。

---

① 宪法是在法的形式体系中居于最高的、核心的地位,是一级大法或根本法,综合性地规定。只有最高国家权力机关全国人民代表大会才能行使制定和修改宪法的权力。宪法是其他法的立法依据或基础,其他法的内容或精神应符合或不得违背宪法的规定或精神。法律是由全国人大及其常委会依据法定职权和程序制定和修改的,规定和调整国家、社会和公民生活中某一方面带有根本性的社会关系或基本问题的一种法,是中国法的形式体系的主导,它是二级大法。法律的地位和效力低于宪法而高于其他法,是行政法规和地方性法规的立法依据或基础,后两者不得与它相抵触,否则无效。行政法规是由最高国家行政机关国务院依法制定和修改的,有关行政管理和管理行政两方面事项的规范性法律文件的总称,它在法的形式体系中位于低于宪法、法律而高于地方性法规的地位。有了行政法规,宪法和法律的原则和精神就能具体化,便能有效实现。部门规章是国务院所属部委根据法律和国务院的行政法规、决定、命令,在本部门的权限内,所发布的各种行政性的规范性法律文件。参考:张文显,《法理学》,高等教育出版社、北京大学出版社,2007,第97—99页。

$$正式制度\begin{cases} ① \ 成文法（宪法、法律、行政法规、部门规章等）\\ ② \ 公共政策（措施、办法、规划、文件等） \end{cases}$$

二者之间的相同之处是作为正式制度所具有的特性，即上文所述的文本性、确定性、强制性和易变革性等特性。二者也是有区别的，区别在于：第一，成文法比公共政策具有更强的确定性，成文法一旦确定下来就是稳定不变的，除非到了修改或者废止的时候，否则在较长时间内不会改变的，它是相对静止的。而公共政策相比成文法，变动性大、时效性强，它是动态的实施过程。第二，公共政策相比成文法内容详尽、执行性强、操作性强，是上级行政机关要求命令下级行政机关执行的，实施工具除了法律手段以外还有行政手段。第三，公共政策变革的速度比成文法更快，成文法尤其是其中的宪法、法律它是要经过国家最高权力机关通过的，有法定的变革程序，而公共政策的出台相对比较快，更加灵活。

二者之间同样也是有联系的。公共政策的制定和实施都要符合成文法的规定，所以成文法是公共政策制定的前提和基础，也是强制实施的法律保障。制定和实施公共政策的目的也是为了促进、监督目标群体遵守成文法。公共政策在解决具体公共问题时，其最后的终结通常要制定新的成文法或对原有不够完善的成文法进行修订，以通过成文法这一基础规则来长期稳定地约束类似的行为，否则公共政策的制约和管制只是"一阵风"而已。

总之，本文所使用的"正式制度"概念，不仅包括成文法也包括公共政策。这种概念界定能够反映中国社会发展的实际，并能够表现正式制度动态的实施过程。

（二）非正式制度

非正式制度是相对于正式制度的一个概念，一般认为非正式制度是指对人的行为不成文的限制，通常被理解为在社会发展和历史演进过程中自发形成的、不依赖人们主观意志的文化传统和行为习惯，如社会的价值观念、伦理规范、文化传统、习惯习俗、意识形态等。

"在人类行为约束的体系中,非正式制度具有十分重要的地位,即使在最发达的经济体系中,正式制度也只是决定行为选择的总体约束中的一小部分,人们的行为选择的大部分行为空间是由非正式制度来约束的。"①目前,学者对非正式制度的理解,多数都是强调了非正式制度中关于文化传统、价值观念、伦理规范的内容。笔者认为这样的理解有些片面,其实诺思对非正式制度的内涵解释得非常丰富,他认为非正式制度包括:①对正式制度的扩展、丰富和修改;②社会所认可的行为准则;③自我实施的行为标准"②。也就是说,非正式制度除了世代相传的文化传统等内容之外,还有现实中实际发挥作用的规则,例如人们对正式制度修改、变通后的规则,在特定场合经过人们一段时期的博弈后,被人们普遍认可的规则,这些是特定社会领域真实规则的体现,它规定着人们之间的关系。由于这些真实规则与正式制度不能完全符合,甚至部分与正式制度表达相悖,不能"置于台面上",因此仍属于非正式制度。

因此,本文认为"非正式制度"包括两个内容:第一是人们在长期的社会发展和历史演进中自发形成的、代代传承的理念,如价值观念、伦理规范、文化传统、习惯习俗和意识形态等。第二是某个社会领域在一定时期内经过人们多次博弈后形成的真实的内部规则,它是人们根据该领域具体经验决定的,是集体互动的产物,它反映着人们之间的关系结构。

$$非正式制度\begin{cases} ① 在社会历史发展中长期演化而来的非正式制度 \\ ② 特定社会领域一定时期内利益博弈后所形成的内部规则 \end{cases}$$

二者的共同点即都具有非正式制度的特性。第一,非文本性,二者都没有正式的文本表达。第二,没有确定的供给者,二者是人们在

---

① 道格拉斯·C.诺思:《制度、制度变迁与经济绩效》,上海三联书店,1994年,第49页。
② 卢现祥:《新制度经济学》,武汉大学出版社,2004年,第115页。

社会化和再社会化过程中习得的规则。第三，没有强制执行的机构，人们不遵守非正式制度不会受到法律制裁，非正式制度的惩罚机制通过个人良心的谴责，社会舆论的批判还有受到特定领域内其他人的排斥而实现。

二者的区别。前者是一个民族或国家在长期的社会发展过程中受到自然、历史、社会等因素的影响下，人们经过长时间的交往而沉淀下来的行为规则，它一旦形成便具有历史惯性，它几乎成为一个民族或国家人们所共有的国民性，它的变化是一个缓慢、渐进的过程。后者是特定社会领域内的规则，它具有局部性，它更加生动、具体，它是领域内成员在相对短期内经过利益博弈后形成的"共识"，相比前者，它的稳定性比较弱，容易因受到外部因素影响而发生变化。

二者也是相互联系的。首先，后者如惯例、行规、潜规则等并不是行动主体在完全"经济理性"下形成的，它受到前者传统文化、风俗习惯、伦理道德等影响。其次，后者是改变前者的动力因素。当众多社会领域的"共识"发生变化，共识的"交集"，即人们普遍认可的规则所形成"合力"，势必会促进历史积淀已久的文化传统发生变迁。

总之，本文所使用的"非正式制度"概念不仅指文化传统、伦理道德等范畴内，而且还包括社会特定领域内实际发挥作用的内部规则。

（三）小煤矿场域

小煤矿场域是本文研究制度实践的分析单位，将国家整顿关闭小煤矿制度实践置于 F 市小煤矿场域中研究，在此首先定义"小煤矿"，然后在场域理论基础上阐述小煤矿场域的涵义。

我国的煤矿从所有制角度可划分为国有重点煤矿、国有地方煤矿和乡镇煤矿（这一部分多数已经转为个体私营）。"小煤矿"则是按照生产能力划分的，相对于"大煤矿"，小煤矿到底如何定义呢？国家曾经出台的正式制度对小煤矿的界定标准也有所不同①。潘伟尔关于小煤矿定义比较赞成 1989 年《煤炭工业技术政策》中的解释，他认为，如果按照所有制分类，国有重点、国有地方和乡镇煤矿三大类煤矿中，国有重点煤矿和国有地方煤矿中有相当多的年产小于 30 万吨的小型煤矿，而乡镇煤矿中有年产 30 万吨以上的中型煤矿②。目前人们一说到小煤矿就认为是乡镇煤矿，其实这不全面。严格地讲，"小煤矿"与"乡镇煤矿"是两个不同的概念。按照所有制分类来定义小煤矿，不仅与技术分类冲突，而且带有明显的所有制歧视倾向。依据他的观点，小煤矿可以严格地分为乡镇小煤矿和国有煤矿矿办小井。高扬文关于什么是小煤矿这一问题论述道，"在中国，所谓小煤矿（地方煤矿），是区别于统配矿（国营的大煤矿）而言的，通常包括三种煤矿：一是地方国营（包括省、市、地、县）的煤矿，二是集体（主要是乡、镇、村）煤矿，三是个体小矿。这三种不同所有制的煤矿，通称"小煤矿"。③

---

① 一是原能源部 1989 年 2 月发布的原煤炭部《煤炭工业技术政策》中按设计和核定生产能力划分的矿井类型：矿工开采年产 30 万吨以下（含 30 万吨）和露天开采年产 100 万吨以下的煤矿称为小型煤矿。这是从技术角度来划分的。二是国家统计局 1998 年统计制度改革以后，将工业企业年销售收入 500 万元以上的企业称为规模以上企业。但是乡镇煤矿的平均煤炭价格比国有煤矿低，国有煤矿年销售 3 万—4 万吨就能达到，而乡镇煤矿则需要年销售 6 万—7 万吨才能达到规模以上标准。如果这样划分，那么小煤矿数量是一个随年煤炭销售量和煤炭价格变化而变化的动态数值。三是国务院 2001 年 9 月在《关于进一步做好关闭整顿小煤矿和煤矿安全生产工作的通知》的文件中的定义，《通知》写有"关闭整顿小煤矿（含国有煤矿矿办小井和国有煤矿以外的各类小煤矿）"。这完全将乡镇及个体私营煤矿看成小煤矿。四是国家煤矿安全监察局 2002 年 4 月制定的《小煤矿安全生产基本条件》第二条中的定义：本条件适用于乡镇煤矿和年产 30 万吨以下（含 30 万吨）的其他各类煤矿。从这个定义中看，在所有制上不管生产能力如何，只要是乡镇煤矿就属于小煤矿，乡镇煤矿之外的，即国有重点和国有地方煤矿只要是年产 30 万吨以下（含 30 万吨）也属于小煤矿。
② 潘伟尔：《中国需要适当数量的小煤矿》，载于《中国能源》，2003 年第 8 期，第 10—11 页。
③ 高扬文：《中国小煤矿问题的来龙去脉（上篇）》，载于《煤炭经济研究》，1999 年，第 6 期，第 4—5 页。

从以上关于小煤矿的解释中可以看出,"小煤矿"这一概念是从两个维度理解,一是技术维度,二是所有制维度。本文认为按照所有制分类来定义小煤矿,存在技术分类冲突和所有制歧视。本文将两个维度结合起来,并且紧紧围绕整顿治理小煤矿政策所指向的管制对象,对小煤矿做如下定义:即排除所有制的限定、按照生产规模,凡是年产30万吨的小型煤矿统称为小煤矿,在所有制上包括国有煤矿、国有煤矿矿办小井、地方煤矿和乡镇煤矿及个体煤矿。

场域是布迪厄分析社会的单位,场域不是地理空间而是一种社会空间,它是各种相互斗争或合作的力量构成的关系系统。行动者为了维持有利的场域位置,为了使场域规则向有利于他们的方式运作,从没停止过与其他行动者进行策略互动。

"小煤矿场域"是本文分析问题的基本单位,本文所提出的"小煤矿场域"概念并不是指某个小煤矿企业,而是指小煤矿领域内各类行动者之间力量关系所构成的网络或系统。小煤矿场域中有四类不同的位置(或称角色)即地方政府——煤矿管理部门——小煤矿矿主——小煤矿矿工,小煤矿场域就是指这四类行动者的力量关系所构成的网络。小煤矿场域的行动者在日常的生产管理中,尤其是在小煤矿整顿关闭过程中,他们根据所持有的力量进行争斗、博弈。力量博弈过程使得小煤矿场域得以存在并继续运作。

(四)制度实践

曾经有两位学者使用"制度实践"这个概念。黄宗智就将"制度表达"与"制度实践"之间的"背离"界定为清代法律的制度性本质①。孙立平关于正式权力的非正式运作的过程分析中,提到"制度实践"这个概念,他说"从表面上来看,制度实践所遵循的原则及试图实现

---

① 此观点出现在黄宗智著《民事审判与民间调解:清代的表达与实践》,中国社会科学出版社,1998 年。

的目标是与原制度一致的,但变通后的目标就其更深刻的内涵来看则与原制度目标不尽相同甚至根本背道而驰"①。

哲学家对"实践"有不同的解释,布迪厄实践社会学中的"实践"则是指人们的实际活动(Pratique),指的是人一般的日常性活动,包括生产劳动、经济交换、政治文化生活和日常生活活动等②。他认为人的实践是在社会时空之中发生的,同时也不断再生产和修改社会时空制度,独立于时空之外的实践是不存在也是无法理解的。布迪厄一再强调活生生的实践,目的就是要在结构与个人行为之间找到可以互通的中介,在他看来,实践一方面实现了个人的利益,另一方面在某种程度上使结构和体系得以不断再生产。孙立平也提出"面对实践的社会学",他认为要将一种实践状态的社会现象作为社会学的研究对象,实践状态就是社会因素的实际运作过程,是动态的、流动的社会事实。因此"实践"具有动态性、流动性、社会时空性和再生产性。

基于以上学者对"实践"的解释和"制度实践"的使用场合,笔者使用比较的方法对本文使用的"制度实践"概念做以解释。首先"制度实践"不同于"制度执行",后者强调的是科层制体系自上而下的强制性地实施,下级对上级制定的制度无条件的落实。"制度实践"不同于"制度运行",后者的表述缺少行动者的主动参与,是对制度运行过程的客观描述。"制度实践"不同于"制度运作",虽然后者强调了制度的社会运作过程,关注到了行动者的主体能动性,但是这一概念并不能说明行动者之间的互动对制度的再生产功能和建构作用。

笔者认为,"制度实践"内涵包括:(1)权威部门制定的制度并不

---

① 孙立平、郭于华,《"软硬兼施":正式权力的非正式运作的过程分析——华北 B 镇定购粮收购的个案研究》,清华大学社会学系主编的《清华社会学评论特辑》第 1 辑。

② 布迪厄强调:"我要向你们指出,我从来没有用过实践(praxis)这个概念,因为这个概念,至少在法语中,多多少少带有点理论上的夸大说法,甚至有相当多成分的吊诡性,而且常用这个词去赞赏某些马克思主义、青年马克思、法兰克福学派和南斯拉夫的马克思主义等等。我只是说'实际活动'(Pratique)。"详见高宣扬:《布迪厄的社会理论》,同济大学出版社,2004 年,第 100 页。

是机械执行的,而是要经过行动者实践的,实践的过程是行动者为实现个人利益而与其他行动者之间互动的过程;(2)参与制度实践的行动者生活在具有一定历史的、某个具体的社会空间中,存在于特定的关系结构中,既受结构制约,又具有被社会化了的主体能动性;(3)制度实践是在各类行动者之间复杂的、策略性的互动关系中展开的,是一个动态的策略过程;(4)行动者策略互动的结果能够促使正式制度和非正式制度的再生产,制度通过行动者的实践,得以存在并发生变迁。总之,制度不是机械的服从的,是行动者实践的。

(五)局部秩序

规则是制度的最小单位,秩序是制度的结果。《辞海》中对秩序的解释有两种:一是指次序;二是指人或物质所在的位置,含有整齐守规则之意。我国学者张文显认为"秩序是规范体系、规范主体行为,调整社会关系而建立起来的有条不紊的状态"。[①] 笔者认为秩序就是制度约束形成的状态。

"局部秩序"[②]是与"制度实践"相对应的一个概念。制度实践是

---

① 张文显:《论法与秩序》,《法学评论》,1988 年第 6 期。

② 本文"局部秩序"这概念的运用是参考埃哈尔·费埃德贝格所著的《权力与规则——组织行动的动力》一书。在这本书对"局部秩序"这个概念做以下解释:组织分析研究将兴趣集中在这些机构上面,它事实上所论述的是诸种局部秩序的建立与维持,局部秩序的建立与维持将保证行为受规则的限制,以及保证相关行动者诸种假如不是冲突、那么也是彼此分离的策略得以整合。这些局部秩序有着它们的局限性。他们的活力与他们的适用范围变动不居:不同行动者的参与活动发生着变化,根据诸种情景的变化,相关具体的行动系统的"诸种领域",或是得以拓展,或是变得更加狭小。局部秩序的影响力也不是完全起作用的;无论在何时,各种各样的行动者都不可能被完全纳入我们所分析的游戏之中,因为与此同时,他们参与了相对而言更多的游戏,因而从每一游戏之中都能够获得一定的自主权。局部秩序是政治现象,他们是由诸种境遇所提供的,是由拥有认知技能和关系技能、拥有物质资源的人们设计出来的。因此局部秩序依赖于诸种更大范围的社会规则机制,这类规则机制在任何既定的时刻都体现社会的特征,并且对社会进行着建构。但是,这些局部秩序同样也在始终不断地超越那些规则机制所强加的资源与限制。参考埃哈尔·费埃德贝格:《权力与规则——组织行动的动力》,上海人民出版社,2005 年,第 178—185 页。

某个场域行动者在正式制度压力下策略互动的过程,笔者将策略互动的结果表现出来的状态称为"局部秩序"。局部秩序是介于有序与混乱之间的中间状态,是某个特定场域内行动者围绕具体问题而展开行动后形成的具体秩序,是暂时性的、阶段性的策略整合状态。这种状态并不完全符合国家正式制度的规定,国家会根据社会场域形成的局部秩序而对正式制度作以修正,目的是打破社会场域原有的局部秩序。因此说局部秩序状态下的行动者的策略尚不稳定,具有投机性和随机性,局部秩序的稳定性依赖于更大范围的社会规则机制。

局部秩序是场域内行动者策略互动的结果,如果局部秩序得到国家元场域的认可,这种秩序就能够在一段时间内稳定、持续地保持下去,成为某社会领域的常态,反之,国家元场域将推出新的正式制度以图打破已经形成的局部秩序。因此,局部秩序是社会正常秩序形成的中间阶段,直至受到内部或外部因素的影响,局部秩序出现混乱,新的制度实践继续进行。

二、研究框架及研究构想

(一) 研究框架

本文以 F 市小煤矿场域三年整顿关闭的制度实践过程为切入点,运用社会实践理论和关系主义方法论,试图探讨行动者制度实践的行动逻辑,解释制度表达与实践结果之间背离的原因。笔者认为分析行动者的实际活动,研究制度的真实实践,必须将正式制度与非正式制度联系起来,不仅考虑行动者的利益动机,更要关注场域位置、资本、惯习等影响行动者策略选择的重要因素。因此,为了能够真实地揭示制度实践的行动逻辑,笔者按照以下思路进行研究,见研究框架图(图表 1)。

(二) 研究构想

笔者提出以下研究构想:

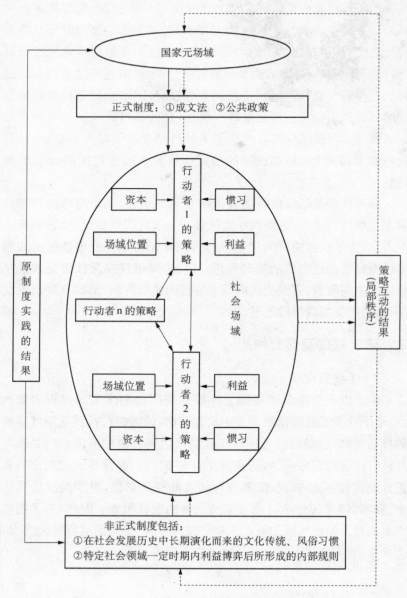

图表1 研究框架图

1. 正式制度是国家权力机构制定的、并要求自上而下强制执行的规则。而事实上,社会场域的行动者并不是完全被正式制度约束的"粒子",正式制度也不是他们唯一遵守的行为标准。因此笔者认为正式制度是国家元场域确保持其统治地位的合法手段,是国家元场域促使社会场域的制度向他们所希望的方向变迁的外部压力,以此实现对社会场域的控制。

2. 非正式制度在制度实践中发挥重要的作用,它是社会场域规则的真实体现。非正式制度作为规则不具有行动力,但是它通过决定场域行动者关系结构、型塑行动者惯习这一机制,作用于制度实践。惯习作为社会化的主观性,是生成策略的准则,其创新和能动作用又能够指导当下的实践,建构新的规则。

3. 制度不是执行的,制度是实践的,制度实践是社会场域内行动者在正式制度的压力下,在某一关系结构(即场域)中,受到惯习的推动而进行资本运作和策略选择的博弈过程。

4. 社会场域内行动者策略互动的结果形成了暂时性的局部秩序。这一结果未必符合正式制度的文本表达,国家元场为了达到制度目标,进行正式制度的再生产,以调整局部秩序。

5. 社会场域行动者之间的互动以及社会场域与国家元场域之间的博弈循环进行,最终形成了相对稳定并被国家基本认同的新规则,这个规则既不完全等同于国家制定的正式制度,也区别于社会场域原有的非正式制度。这个规则逐渐被行动者接受,得到行动者长期认可,并逐渐形成一种习惯或者生活方式。由此非正式制度得以再生产,制度在行动者的策略互动中发生了变迁。

如果经过研究,以上假设成立,则可论证制度与行动是约束与建构的关系。

三、本文结构

本文共分为六章。

第一章是绪论。阐述了本文之所以研究制度实践行动逻辑的理论原因和社会背景。疏理了与本问题相关的文献，且对其加以评述，并提出本文所要研究的具体问题。介绍了本文研究的理论工具即社会实践理论的主要内容，交代了本文的研究方法，阐述了研究框架，解释了本书所涉及的五个基本概念。

第二章是 F 市小煤矿的正式制度和非正式制度。首先描述了 F 市的历史变迁、经济社会发展状况、小煤矿发展历程和目前的生产状况；其次梳理了国家二十六年来整顿治理小煤矿的正式制度；最后从东北地方历史文化背景出发详细叙述了 F 市小煤矿领域的非正式制度。

第三章是制度实践的空间：小煤矿场域。本文将制度实践置于场域内研究，因此描述 F 市小煤矿场域是研究制度实践过程的基础。本文依次分析了小煤矿场域行动者的关系结构、惯习和资本类型。

第四章和第五章以上、下两部分分析了制度实践的行动逻辑。结合 F 市小煤矿"整顿关闭"和"整合技改"这两个连续的过程，描述了场域行动者在正式制度的压力下，受到惯习的推动，进行资本运作和策略选择的过程，描述了 F 市小煤矿场域内行动者之间的策略互动以及该场域与权力场域之间的博弈过程。

第六章是结论与讨论。对全文的分析进行总结，回答最初提出的问题，验证提出的构想，得出研究的结论，并在此基础上就如何促进中国制度良性变迁进行了讨论。

总之，本研究将克服以往研究过于强调结构性因素的倾向，克服过于关注个人成本利益计算的倾向，除了正式制度、非正式制度以及个人利益动机之外，还将社会关系、权力、资源等因素联系起来，尝试用社会实践理论之场域、惯习、资本等概念为研究工具，分析制度实践的行动逻辑。本研究将会丰富社会学制度运行过程的研究，对社会学原有的制度分析理论有所贡献，同时这一研究结果也将会给政府部门制定科学、合理的正式制度提供理论依据，以提高正式制度的适用性和实效性。

第二章
F市小煤矿的正式制度与非正式制度

> 自我决定的原则是由感知和评价的各种范畴提供的；可是在很大程度上，这些范畴本身又是由制约它们的建构过程的社会条件和经济条件所决定的。

> ——布迪厄

第一节　东北F市图景

本文最终研究目的是探索行动者在制度实践中的行动逻辑，研究行动与制度的关系。为了探讨这样的课题，单纯地通过概念和命题来进行理论推理是无法将其生动地展示出来，而且脱离了经验观察和实证研究，理论探索的结果很有可能仅仅是研究者的主观臆断。为了客观地寻求到行动与制度的关系，本文立足于东北F市这个研究实地，对该市的小煤矿整顿治理的制度实践进行调查分析，从而总结出行动者在制度实践中的行动逻辑。因此，这样的经验研究要求本文对F市整体发展状况给予描述和交代。根据研究主题的需要，本节以"F市图景"为标题，叙述F市的基本概况和该市小煤矿的发展脉络。

一、东北F市的基本概况

（一）地理位置和自然气候

F市位于东北的西北部，地处内蒙古科尔沁沙地南部，努鲁儿虎山脉区域内。属华北植物区系和蒙古植物区系交错地带的半干旱地区。F市是"四山、五丘、一平原"的地形特点,山地面积占38％,丘陵面积占50％,平原面积占12％。F市矿产资源相对比较丰富,全市现有矿产资源240余处,矿种41种。有20多种非金属矿藏和10多种金属矿藏。

从自然气候来看,F市受东亚季风影响,属于北温带大陆型季风气候。多年平均降水量为480毫米,时空分布不均,由东南多、西北少。降水时间集中在6—9月,占全年降水量的78％。全地区多年平均蒸发量1789.8毫米,因此水资源贫乏是F市的显著特点。总体来看,F市的气候特点是:四季分明,雨热同季,降水集中,风沙干旱,水土流失严重。正是由于春季干旱多风,夏季炎热多雨,冬季寒冷少雪,所以风沙尘土时常袭扰这个城市。

(二)F市的历史沿革

F市历史上属边塞地区,只有少数年代归中原王朝直辖,多数年代是少数民族割据政权的管辖地,先后有山戎、东胡、匈奴、乌桓、鲜卑、契丹、女真、蒙古、满等民族活动于此。汉人的迁入开始于北宋、辽南北对峙时期,辽将在战争中俘获的大批汉人、渤海人迁入本地,作为奴隶分给契丹贵族。清代这里被设置为养息牧场。民国年间,这里蒙汉分治,一直延续到1940年。1943年日本侵略者占领此地,1948年F市全境解放,并成立市政府。到目前为止,全市总面积10355平方公里,其中城市规划区面积490平方公里,建成区面积49平方公里。下辖五区两县,全市城区共有26个街道办事处、68个乡镇。

(三)F市人口

全市人口193万人,有汉、蒙古、满、回、朝鲜、锡伯等14个民族。全市人口中农业人口108万人,占总人口的56％,全市有非农业人口85万人,占总人口44％。市区人口78万人,其中矿区人口(包括职工家属)40万人,占市区人口51.2％。

二、转型中的东北 F 市经济社会发展状况 ①

（一）东北 F 市转型前经济社会发展状况

F 市是一个"因煤而立、因煤而兴"的资源型城市，与所属省份内的其他城市相比，是一个经济欠发达地区。产业结构中农业相对比重大、工业类型单一、第三产业尤其是现代服务业比较薄弱。

1. 农业比重相对较大，受到常年干旱和沙化的威胁，农民收入低。

与其他比较发达的城市相比，F 市的农业在整个经济生活中仍然占有相当的比重。农业主要以种植业和畜牧业为主，全市现有耕地 564 万亩，农村人均占有耕地 5.6 亩。F 市农产品种类比较单一，粮豆产量中一半是玉米，其余是高粱、水稻、大豆、小麦等。F 市是畜牧业基地，有现代化猪、牛、羊良种繁育场。由于当地土壤类型以褐土、棕壤、草甸土、风沙土为主，土壤有机质含量低，沙化和水土流失严重，所以农业经常会因为干旱、沙化而受到损失。尤其是近几年连续遭受严重旱灾，农民收入大幅下降。

2. 工业以煤炭、电力为主，而煤炭资源逐渐枯萎。

F 市是国家作为重要能源基地建起来的煤电城市，直到经济转型启动前的 2000 年，煤炭、电力仍然是 F 市工业主体，除此之外兼有机械、电子、建材、化工、轻工、纺织、食品、医药等行业。全市拥有独立核算工业企业 927 户，国有及国有控股工业企业 153 户，全市销售收入超亿元的企业有 6 户。2000 年全市规模以上经济完成工业总产值 35 亿元，利税总额 3.6 亿元。

F 市作为矿业城市工业种类单一，地方工业对煤炭具有依赖性。然而煤炭资源逐渐萎缩，2000 年剩余可采煤量 3.3 亿吨，经济可采煤量减少，百年老矿累计报废主体矿井 14 对，4 个大型主体煤矿在 2002 年后逐步宣告关闭破产，产业替代面临困难。

---

① 这部分数据来源于 F 市政府官方网站。

3. 第三产业中新型服务业发展缓慢。

从事第三产业劳动者人数为 29 万人,第三产业以专业市场为主,通讯、电子等信息产业发展缓慢。截至 2000 年底 F 市国内生产总值 64.7 亿元,其中第一产业 10.2 亿元,第二产业 24.0 亿元,第三产业 30.5 亿元,三种产业比例为 16∶37∶47。

4. 居民收入不高,社会保障压力比较大。

由于煤炭资源萎缩,使相关产业出现了衰退,加之地方工业基础薄弱,导致财政状况非常困难。2000 年,财政收入 4.4 亿元,财政支出 11.7 亿元。全市城市居民人均可支配收入 4122 元,比全国和全省平均水平分别低 2158 元和 1236 元。农民人均纯收入 941 元,分别比全国、全省平均水平少 1320 元和 1416 元。由于 1998 年国有煤矿的破产,F 市承担着沉重的下岗职工再就业、最低生活保障的任务。2000 年全市共有城镇居民 85 万人,全市共有失业下岗人员为 13.8 万,其中矿务局系统内失业和下岗人员占全市的 50%。全市人均月收入低于生活保障线 156 元的特困居民有 19.8 万人,占全市辖区人口的 25.6%。

(二)东北 F 市转型中经济社会发展现状

资源开采为主导产业的资源型城市随着矿产资源的减少、枯竭必将逐渐走向衰落,资源枯竭给 F 市的发展带来的诸多困难。2002 年,发展现代农业和农产品精深加工业,成为 F 市"经济转型"的方向。

笔者于 2006 年 9 月来到 F 市调查小煤矿整顿关闭情况的时候,F 市的经济社会状况有了好转。经济转型的四年里,F 市在国家扶持政策下,通过招商引资建立现代生态农业园区,吸引了多家大型农产品加工企业投资建厂。根据 F 市 2005 年统计公报显示,F 市全市生产总值(GDP)142.6 亿元,人均生产总值为 7398 元。城镇居民人均可支配收入 6630 元,农民人均纯收入 3140 元。

虽然以煤炭为主的单一产业结构逐步向多元化产业格局转变,但是煤炭业在 F 市工业中的主导地位依然没有改变,新型替代产业并没有取代煤炭业在 F 市的重要地位。2005 年构成 F 市工业支柱的六大行业累计完成工业增加值 28.9 亿元,其中:煤炭开采和洗选业增加值 16.7 亿元,农副食品加工业增加值 3.1 亿元,纺织制造业等其他四个行增加值的总和是 9.1 亿元。可见煤炭业仍然是 F 市经济收入的重要来源。

F 市在经济转型中,经济结构调整、农业的抗灾能力以及城市下岗职工的再就业等仍然是 F 市发展中需要解决的问题,例如 2005 年全市仍有 17.3 万城镇居民享受最低生活保障待遇,占城市居民人口的 22%。

第二节　F市小煤矿发展的基本概况

从上述 F 市图景中可获知,煤炭业在 F 市经济发展中的重要地位,为了深刻了解本文的调查对象 F 市小煤矿,本节将从叙述全国小煤矿不同阶段入手来介绍 F 市小煤矿的发展历程,为下一步研究小煤矿场域的制度实践做必要的铺垫。

一、中国小煤矿发展历程

在中国,小煤矿的含义在不同的场合下,不同的理解。根据不同的含义,小煤矿的数量及其产量将是一个不可调和的数据,有时甚至相互矛盾。为了研究方便,我们将小煤矿定义为广义的概念。从生产能力方面来讲,一般不超过 30 万吨/年;从所有制的角度来讲,小煤矿分为三类,它包括国有煤矿矿办小井、乡镇煤矿和个体煤矿。为了叙述方便,本文以下将小煤矿发展过程划分为五个阶段:

(一) 小煤矿发展的起步阶段(1982 年以前)

建国以后,最早出现的小煤矿在所有制形态上是国有地方煤矿开采的小煤矿和集体小煤矿。因此小煤矿的出现时间很早,上世纪六十年代,各地的地方小煤矿就已经出现,当时小煤矿可以自己定价,自由销售,解决本地煤炭需求,地方用不完国家调出并给地方补贴,小煤矿的起步阶段还依靠国家投入资金给予资助和补贴。总体来讲,这个阶段小煤矿的发展的确对缓和国家和地方煤炭供应紧张起到了积极作用。在"文化大革命"时期国家提出了"扭转北煤南运"方针,鼓励南方省份开采本省煤炭。执行几年,由于煤炭资源条件差,产出少,发生浪费资金的问题,因此这一方针受到怀疑并最后被否定。于是南方许多地方小煤矿停产关闭。在北方,由于国家后期对地方小煤矿资助资金减少、国家补贴取消,加上当时煤价太低,多数地方小煤矿最终因亏损而停产。受到以上多方面因素的影响,从 1979 年到 1981 年地方小煤矿减产 3000 万吨。地方小煤矿减产的后果就是增加了国家统配矿的压力,于是在 1981 年和 1982 年国家酝酿扶持小煤矿发展的政策。

(二) 20 世纪 80 年代小煤矿数量快速增长时期(1983 年—1991 年)

80 年代初,我国煤炭供不应求,成为制约国民经济发展的瓶颈,因此中央提出了"群众办矿,政府修路"的方针,并对地方小煤矿、乡镇采取放宽、搞活的政策。在"有水快流"方针引导下,我国的小煤矿从 1983 年到 1989 年进入一个迅猛发展阶段,"国营、集体、个人一起上"。当时流行着"先上车,后买票"的说法。1983 年当年小矿井就增加了 3 万处,其中乡镇煤矿的数量增加得最快,这个阶段创造了改革开放以来小煤矿数量增长最快的记录。1984 年和 1985 年年均增产超过了 5500 万吨。小煤矿占全国煤炭产量比例由 1981 年突破20%,到 1985 年突破 30%,1983 年,以极短的时间,小煤矿产量首次超过国有地方煤矿。[①]

这个阶段,小煤矿的发展的确缓解了全国煤炭紧缺的局面,并且

① 数据源自成家钰:《正确处理国家大煤矿与小煤矿关系研究》,《煤炭经济研究》,1999年,第 6 期,第 3—7 页。

提供了就业机会（1983年由300万人从事小煤矿生产），提高了农民的收入。但是由于小煤矿的盲目发展，我国煤炭工业在这个阶段走的是低水平、总量扩张和粗放经营为特征的发展路子。因国家扶持政策的催生而形成的煤矿数量快速增长的背后，隐藏着很多问题。

（三）20世纪90年代小煤矿数量和产量第二个高峰期（1992年—1998年）

1992年以来，随着国家经济体制改革进一步深化，生产资料和煤炭价格的逐步放开以及煤炭市场的放开，同时制约煤炭生产的铁路运输也有所改善，为各地小煤矿创造了建国以来最好的内外部环境。1992年到1995年，小煤矿产量连续4年超高速增长，1993年开始超过国有重点煤矿产量，这是小煤矿发展史上增产最多的时期。到1998年乡镇小煤矿最多达8万多个，产量占全国总产量的43.47%。1993年到1998年连续六年全国乡镇小煤矿总产量都超过了国有重点煤矿的总产量。

第二个高峰期的后几年，小煤矿产量一路飙升，然而由于宏观调控的不及时，加之突如其来的东南亚金融危机，煤炭产量快速增长同出口贸易缓慢、全国经济发展速度下降碰撞到一起，于是全国煤炭过剩，1998年矿务局所属的大型统配矿面临亏损。小煤矿也在迟到的宏观调控政策下开始接受整顿。

（四）治理整顿与事故频发并存时期（1999年—2004年）

小煤矿的治理整顿不仅仅是因为煤炭过剩，更重要的原因是20世纪90年代里小煤矿多数是采用原始的采煤工艺、简陋的装备和人海战术来维持的。在小煤矿数量和产量迅猛增长的同时乱挖滥挖、破坏资源和生态环境、人员伤亡等诸多问题一一暴露出来。1998年12月国务院提出对小煤矿实施关井压产，1999年是小煤矿总产量3.17亿吨，是十几年来最底的一年。但是2000年小煤矿生产迅速出现反弹，2001年国家为了进一步加大对小煤矿的治理力度又相继下发了"四个关闭"等一系列通知，制定了煤炭安全条例、煤炭监察规程等，然而由于治理力度不够，有关的法规条例并没有真正执行，所以结局是制度失效、控制效果不佳。

2002 年 4 月，有关部门宣称小煤矿数量被控制在 2.5 万个以下，其产量不超过 2 亿吨。然而年终统计数字显示，2002 年，小煤矿的产量达到了 4.18 亿吨。这表明在政府公布的数字之外，还有大量的小煤矿存在。（见图表 2）

图表 2　1990 年—2004 年我国三种类型煤矿产量情况[①]

年份	煤炭总产量(亿吨)	国有重点		国有地方		乡镇煤矿	
		数量(亿吨)	比例(%)	数量(亿吨)	比例(%)	数量(亿吨)	比例(%)
1990	10.79	4.80	44.49	2.05	19.00	3.94	36.50
1991	10.87	4.81	44.20	2.04	18.72	4.00	36.80
1992	11.14	4.83	43.30	2.03	18.20	4.29	38.51
1993	11.51	4.58	39.78	2.04	17.72	4.89	42.50
1994	12.30	4.69	38.12	2.06	16.75	5.55	45.13
1995	12.92	4.82	37.32	2.13	16.51	5.97	46.17
1996	13.74	5.37	39.10	2.22	16.16	6.15	44.74
1997	13.25	5.29	39.93	2.26	17.03	5.70	43.04
1998	12.33	5.03	40.79	2.13	17.27	5.36	43.47
1999	10.44	5.13	49.13	2.14	20.50	3.17	30.37
2000	12.50	5.36	42.88	1.94	15.52	5.20	41.60
2001	13.10	6.30	48.09	2.20	16.79	4.60	35.11
2002	13.90	7.11	51.15	2.63	18.92	4.18	30.07
2003	16.67	8.08	48.50	2.83	17.00	5.76	34.50
2004	19.56	9.19	46.98	2.95	15.08	7.42	34.95

[①] 数据资料来源于中国煤炭工业协会。

2003年和2004年,尽管有各种整顿、关闭规定,但是由于经济过热导致能源紧缺,因此在煤价上涨、煤炭市场旺盛的需求下,有些小煤矿在安全设备和技术条件不允许的情况下铤而走险,受利益的驱使进行掠夺式地开采,2004年小煤矿总产量创下7.42亿吨的历史最高纪录。这个阶段里,不但小煤矿的数量和产量没有按照整顿治理的规定控制下来,而且此间小煤矿安全事故不断出现,死伤人数逐渐上升。(见图表3)2003年和2004年是我国"矿难"这个词使用频率最高的两年,是煤矿企业尤其是小煤矿安全事故发生最频繁的两年。

图表3　1994年—2001年我国煤炭行业(含原煤生产)安全生产情况①

年份	国有煤矿		国有地方煤矿		乡镇煤矿		国有矿办小井		合计
	死亡人数	比例(%)	死亡人数	比例(%)	死亡人数	比例(%)	死亡人数	比例(%)	死亡人数
1994	747	10.36	1201	16.65	4822	66.86	442	6.13	7212
1995	767	12.29	1027	16.46	4286	68.70	159	2.55	6239
1996	560	10.10	850	15.33	3933	70.94	201	3.63	5544
1997	710	11.69	912	15.02	4154	68.42	295	4.86	6071
1998	524	8.35	901	14.36	4575	72.91	275	4.38	6275
1999	509	7.95	940	14.69	4666	72.92	284	4.44	6399
2000	747	12.96	814	14.12	3933	68.22	271	4.70	5765
2001	749	13.37	1007	17.98	3645	65.08	200	3.57	5601

我国小煤矿在生产经营过程中出现的问题主要是安全生产问题,从我国煤炭行业生产安全的资料中可以看到,乡镇小煤矿每年的死亡人数均超过3500人,其死亡人数与总死亡人数的比例超过65%。2004年、2005年,小煤矿百万吨死亡率分别为5.87和5.53,

① 数据资料来源于《中国煤炭工业年鉴》(1997—2002)。

是国有重点煤矿的 6 倍,国有地方煤矿的 2 倍。从 2003 年冬季开始,"矿难"成为新闻媒体和人们日常谈论中频频出现的词语。在人们感受国家经济快速增长的同时,频繁出现的"矿难"悲剧却时常令人心情沉重。

(五)整顿关闭时期(2005 年—2008 年)①

2005 年,商品煤平均售价每吨 270. 2 元,比 2004 年每吨增加 31. 18 元。由于经济快速发展的需要和利益的驱使,造成相当多的国有煤矿管理松懈,违规增产,小煤矿更是一拥而上,乱采乱挖,造成很多重大的安全事故。截至 2005 年上半年,全国各类煤矿 2.8 万处,平均生产能力约 7 万吨,其中,生产能力 1 万吨及以下的占 41%,9 万吨以上的仅占 8%。因此整治安全生产、关闭安全生产条件不合格的小型煤矿势在必行,大力整治安全生产已经成为国家意志。2005 年 2 月,国家安全生产监督管理局升格为国家安全生产监督管理总局,同时专设由总局管理的国家煤矿安全检查局,提高监察的权威性,强化煤矿安全监察执法。2005 年 8 月人大常委会提出国务院确定"争取用三年时间左右解决小煤矿问题"的目标,从此我国小煤矿开始了全国范围的整顿关闭。这个时期的治理小煤矿制度的实践过程正是本文要重点探讨的,因此,关于这个时期国家治理小煤矿的具体制度以及地方政府同小煤矿真正执行、落实情况的阐述体现在本文后面章节中。

二、F 市小煤矿发展概况

上述全国小煤矿发展历程是 F 市小煤矿发展的大背景,F 市小煤矿的发展同样受到国家的管理政策和社会经济形势影响。与此同时,F 市作为一个具有百年历史的矿业城市,他的小煤矿发展过程也

---

① 数据参考《我国煤炭企业最新分布格局与力量对比》,《领导决策信息》,2005 年 8 月第 33 期,第 28—29 页。

有其特殊性。

从 1897 年开始，当时乡绅及外地商人纷纷在 F 市创办煤矿，每年产量从四五万吨逐渐发展到十五六万吨。1908 年日本侵略者开始插足矿区，进行勘探绘图，从当地乡绅手中抢夺采矿权，办矿采煤并运输到日本。到 1935 年日本侵略者开建"露天掘"，从此开始大规模掠夺当地煤炭资源。直到 1945 年日本人投降为止，共奴役中国劳工 50 多万人，掠夺当地煤炭 2527 万多吨。在日本人开采的前后，国民党政府也不断进行掠夺式的开采，到 1948 年 F 市的煤矿已是采剥失调、设备破旧，很难维持生产。

解放后，F 市开始建设现代化、机械化、电气化的大型国有煤矿，在"一五期间"F 市成为国家煤炭生产基地。解放后 F 市的煤炭业是以国有大型统配煤矿开始的，但是 F 市的小煤矿并不是完全不存在，在 1983 年国家鼓励开采小煤矿之前，在 F 市就存在。当时的煤矿分为有国有统配煤矿和国有地方煤矿，在这两种煤矿中有部分未列入计划的矿办小井，其产出的煤不受国家计划支配，产量可做国家计划的补充，以满足本地区煤炭需求。此时的小煤矿其所有制是国有，由于矿井小，产量少，也属于广义上的小煤矿。

1983 年国家为了解决煤炭供应不足问题，放宽了办矿政策，鼓励发展小煤矿，允许国有地方煤矿开办小矿和支持乡镇集体煤矿。由于 F 市是国家煤炭基地，所以一直以来国有大型煤矿是煤炭业的主角、核心，所以在国家加快发展小煤矿的政策号召下，F 市矿务局拿出部分边角煤炭资源划归地方开采，鼓励矿务局的集体公司开办小煤矿。总之 F 市小煤矿都是在国有煤矿这个母体上分出来的，在地理位置上是靠近国有大矿周围，体制和管理上依赖并依附于国有大煤矿。小煤矿的类型包括矿务局集体公司开办的小井和地方小煤矿，此时纯粹的个体煤矿为数不多。当时流行"先开矿，后办手续"，因此以集体公司矿办小井为主的小煤矿数量增长比较快，1987 年底 F 市有矿务局集体公司开办小煤矿 40 个，地方开办小煤矿 63 个，这是 F 市小煤矿发展的第一个高峰期。

　　1992 年到 1997 年 F 市小煤矿数量继续增加，1997 年小煤矿数量达到顶峰。此间由于国家经济体制改革，一方面国有统配矿在价格上没有优势，传统的管理体制不能灵活适应市场经济的要求，大型煤炭企业出现亏损；另一方面，由于国家政策的放宽、全国煤炭需求旺盛，小煤矿开矿成本低，管理比较灵活，因此 1992 年到 1997 年是 F 市小煤矿数量迅速增长时期。1997 年正常进行生产的小煤矿有 258 个，其中：矿务局集体公司开办小煤矿 104 个，地方集体开办小煤矿 154 个，未生产的和报废的且有合法手续的小煤矿有 73 个，还有一些不合法没有登记注册的小煤矿。1995 年就开始进行小煤矿的整顿工作，到 1997 年停止了小煤矿的审批。

　　经过 1997 年、1998 年连续两年的小煤矿治理，小煤矿的数量和产量有所下降，但是到了 2002 年，石油价格上升，煤炭又成为制约经济的瓶颈，于是在煤炭市场需求旺盛的时候，F 市相继有个人投资开采小煤矿，并且原有的矿办小井也转变为个体小煤矿。在 1997 年，F 市乡镇煤矿以及矿务局集体公司开办的小煤矿多于个体开办的小煤矿。但是到了 2002 年实际开采的乡镇煤矿，包括矿务局集体公司开办的小煤矿都已所剩无几，因为以前这些小矿实质上大部分都是个人投资，向乡镇或矿务局交一定的承包费用，采用了集体的名义，2002 年政策允许个体开矿，于是这些所谓的乡镇煤矿便露出本来面目，成为真正的个体小煤矿。

　　F 市的煤炭资源由于多年开采而逐渐枯竭，F 市国有大型煤矿由于地下煤层储量减少、地质情况日渐复杂。2005 年以前，我国煤炭行业在地方没有设立煤矿安全监察机构，办矿审批权和安全生产的监管权同属于相同部门，因此虽然 F 市重大矿难发生得很少，但是零星事故层出不穷。

　　国有大型煤矿的破产促进了 F 市地方小煤矿的发展。从 2000 年到 2004 年四家国有煤矿宣告报废或破产。国有大型煤矿破产后，资源划拨给了地方，于是一些年生产能力 4 万吨左右的中型地方大煤矿脱颖而出，稳定、发展了地方小煤矿主导的煤炭经济，增加了下岗职工再就业机会,尤其为以后小煤矿安全基本条件的提高奠定了基础。

截止到 2005 年底,F 市小煤矿一共 166 个,其中年生产能力在 3 万吨以下(包括 3 万吨)的小煤矿共有 118 个,占 71%;年生产能力在 3 万吨以上的小煤矿共 48 个,占 29%。2005 年 166 个小煤矿的生产情况(如图表 4)。

图表 4　2005 年 F 市小煤矿的数据统计①

区/县	矿井总数	地质量	可采量	生产能力		2005 年产量	产值	上税(万元)	职工人数(人)
				设计	核定				
A 县	48	1563	1044	101	174	121.91	26979.6	1678	8261
B 区	49	1497	1075	130	249	176.03	39316.4	2523.6	6948
C 区	19	4411	2626	99	103	76.77	17275.8	1086.3	5388
D 区	12	493	293	20	72	45.02	10965.5	323.1	3144
E 区	36	822	619	54	98	75.12	13201.1	809.7	5450
F 区	1	490	210	12	6	1.3	205.4	40	255
G 县	1	1056	792	6	15	6.5	837	96.2	600
合计全市	166	10333	6660	422	717	502.65	108816.8	6556.9	30016

第三节　整顿治理小煤矿的正式制度

从 1982 年到 2008 年,小煤矿的发展经历了 26 年的历程,国家对小煤矿从鼓励发展到数量控制,从小煤矿问题出现到国家整顿治理,经历了几次起伏。整顿治理小煤矿的正式制度针对着小煤矿问

---

① 数据来自于 F 市政府和国土资源局以及煤炭工业管理局向笔者提供的文件资料。

题的不断出现而陆续出台,逐步修改、更新。

一、2005 年以前中国整顿治理小煤矿的正式制度

国家对小煤矿发展的政策并不是一开始就利用正式制度对小煤矿进行整顿关闭的,而是经历了扶持规范→整顿治理→整顿关闭的过程。因此在叙述原有整顿关闭小煤矿的正式制度之前有必要简单交代国家对小煤矿扶持规范和整顿治理阶段的政策法规。

(一) 国家扶持规范小煤矿时期的正式制度 (1982 年—1992 年)

20 世纪 80 年代是国家对小煤矿采取扶持规范的方针。80 年代初能源成为制约中国经济发展的重要因素之一,仅依靠国有统配矿和国有地方煤矿已经无法解决能源紧张问题,因此 1982 年开始国家鼓励地方兴办小煤矿,"两条腿走路"成为当时解决能源问题的方针。当时对小煤矿管理的法律法规还不健全,只有《矿山安全条例》、《矿山安全监察条例》和《小煤矿安全规程》,而更多的是关于扶持群众办矿的政策。1983 年提出"国营、集体、个人一起上"的方针,提出对小煤矿要采取放宽、搞活的政策。1983 年煤炭部《关于加快发展小煤矿的八项措施的报告》中指出各地煤管局积极为小煤矿组织技术服务队、输送技术人才;小煤矿只需持有"二证"即《采矿许可证》和《营业执照》就能生产,而且凡持有两证的小煤矿均受到国家法律保护,甚至允许小煤矿可以"先上车、后买票"(即先开采生产、后办理手续);国营矿区内凡是大矿采不到的边角煤、采过残留的煤,可以给小矿开采;凡有资源又有运输条件的地区,应放手发展小煤矿。在这样的宏观政策下,全国范围内兴起了群众办矿的热潮。1985 年是遏制小煤矿泛滥成灾的历史机遇,然而国家没有出台相应的调控措施,而是在 1986 年进一步提出"群众办矿、国家修路"的方针,于是群众办矿一哄而起,不可收拾。

图表5　1982年—1987年国家有关小煤矿的正式制度

实施日期	成文法及公共政策	颁发部门
1982	关于保护国营煤矿企业正常生产的决定	国务院
1983	关于加快发展小煤矿的八项措施的报告	煤炭工业部
1986	关于乡镇煤矿实行行业管理的通知	国务院
1982-7-1	矿山安全监察条例	国务院
1983	小煤矿安全规程	煤炭工业部
1986-10-1	中华人民共和国矿产资源法	全国人大常委会
1987	乡镇煤矿安全规程（1983年《小煤矿安全规程》废止）	煤炭工业部

（二）国家整顿治理小煤矿时期的正式制度（1988年—1997年）

由于经济需要和政策扶持，20世纪80年代中国的小煤矿从无到有，从有到多，从多到滥。小煤矿数量的增多虽然促进了地方经济发展，支援了国民经济建设，但是小煤矿的无序开采，破坏了国家煤炭资源，引发了多起安全事故，于是国家从扶持规范小煤矿逐步转向对小煤矿进行整顿治理。

国务院针对小煤矿非法开采先后于1988年和1991年发出了《国务院批转国家经委、计委关于立即整顿国营煤矿井田内各种小井的意见的通知》和《国务院关于清理整顿个体采煤的通知》，劳动部在1990年颁发了《乡镇煤矿矿井安全生产条件合格证实施办法》，各级政府对小煤矿做了多次整顿。但是，多数地区的状况没有改变，许多乡镇煤矿不具备起码的安全生产条件；无证煤矿在一些地区仍然大量存在；不依法开采、越层越界威胁国营大矿安全生产的问题相当严重。据资料①显示，1992年1—9月全国乡镇煤矿因工死亡人数3854

----

① 《国务院批转劳动部等部门关于制止小煤矿乱挖滥采确保安全生产意见的通知》（国发[1986]105号）。

人,占全国煤矿事故死亡总数的 65.5％,全国几次最大的事故都发生在无证的乡镇煤矿。截至 1992 年底,在全国 103 个统配矿务局井田范围内开采的小煤矿约有 11200 多处,严重威胁到了统配矿的安全生产。

图表 6   1988 年—1997 年国家有关小煤矿的正式制度

类别	实施日期	内　容	颁发部门
公共政策	1988 - 2 - 29	国务院批转国家经委、计委关于立即整顿国营煤矿井田内各种小井的意见的通知	国务院
	1991 - 7 - 11	关于清理整顿个体采煤的通知	国务院
	1993 - 1 - 3	关于制止小煤矿乱挖滥采确保煤矿安全生产意见的通知	国务院
	1993 - 7 - 12	关于加强安全生产工作的通知	国务院
	1993 - 9 - 30	关于贯彻国务院国发[1993]2 号文件进一步清理整顿小煤矿的通知	煤炭工业部
	1996 - 1 - 1	关于切实抓好 1996 年全国煤矿安全生产工作的决定	煤炭工业部
	1997 - 2 - 5	关于加强乡镇煤矿安全工作的通知	煤炭工业部等六部委
	1997 - 11 - 2	关于发布《关于加强乡镇煤矿环境保护工作规定的通知》	国家环保局、煤炭工业部
成文法	1990 - 6 - 8	乡镇煤矿矿井安全生产条件合格证实施办法	劳动部
	1993 - 5 - 1	中华人民共和国矿山安全法	全国人大常委会
	1994 - 12 - 20	煤炭生产许可证管理办法	国务院
	1994 - 12 - 20	乡镇煤矿管理条例	国务院
	1995 - 3 - 29	乡镇煤矿管理条例实施办法	煤炭工业部
	1995 - 3 - 29	煤炭生产许可证管理办法实施细则	煤炭工业部
	1996 - 10 - 1	小煤矿安全规程(《乡镇煤矿安全规程》废止)	煤炭部
	1996 - 10 - 3	中华人民共和国矿山安全法实施条例	国务院
	1996 - 12 - 1	中华人民共和国煤炭法	全国人大常委会
	1997 - 1 - 1	中华人民共和国矿产资源法(修改 1986 年的)	全国人大常委会

类别	实施日期	内容	颁发部门
	1998 - 2 - 12	矿产资源开采登记管理办法	国务院
	1991 - 5 - 1	企业职工伤亡事故报告和处理规定	国务院
	1996 - 10 - 1	中华人民共和国行政处罚法	全国人大常委会
	1997 - 5 - 9	中华人民共和国行政监察法	全国人大常委会

　　国家为了整顿小煤矿的无序非法开采状况,监督小煤矿依法办矿,1993年国务院发出《关于制止小煤矿乱挖滥采确保煤矿安全生产意见的通知》,要求各地政府将强对小煤矿的管理。煤炭工业部也要求各地煤炭管理机构搞好小煤矿清理整顿工作,对无证开采的小煤矿要一律取缔,尽快遏制小煤矿重特大事故上升的势头。1994年—1996年国家先后制定了《矿山安全法》、《乡镇煤矿管理条例》、《小煤矿安全规程》以及《煤炭法》等法律法规,1996年又出台了与约束小煤矿管理有关的法律《行政处罚法》和《行政监察法》。1996年又修改了《矿产资源法》,修改后的《矿产资源法》规定了探矿权、采矿权有偿取得和可以依法转让的制度,初步构建了市场经济条件下矿业权管理的框架。从表中所列出的这个阶段所制定的正式制度上看,国家要通过正式的法律法规约束小煤矿负责人和煤矿管理人员,扭转小煤矿无序非法开采的局面,然而事实并不乐观。

(三)国家整顿关闭小煤矿时期的正式制度(1998 年—2004 年)

　　国家经过对小煤矿十年的整顿治理,运用了各种政策来加强管理,制定了多部法律法规用以约束小煤矿的违法生产行为。但是小煤矿盲目发展、低水平重复建设、乱挖滥采、破坏和浪费资源以及伤亡事故多等问题仍然相当严重,1997年以前的关于小煤矿的正式制度并没能约束小煤矿矿主的非法开采行为。国家对小煤矿的管理逐步采取了"整顿关闭"政策,到 2005 年之前国家对小煤矿的整顿关闭历经了以下两个阶段。①

1. 1998 年开始实行"关井压产、总量控制"政策

1998 年 7 月国务院决定将原国有重点煤炭企业下放地方政府管理，这一决定刺激了国有地方煤矿和地方小煤矿数量的增长，1998 年全国小煤矿产量 5.36 亿吨，占全国煤炭总产量的 43.47%，全国小煤矿数量达到 8 万多处，这是小煤矿历史上数量最高的一年，井下井上重大事故连续发生。1998 年国务院发出《关于关闭非法和布局不合理煤矿有关问题的通知》，对"两证"不全、非法开采、布局不合理以及高硫高灰煤矿未采取有效措施的煤矿都要予以关闭，目标在 1999 年年底前关闭非法和布局不合理煤矿 2.5 万处，压减产量 2.5 亿吨。1999 年国家煤矿安全监察体制也进行了改革，1999 年《国务院办公厅关于印发煤矿安全监察管理体制改革实施方案的通知》，建立起了现行的煤炭工业安全监察的国家垂直管理体制。为了加大监察力度，国家制定了《煤矿安全监察条例》，先后制定的《能源节约法》、《煤炭资源回采率暂行管理办法》、《水污染防治法实施细则》等相关法律法规对小煤矿浪费资源破坏环境等行为都有约束和管制作用。1998 年的"关井压产"政策在 1999 年看到成果，1999 年乡镇煤矿煤炭产量降低到 3.17 亿吨，但是 2000 年又反弹到 5.20 亿吨，"关井压产"政策以失败告终，违法生产依然大量存在。

2. 2001 年开始实行"四个一律关闭"政策

小煤矿产量在 2000 年出现反弹，小煤矿安全生产形式依然严峻。2001 年 1 月到 4 月，全国煤矿共发生重大、特大事故 118 起，死亡 891 人。在这些事故中，乡镇煤矿和国有煤矿矿办小井的事故占绝大多数。2001 年 6 月国务院办公厅发出《国务院办公厅关于关闭国有煤矿矿办小井和乡镇煤矿停产整顿的紧急通知》。决定立即关闭国有煤矿矿办小井，所有乡镇煤矿（含国有煤矿以外的各类煤矿）

---

① 这部分的数据参考潘伟尔，"中国需要适当数量的小煤矿"，载于《中国能源》，2003 年第 8 期，第 10—17 页；高扬文，"中国小煤矿问题的来龙去脉（上篇）"，载于《煤炭经济研究》，1999 年，第 6 期，第 4—7 页。

一律停产整顿,并提出"四个一律关闭"①的决定。但是经过三个月的治理,发现由于监管不力、执法不严,部分地区国有煤矿矿办小井并没有全部关闭,乡镇煤矿停产整顿流于形式,以停代整,一些已关闭小煤矿擅自恢复生产的现象比较严重。对此2001年9月国务院又发出《关于进一步做好关闭整顿小煤矿和煤矿安全生产工作的通知》,要求加大整顿关闭力度,强制小煤矿遵守煤矿安全生产的各项法律规章。国家在2001年到2003年间针对煤矿安全生产又制定了《煤矿安全规程》、《安全生产法》、《安全生产违法行为行政处罚办法》等12项法律、行政法规及部委规章,(参见图表7)其中有五项是与煤矿安全监察②有关的法规。国家试图通过稳定、严肃、严密的法律法规来控制小煤矿违法违规生产行为,监督管理部门人员依法监管。

　　2001年"四个一律关闭"政策和后来一系列针对小煤矿的法律法规的制定的确在一段时期内遏制了小煤矿事故频发的势头,但是依然没有能彻底解决安全生产问题。2002年4月,有关部门宣称小煤矿数量被控制在2.5万处以下,其产量不超过2亿吨,然而年终统计数字显示,2002年,小煤矿的产量达到了4.18亿吨,这个数字足以说明当年小煤矿的数量不止2.5万处。2003年、2004年在全国煤炭价格上升的形势下,小煤矿超负荷生产,2004年全国小煤矿以7.42亿吨的总产量创下历史最高纪录。然而,超负荷生产付出是生命的代价,2004年煤矿重特大事故连续发生,耸人听闻的"矿难"频频出现,愈演愈烈。2004年煤矿事故死亡人数6027人,

---

① "四个一律关闭"是指:国有煤矿矿办小井一律关闭;国有煤矿矿区范围内的小煤矿一律关闭;不具备基本安全生存条件的各类小煤矿一律关闭;"四证"不全以及生产高灰高硫煤炭的小煤矿一律关闭。

② 2000年1月,国家在煤矿管理和监管机构上作了调整,改变了以往煤矿管理和煤矿监管同为一体的体制,成立了煤矿安全监察局,这样使煤矿安全管理和安全监察分开并建立了垂直的煤矿安全监察体制。2001年成立国家安全生产监察局,进一步提高了安全生产监察权威,使之与安全管理相互制约,为小煤矿安全生产提供了监管体制上的保障。

小煤矿百万吨死亡率为5.87,是国有重点煤矿的6倍,国有地方煤矿的2倍。

图表7 1998年—2004年国家有关小煤矿的正式制度

实施日期	成文法及政策	颁发部门
1998 - 12 - 5	关于关闭非法和布局不合理煤矿有关问题的通知	国务院
1999 - 1 - 15	关于进一步加强煤炭行业安全生产工作的通知	煤炭工业局
2001 - 6 - 13	关于关闭国有煤矿矿办小井和乡镇煤矿停产整顿的紧急通知	国务院
2001 - 9 - 16	关于进一步做好关闭整顿小煤矿和煤矿安全生产工作的通知	国务院
2004 - 10 - 21	关于加强煤矿安全生产工作的紧急通知	国家煤矿安全监察局
2004 - 11 - 18	关于加强煤矿安全监督管理进一步做好小煤矿关闭整顿工作的意见	国务院
2000 - 12 - 1	煤矿安全监察条例	国务院
2001 - 11 - 1	煤矿安全规程	国家煤矿安全监察局
2002 - 11 - 1	中华人民共和国安全生产法	人大常委会
2003 - 5 - 19	安全生产违法行为行政处罚办法	国家煤矿安全监察局
2003 - 6 - 20	煤矿安全监察行政复议规定	国家煤矿安全监察局
2003 - 8 - 1	煤矿安全监察员管理办法	国家煤矿安全监察局
2003 - 8 - 1	煤矿安全监察罚款管理办法	国家煤矿安全监察局
2003 - 8 - 1	煤矿安全生产基本条件规定	国家煤矿安全监察局
2003 - 8 - 15	煤矿安全监察行政处罚办法	国家煤矿安全监察局
2003 - 8 - 15	煤矿建设项目安全设施监察规定	国家煤矿安全监察局
2004 - 1 - 13	安全生产许可证条例	国务院
2004 - 6 - 3	煤矿企业安全生产许可证实施办法	国家煤矿安全监察局

续　表

实施日期	成文法及政策	颁发部门
2005 – 1 – 1	煤矿安全规程(2001年的废止)	国家煤矿安全监察局
2005 – 2 – 1	安全生产培训管理办法	国家煤矿安全监察局
1998 – 1 – 1	中华人民共和国能源节约法	全国人大常委会
1998 – 3 – 9	生产矿井煤炭资源回采率暂行管理办法	煤炭工业部
1999 – 10 – 1	中华人民共和国行政复议法	全国人大常委会
2000 – 3 – 20	中华人民共和国水污染防治法实施细则	全国人大常委会
2001 – 4 – 21	关于特大安全事故行政责任追究的规定	
2002 – 5 – 1	中华人民共和国职业病防治法	全国人大常委会
2003 – 1 – 1	中华人民共和国清洁生产促进法	全国人大常委会
2004 – 7 – 1	中华人民共和国行政许可法	全国人大常委会
2004 – 12 – 1	劳动保障监察条例	国务院

　　总结国家整顿管理小煤矿的正式制度,不难发现几经整顿治理,几经出台法律法规,但小煤矿的数量和因违法生产而引发的事故却始终没有彻底控制下来。小煤矿问题正如在诸多国家文件中出现多次的词语所表达的那样"问题依然存在"、"违法开采状况没有根本改变","以停代关、死灰复燃";"执法不严、监管不力"。我们看到正式制度的表达与正式制度的效力之间发生了悖论,正式制度的目标与正式制度实施的结果之间发生了偏离。

二、国家新一轮整顿关闭小煤矿的正式制度

　　2004年中国矿难频发,然而这并没有给煤矿安全生产带来警

示,2005 年悲剧依然在上演,而且更加惨痛。随着矿难事故的不断
发生,整治煤矿安全生产已经成为国家意志。为了促进煤矿行业安
全生产,调整煤矿产业结构,监督小煤矿依法开采,2005 年 8 月全国
人大常委会提出了"争取用三年的时间,解决小煤矿问题"的目标,于
是国家出台了一系列政策法规,2005 年 8 月到 2008 年 6 月,中国小
煤矿历史上新一轮的整顿关闭开始了。

这一轮整顿关闭经历三年的时间,历经三个阶段,从整顿关闭到
整合技改,最后是管理强矿,它是一个动态发展的过程。本文的重点
就是要通过调查这三年整顿关闭正式制度的落实情况,探寻正式制
度执行中行动者的行动逻辑,以此探讨行动与制度的关系,因此,本
文在此叙述这一轮整顿关闭小煤矿工作所制定的总体规划和制度设
计。为了在论述中突出正式制度的动态变化过程,在此仅交代 2005
年 6 月到 2006 年 6 月期间有关整顿关闭的正式制度,后续的正式制
度在下文再做详细叙述。

(一) 整顿关闭的制度目标

这里所指的"整顿关闭"是广义上整顿关闭小煤矿的第一个具体
环节,2005 年下半年以来,国家先后按照两个依据对小煤矿实施
关闭。

1. 以安全生产许可证为依据实施关闭

2005 年 6 月,国家安全生产监督管理总局①开始了整顿关闭的
第一步措施,以 2004 年开始实行的《安全生产许可证条例》为依据,
对从 2005 年 7 月 14 日起,未提出办证申请、申请未被受理或受理后
审核不予颁证的煤矿,一律停产整顿。

2005 年 8 月,国务院发出《坚决整顿关闭不具备安全生产条件和

---

① 2005 年 2 月国家安全生产监督管理局升格为国家安全生产监督管理总局,同时专设由
总局管理的国家煤矿安全监察局,以此提高了监察的权威性,强化了煤矿安全监察执
法。这样,国家安全生产监督管理总局成为部署和领导全国整顿关闭小煤矿工作的最
高权威机构。

非法煤矿的紧急通知》①，强化了整顿关闭的力度，提出凡属逾期没有提出办理煤矿安全生产许可证申请、煤矿安全监管监察机构已责令停产整顿的矿井，已提交申请、但经审查认定不具备安全生产条件、责令限期整顿的矿井，证照不全矿井，超能力生产矿井，没有按规定建立瓦斯监测和瓦斯抽放系统的矿井，没有采取防范措施的矿井，没有经过安全生产"三同时"竣工验收而投产的基建和改扩建井等，必须立即停止煤矿生产，认真进行整改。所有不合格的煤矿，只给一次停产整顿的机会，届时达不到安全许可证办证标准的，依法予以关闭。

全国有5000多家小煤矿矿主自知不具备条件而没有申报，还有1000个小煤矿虽已申请但没有通过检查。国家仅以申办安全生产许可证这一制度要求就关闭了原有的2.3万个小煤矿中的6000个。这样截至2006年6月，国家已经关闭6000个小煤矿，还有1.7万个小煤矿。

2. 以生产能力为依据实施关闭

2006年3月，国家安全生产监督管理总局联合十一部委共同发出《关于加强煤矿安全生产工作规范煤炭资源整合的若干意见》②，为了提高煤矿规模，明确规定2007年年末淘汰年生产能力3万吨以下的小煤矿。

2006年5月，国务院安委办发出了《关于制定煤炭整顿关闭工作三年规划的指导意见》③，规划中提出几个重要的数字即力争小煤矿数量控制在1万处左右；单井平均规模在9万吨/年以上；小煤矿百

---

① 《坚决整顿关闭不具备安全生产条件和非法煤矿的紧急通知》提出凡属逾期没有提出办理煤矿安全生产许可证申请、煤矿安全监管监察机构已责令停产整顿的矿井，已提交申请、但经审查认定不具备安全生产条件、责令限期整顿的矿井，证照不全矿井，超能力生产矿井，没有按规定建立瓦斯监测和瓦斯抽放系统的矿井，没有采取防突措施的矿井，没有经过安全生产"三同时"竣工验收而投产的基建和改扩建井等，必须立即停止煤矿生产，认真进行整改。

② 内容详见附录3。

③ 内容详见附录4。

万吨死亡率力争控制在 4 以下。同时详细列出了 14 种关闭矿井类型，其中包括"2007 年年末淘汰年生产能力 3 万吨以下的小煤矿"。

从以上两个重要的政策中可见两个进行量化的制度目标，即 3 万吨和 1 万个，具体说是 2007 年年末后全国将不允许 3 万吨以下小煤矿存在，2008 年全国小煤矿数量控制在 1 万处左右。根据资料可知，2005 年上半年，全国包括大型国有煤矿在内的所有各类煤矿共 2.8 万处，平均生产能力约 7 万吨，生产能力在 1 万吨以下的占 41%，9 万吨以上的仅占 8%。因此，严格按照国家正式制度的规定，全国将会有相当数量的小煤矿在这次整顿关闭过程中面临关闭。

（二）整合技改的制度目标

整合技改是整顿关闭小煤矿过程中的第二个环节，整合是指煤炭资源整合，具体来说是指合法矿井之间对煤炭资源、资金、资产、技术、管理、人才等生产要素的优化重组，以及合法矿井对已关闭煤矿尚有开采价值资源的整合。技改是指技术改造，资源整合以后的矿井规模扩大必然要对矿井的安全设施和技术设备进行相应改造。整合技改目的是为了淘汰落后、优化布局通过资源整合，可大幅度减少小煤矿数量，提高办矿规模和安全、装备、技术管理水平，从源头上减少和控制煤矿事故。

2006 年 3 月，国家安全生产监督管理总局联合十一部委共同发出《关于加强煤矿安全生产工作规范煤炭资源整合的若干意见》明确提出了煤炭资源整合的目标[①]、范围、原则和整合的程序。要

---

① 煤炭资源整合的目标：1. 坚决依法关闭不具备安全生产条件、非法和破坏浪费资源的煤矿；2. 淘汰落后生产力，2007 年末淘汰年生产能力在 3 万吨以下的矿井，各省（区、市）规定淘汰生产能力在 3 万吨以上的，从其规定；3. 提升煤矿安全生产条件，提高煤矿本质安全程度。矿井必须采用正规采煤方法；4. 压减小煤矿数量，提高矿井单井规模。经整合形成的矿井的规模不得低于以下要求：山西、内蒙古、陕西 30 万吨/年，新疆、甘肃、青海、宁夏、北京、河北、东北及华东地区 15 万吨/年，西南和中南地区 9 万吨/年；5. 合理开发和保护煤炭资源，符合已经批准的矿区总体规划和矿业权设置方案，回采率符合国家有关规定。

求整合后的矿井只能由一个法人主体实施，一套生产系统，杜绝一矿多井或一矿多坑等等。资源整合后的煤矿经过国土资源部门的重新审核合格后变更采矿许可证，然后对矿井进行技术改造，竣工验收合格后办理各种证照，之后方可投入生产，整合技改期间不得生产。

2006年6月，国家发改委发出《关于开展全国煤矿生产能力复核工作的通知》，各地煤炭行业管理部门对本地区小煤矿生产能力的核定将决定其是否符合面临关闭，是否可以整合。

（三）整顿关闭工作的三年规划

2006年5月，国务院安委办发出了《关于制定煤炭整顿关闭工作三年规划的指导意见》，《意见》制定了整顿关闭工作的三年规划，这也成为整顿关闭小煤矿工作的任务时间表。规划中提出了从2005年7月到2008年6月争取用三年的时间实现"一个好转、两个减少和三个提高"①的目标。并且将整顿关闭工作分为三个阶段：第一阶段（2005年7月—2006年6月）重点是整顿关闭，依法取缔关闭非法开采、违法生产、不具备安全生产条件和布局不合理的矿井；第二阶段（2006年7月—2007年6月）是整顿关闭和整合技改同时进行，以《关于加强煤矿安全生产工作规范煤炭资源整合的若干意见》为依据进行资源整合；第三阶段（2007年8月—2008年6月）是强化矿井管

---

① 一个好转：采矿秩序明显好转。基本消灭非法开采、违法违规生产、建设、破坏浪费资源、污染环境和布局不合理的煤矿。两个减少：一是小煤矿数量大幅度减少，力争控制在1万处左右，单井平均规模在9万吨/年以上，产业结构趋于合理；二是小煤矿事故总量大幅度下降，特别重大事故得到有效遏制，小煤矿百万吨死亡率力争控制在4以下。三个提高：一是小煤矿资源回收率明显提高，采区回采率达到国家规定标准（厚煤层75%，中厚煤层80%，薄煤层85%）以上，破坏和浪费资源的现象基本得到控制；二是小煤矿装备水平明显提高，基本实现正规开采，采掘机械化程度达到20%以上，全部装备安全监控系统；三是小煤矿安全管理水平和从业人员技术素质明显提高，设置安全管理机构，配齐安全管理人员，各项规章制度齐全，从业人员文化程度达到初中以上，特种作业人员达到高中以上，主要负责人和经营管理人员达到中专以上。

理,严格安全准入。

全国人大所提出的"用三年时间解决小煤矿问题"的政策目标就是要按以上《三年规划》为时间表,按照三个步骤,借助正式制度安排来逐步予以实现。

(四)其他正式制度安排

如上文所述,国家关于新一轮整顿关闭小煤矿的公共政策提出了整顿关闭的目标、步骤和原则,与此同时,国家也制定或修改了法律法规,为小煤矿整顿关闭工作提供及时的法规依据和法律保障。本文将 2006 年 6 月以前国家制定的与小煤矿整顿关闭有关的公共政策和法律法规汇总在下表中。(见图表 8)

图表 8　与小煤矿整顿关闭相关的正式制度(2005.7—2006.6)

实施日期	成文法及公共政策	颁发部门
2005 - 8 - 24	关于坚决整顿关闭不具备安全生产条件和非法煤矿的紧急通知	国务院
2006 - 3 - 15	关于加强煤矿安全生产工作　规范煤炭资源整合的若干意见	国家安监总局
2006 - 5 - 29	关于制定煤矿整顿关闭工作三年规划的指导意见	国家安监总局
2006 - 5 - 29	关于对重特大安全生产事故责任追究落实情况进行检查的通知	中共中央纪委
2006 - 6 - 2	关于开展全国煤矿生产能力复核工作的通知	国家发改委
2005 - 9 - 3	关于预防煤矿生产安全事故的特别规定	国务院
2005 - 9 - 1	劳动防护用品监督管理规定	国家安监总局
2005 - 9 - 24	举报煤矿重大安全生产隐患和违法行为的奖励办法(试行)	国家安监总局
2006 - 3 - 1	生产经营单位安全培训规定	国家安监总局
2006 - 1 - 10	安全生产标准制修订工作细则	国家安监总局
2006 - 6 - 29	中华人民共和国刑法修正案(六)	全国人大

成文法涉及到了小煤矿领域的多个主体,其中《特别规定》加大了对小煤矿矿主违法生产的惩罚力度,由以往法规的最高惩罚 20 万,上升到没收非法所得并处以三倍到五倍的罚款。《劳动防护用品监督管理规定》和《生产经营单位安全培训规定》是保障矿工安全的法规,要求小煤矿矿主要向矿工配备劳动防护用品,并且按照规定对矿工进行培训。《举报奖励办法》有利于促进自下而上的监督。《刑法修正案(六)①》有三项内容涉及到小煤矿安全生产问题,包括因违规操作、不符合国家安全生产条件而引发的重大伤亡事故处以三到七年的有期徒刑,对负有事故报告职责的人员不报和谎报则处以三到七年有期徒刑。

"三年解决小煤矿问题"的政策目标是否能够实现?与其相关的一系列正式制度安排是否能够顺利执行?管理部门人员将面对怎样的阻力?小煤矿矿主如何应对?矿工这一制度安排的受益群体到底能得到什么实惠?正式制度还会做怎样的调整和完善?等等问题正是笔者下文所要进行调查研究的。

第四节 F市小煤矿领域的非正式制度

为了研究 F 市小煤矿场域的制度实践,探寻制度实践中行动者的行动逻辑,必须对 F 市小煤矿场域的非正式制度进行考察和总结,

---

① 1. 将刑法第一百三十四条修改为:"在生产、作业中违反有关安全管理的规定,因而发生重大伤亡事故或者造成其他严重后果的,处三年以下有期徒刑或者拘役;情节特别恶劣的,处三年以上七年以下有期徒刑。强令他人违章冒险作业,因而发生重大伤亡事故或者造成其他严重后果的,处五年以下有期徒刑或者拘役;情节特别恶劣的,处五年以上有期徒刑。"2. 将刑法第一百三十五条修改为:"安全生产设施或者安全生产条件不符合国家规定,因而发生重大伤亡事故或者造成其他严重后果的,对直接负责的主管人员和其他直接责任人员,处三年以下有期徒刑或者拘役;情节特别恶劣的,处三年以上七年以下有期徒刑。3. 在刑法第一百三十九条后增加一条,作为第一百三十九条之一:"在安全事故发生后,负有报告职责的人员不报或者谎报事故情况,贻误事故抢救,情节严重的,处三年以下有期徒刑或者拘役;情节特别严重的,处三年以上七年以下有期徒刑。

因为同正式制度一样,非正式制度是影响人们行为的重要规则。前文(绪论的概念界定部分)从两个方面界定非正式制度,本文以下将从这两个方面叙述 F 市小煤矿的非正式制度,一方面是 F 市长期演化而来的非正式制度即文化传统、道德伦理、意识形态和风俗习惯、价值观念等,另一方面是在 F 市小煤矿这个具体领域内的制度环境中行动者经过利益博弈后形成的共识,如 F 市小煤矿领域内的潜规则、行规、惯例等。

一、东北地区长期演化而来的非正式制度

长期演化而来的非正式制度与成文法等正式制度不同,它并不是通过法律条文来表达制度约束,而是内化在人们行为中的无形约束,它内容十分庞杂,深可以到哲学伦理思想,浅到日常交往习惯,那到底如何来把握它呢?非正式制度是作为结构性因素在某区域内发挥作用的,因此社会结构①是探讨非正式制度的出发点。

从历史中脱身是不可能准确地理解每个社会当代的特征。因此,研究 F 市的非正式制度,必须要了解 F 市所属的东北地区的社会结构变迁和东北地域文化。中国东北地区虽然地域辽阔,但是由于其自然地理环境、人文环境、历史遭遇和社会经济发展过程基本相似,所以形成了具有地域特色的东北地域文化。本文以下将从东北地区的社会结构入手,首先叙述东北地区社会结构的变迁,然后归纳在东北社会机构变迁下所形成的传统文化、伦理道德、价值观念、风俗习惯等。

---

① 社会学家从三个层面考察社会结构:实体性社会结构(由一些作为社会实体的基本单元合要素构成,如个人、群体、家庭、组织、企业、社区等)、规范性社会结构(约束社会实体运行的规则、制度、行为规范等)、关系性社会结构(社会基本单元和要素按一定的秩序和相互关系的有机结合,如亲缘关系、地缘关系等),上述三者并不是社会结构的三种不同类型,而是理解和认识社会结构的三个层面,即现象层面、功能的层面和本质的层面。参考张继焦:《市场化中的非正式制度》,载于沙莲香等著的《社会学家的沉思:中国社会文化心理》,中国社会出版社,1998年,第304页。

(一) 东北地区社会结构的变迁[①]

如果简单地概括东北社会结构变迁,那就是从游牧、渔猎为主的社会结构向以农耕为主的社会结构过渡,从殖民半殖民的畸形社会结构变迁为计划经济时期的单位制社会结构,目前东北正在以市场化为改革逻辑,在振兴东北的社会背景下努力促进社会结构的良性变迁。

清朝中末期以前,东北一直保持着以游牧、渔猎为主的社会结构。东北地区有繁盛的森林、广袤的草原、辽阔的平原,土地肥沃,资源丰富。由于冬季时间长、气候寒冷,所以这里人口稀少,是少数民族的聚居区,游牧狩猎是这些原住民的生活方式。几千年来,当中原和江南在社会生活中形成、传播、积淀农耕文明与儒家文化的时候,居住在东北的少数民族却在这一片开阔的大平原上游牧渔猎、驰骋厮杀。满清入关时,东北的人口仍然稀少,当时这里的满族总人口不足二十万,而明朝有两亿人。满清入关后,为了保持东北满族聚居区的骑射之风,防治满族汉化,实行隔离制度,严禁汉人进入满洲"龙兴之地"垦殖,修建柳条边门,对东北实行封禁,禁关令封禁政策到了鸦片战争以后才开始松动。如此长时间的封闭,保存了东北原有草原少数民族的生活方式和风俗习惯。

从清朝末期到 1931 年,东北是农耕为主并与渔猎、游牧相融合的社会结构。清末民国初期,禁关令废除,加之东北当局政府有组织的人口输入,以山东为主的华北破产农民大批移民东北。据统计从 1923 年到 1930 年约有 600 万移民流入东北,创造了"闯关东"的历史移民现象。关内移民的大量流入,改变了东北的传统社会结构。在人口结构上,汉族人口成为东北人口的主体。在经济

[①] 关于东北的历史发展、社会结构的变迁以及东北地域文化的演进,笔者参考了众多学者的文章,提取他们的精华,形成本文的论述。参考的文章有傅郎云、杨旸,《东北民族史略》,吉林人民出版社,1983 年;刘英杰:"从地域文化看价值观念更新",载于《振兴东北老工业基地论坛》;宁一、冬宁:《东北咋整——东北问题报告》,当代世界出版社;漆思、刘岩:"东北振兴的文化推理",《中国经济时报》,2003 年;杨军、周树兴《放谈东北人》,中国社会出版社,1997 年;赵子祥,"东北地域文化复兴与老工业基地振兴的民族精神",《大连社会科学》。

结构上，关内移民带来了比较先进的农耕方法，在肥沃的土地上发展农业，改变了东北原住民的生活方式，游牧、渔猎退居其次，定居农耕的生活方式逐渐占了主体。农耕文化也随移民移植到东北，逐渐在东北生根，与少数民族文化同时存在，丰富了东北地域文化内容。

从 1931 年到东北解放前，东北呈现出殖民、半殖民的畸形社会结构。九·一八事变以后日本帝国主义全面入侵东北，东北的社会结构进入殖民半殖民的阶段。直至 1945 年第二次世界大战结束前，日本帝国主义势力疯狂掠夺中国东北的自然资源，在东北修路开矿，伐木建厂，使东北从一个移民为主的嵌入型农业社会，转向殖民地工业化的起步阶段。在思想文化上，日本为了阻止中国主流传统文化对东北的影响，对东北人实施宗教、文化侵略，从思想上麻痹东北人民，使之忘其祖宗，逐渐消灭民族本性。使原本文化积淀就不深厚的东北人以屈辱的方式接受了外来文化的冲击与奴役。

从 1949 到 20 世纪末，东北地区是典型单位制的社会结构。由于东北自然资源丰富（包括农业、林业、煤矿、石油等），交通发达，有全国最密集的铁路网，基础条件优越，于是中央将东北定位为中国工业发展重点地区，对东北进行了巨大的投资，东北因此形成了一套完善的计划经济体制，成为"中国计划经济最严格的地方"。这里成为国家商品粮基地和国家重工业基地，东北社会形成明显的二元结构，农民是依靠良好自然土地资源一心从事农耕业的"纯粹的农民"[1]；工人是服从行政指令，将工作和生活完全托付于国有企业、全民所有制的单位组织中的"纯粹的工人"。[2] 长达五十年"单位制"的生产方

---

[1] 南方的农民由于人多地少，不得不离开土地寻求出路，于是除了农耕以外，从事养殖业和手工业，例如养蚕、竹编等，这为未来发展以家庭或村镇为单位的私营企业和工商业奠定了基础。

[2] 东北的工业多是资源型工业，所谓的工人多是矿工、林业工人、建筑工人等，是技术含量比较低的"准"产业工人。这一观点参考吉林省社会科学原郧正的文章《振兴东北与社会结构的改造》，载于 http://www.sociology.cass.net.cn

式给东北人的生活方式、行为模式以及思想意识上刻下了"单位"的烙印。就业和社会保障完全依赖国有企业,行为上习惯于听从行政命令,生产销售依靠国家计划指导,普遍缺少创新意识和平等竞争的社会规则。

改革开放以来,尤其是 20 世纪末,在计划经济向市场经济转轨中,东北陈旧的生产设备和听从行政命令而不考虑成本效益的经营方式被新的规则所淘汰。东北三省工业经济效益下滑、工业生产步履维艰,东北三省工业总产值在全国所占份额一路下跌,破产国企和下岗职工构成了"东北现象"。2002 年国家提出"振兴东北"的战略,给予东北项目投入、资金支持和政策倾斜。振兴东北刚刚起步,东北传统优势农业因经济全球化和农业进口而遭遇了农产品大量积压、农民增收缓慢、农业经济效益提高不大的尴尬境况,这又构成了"新东北现象"。东北的工人和农民这两个主要的社会阶层相继经历着经济转型所带来的"阵痛"。2002 年国家"振兴东北"战略提出以来,东北在国家各项经济扶持政策下,从"阵痛"中逐步走出来,进行着企业所有制改革和产业结构调整,到目前为止,东北三省相比中国东部和南部省份,其国有企业比重仍然占有相当大的比例。东北人的思想意识也从"下岗"向"再就业"的转变过程中发生着变化。

(二) 东北社会结构变迁中长期演化而来的非正式制度

包含文化传统、伦理道德、风俗习惯、意识形态和价值观念的非正式制度是在社会结构变迁的过程中长期演化而来的,内容丰富的非正式制度无法对其一一叙述、一一列举,本文保持价值中立的立场,总结出东北地区在行为规范方面比较有典型性的非正式制度。

1. 血缘关系弱、家族意识不强

东北社会关系与费孝通对乡土中国的社会关系描述是不同的,费孝通认为在中国乡土社会中,家族亲属关系是一切社会关系中距离"己"这个中心最近的关系①，这是因为中原及江南农民安土重迁，一个亲属集团长期同居共处，形成了家庭伦理森严的大家族。而在东北，早期的游牧民族最明显的特征是移动和迁徙，无法形成以血缘关系为联结纽带的同姓家族村落。后期虽然形成了农耕文明，但是这里的农民是从中原迁入进来的移民，移民们往往是以个人或小家庭方式迁徙的，东北村屯是杂姓而居的移民社区，原有迁出地的宗族组织被拆解。移民所带来的浅层的传统文化与中原和南方大不相同，并没有经过长久的安土重迁，并没有形成家族规模，其家族约束力和控制力因迁徙而消解，传统家族的伦理规范和宗族制度的教化作用减弱。况且原本移植的"家本位"的农业文化还未生根发芽，又受到大规模发展计划经济和阶级斗争影响，计划经济的单位制对工人全方位管理、全方位负责，使人们内心产生强烈的单位归属感，"单位"替代"家族"成为维系人们团结的社会组织。因此，东北人的血缘关系和家族统治比中原和江南地区要薄弱，人际关系比较平面化。例如这里并没有相同姓氏的村落，没有象征宗族团结的祠堂，很少有以家庭或家族为单位的家庭店铺、家族企业等"草根工业"（费孝通语）。

2. 人际关系平面化

东北与中原和江南相比，虽然血缘关系和家族意识比较弱，但并不是说这里的人们在社会关系上完全遵循西方式的个人理性化，而是相对依赖"朋友"。原因之一是东北最早的游牧民族，驰骋在广袤的草原上，千里之外能见到一个人可以共同饮酒吃肉，当然不亦乐乎，所以陌生人之间能够很快成为朋友；原因之二，中国有句古语"在家靠父母，出门靠朋友"，在这个移民社会里，人们都是为了生存而迁徙过来的，彼此之间和谐相处、互通有无、生存下来是最重要的，所以

---

① 费孝通把中国农村社会结构与西方社会结构进行了对比，他认为，中国的社会结构是"差序格局"，就是中国社会是以"自己"为中心，按照亲属关系的远近向外扩展的亲属关系网，就好像把一块石头丢在水面上所发生的一圈圈退出去的波纹，波纹所及就会发生联系。参考费孝通：《乡土中国　生育制度》，北京大学出版社，1998年，第26页。

东北社会注重朋友圈子。原因之三,东北很少有以家庭为单位的手工业及商业,而是直接发展国有大工业,在计划经济的国有企业中,生产活动完全听从行政计划指令,工人之间彼此没有太多竞争和排斥,工人之间兄弟相称,同事就是朋友。原因四,东北一直以来资源丰富,人少地多,肥沃的土地和保靠的国有企业让人没有生活压力,人与人之间不会因为物质资源匮乏而产生戒备和竞争,因此人际关系表现为平面化特征。东北人愿意结交各类的朋友,对待朋友热情、坦率、朴实、善良,与人交往时敞开心胸、真诚相待、毫无戒备。所以"朋友"成为东北重要的非正式的社会支持。

3. 人际交往的规则"重人情、讲义气、轻法规"

东北自身的社会结构变迁孕育了人际交往中"重人情、讲义气、轻法规"的规则。首先说"重人情",由于几批移民的迁入,中国传统文化中人际关系的基本样式即"人情"①自然会影响东北社会的人际交往规则。除此以外,东北社会结构的变迁中虽然难以形成家族势力,但是这种家庭本位意识却向老乡观念和屯亲风气扩展,以至在实际生活中老乡和屯亲的情感就成为一种社会交往的粘合剂,"人情"依然是维系社会团结的纽带。东北的"重人情"与中原相比,更多的是家庭和家族以外的人情,是一种地缘关系下的人情,一种东北特有的"朋友"关系下的人情。家庭、家族以及家庭和家族外的人情,使得

---

① 翟学伟:翟学伟关于中国人的"人情"由详细的论述,他认为中国人际关系的基本样式就是"人情"。传统中国社会是个农业社会,土地不能移以及以家庭位单位的自给自足经济,造成中国人非常注重人际关系的稳定与和谐。这使得"人情"中的血缘关系和儒家伦理的影响,倒向"重情抑理"。"人情"的内涵是"义"而非"理",而"理"则包含利益、是非、章程、道理等。这样看,"理"基本上是指正式制度,而"人情"是一种非正式制度,因此"人情"成为协调人们关系的非正式制度。在中国文化里,情和理并非对立,理就在情中,"不通情"远比"不通理"更为严重。到现在仍有"国法不外人情"的说法,充分说明了中国重情的伦理,也说明"人情"这种非正式制度在协调人们行为时所起的重要作用。翟学伟认为,中国的"礼",不但表示规范,而且兼有馈赠的含义,所以"送人情"等于"送礼",这是中国人在交换行为上"礼"与"情"的合一。(翟学伟,《中国人:脸面类型、关系构成与群体意识》,自沙莲香、刘应杰、张其仔《社会学家的沉思——中国社会文化心理》,北京,中国社会出版社,1998年,第274页。)

东北的社会关系更加复杂，在血缘、地缘、业缘关系上都非常注重"人情"。"重人情"有其积极的作用，它能够增强东北的"社会团结"，但是也有消极的方面，它与市场经济下所倡导的理性的契约关系相悖。

除了重人情之外，东北社会交往中还特别讲究"义气"。东北的原住少数民族和"闯关东"的移民身上都有一股"山林气概"和"侠气"，在政权统治比较松散的地区，这将构成一种亚文化。近代以前东北的社会秩序既不像中原、江南那样依靠"礼治"①，更不像西方社会那样依靠"法治"，而是依靠少数民族中英雄首领的"义气"和"面子"。这样的行为习惯也有其两面性，一方面表现为东北社会交往富有人情味，另一方面这种行为习惯致使东北缺乏合同契约精神，理性的游戏规则往往被感性取代，这种非正式的人际互动关系降低了法律法规的权威性。

4. 过度依赖自然资源的保守观念

农业单纯依赖土地资源。东北的地理环境和自然条件有利于发展农业，生存环境相对丰足，农民无需为了生存而付出艰辛的劳作。东北有句俗话说："三个月种田，三个月过年，三个月干闲"，描绘了农民过分依赖土地资源的生活方式。东北农民在文化观念上形成安常守顺、知足常乐的生活态度，勤劳拼搏的精神日趋下降。由于农民长期依赖富饶的土地资源，以家庭为单位的农业没有发展成为南方的家庭手工业或家族工商业，因此这里缺少工商业文化所具有的冒险、开拓和敢为天下先的精神。农民纯朴、敦厚，即便如今农业无法满足家庭开支，仍然不愿意离土离乡，不愿意外出打工。

———————————

① 费孝通认为，中国的传统社会是以农业为主的乡土社会，是生于斯、长于斯、死于斯的社会，在这种流动性小，相对静止的社会，人们公认为合式的行为规范，就是礼。费孝通认为中国传统社会是一种"没有法律"的社会。"无法"并不影响这个社会的秩序，可以依"礼"而治。礼是经过教化过程而形成的传统习惯，经过人们主动服从、克己复礼，使得社会维持正常秩序。"礼同法律无异，都是社会合式的行为规范"。从社会学角度看，"礼"实际上就是伦理规范、行为准则等一系列非正式制度。国家对社会的控制是通过"礼"来达成的，而社会自身也通过"礼"来维持。以上观点参见费孝通，《乡土中国　生育制度》，北京大学出版社，1998年，第49页。

工业依赖煤矿、石油、林业等自然资源。国家的计划经济体制推动东北经济发展的同时也在人们思想观念上留下的"计划经济后遗症",形成了东北人发展经济过度依赖自然资源的思维定势,造成东北人生活完全依附单位、听从行政指令、缺乏竞争性的思想观念。在煤炭、林业等自然资源逐渐减少的情况下,东北经济仍然依赖资源开发型的第二产业,国有企业仍然占有相当的比重。富足的自然资源使得东北人缺少生存危机感、紧迫感和创新意识。

5."官本位"思想较强,市场化规则意识较弱

计划经济体制本质上是一种官本位机制,东北在长期的计划经济的体制下,几乎全部生产领域、各种利益团体都形成了特有的话语和游戏规则,相互交流的难度和成本都相当大,他们之间的协调通常依靠政府的强制性措施才能完成,于是强化了中国传统文化中与生俱来的"官本位"思想。强烈的"官本位"思想使得权力机关和行政主管部门在资源占有和社会地位方面,显示出突出的优势。"以'官本位'为主要特点的非正式制度,增加了人们做事的不确定性和不可预见性,提高了交易成本。在这种规则下,人们生存和发展的机会更多不在于遵循规章,而是在于'自我争取',即通过人情和关系与权力进行对话。"①长期的计划经济和"单位制"社会结构,强化了"官本位"思想,而阻碍了市场化规则意识的培育。

在振兴东北的过程中,东北人一方面努力调整经济结构,促进经济的发展,另一方面也在尽力发挥东北地域文化中优秀的部分,改进与市场经济规则相悖的风俗习惯和思想意识。

二、F市小煤矿领域内的非正式制度

非正式制度并不仅仅以伦理道德、风俗习惯等形式浮于空中,而是落到社会经济领域中具体实体及其关系网络之上的,关系网络是

---

① 《财经时报》记者杨眉在文章《振兴东北方式要变,专家建议将沈阳升格为直辖市》中介绍首都社会经济发展研究所副所长辛向阳博士对话《财经时报》,探讨振兴东北方式时谈到的内容。

非正式制度发挥作用的载体，任何一个具体社会经济领域的交换网络的背后都有一套非正式制度在发挥作用。这一层面的非正式也是看不到的、无形的，但它却对某一特定领域的行为真正起到约束作用，如果行动者不按照这个非正式制度行事，则被视为"另类"遭到该领域内其他成员的排斥，无法达到预期行动目标，而不仅仅是简单的、个人角度的"良心谴责"。

特定领域内的非正式制度是领域内的行动者在应对正式制度时，无意识地受到长期演化而来并内化于个体内心的非正式制度影响，通过权衡利弊，经过多次重复交易后形成的共识。它是具体的，是特定领域内的交换规则，它是人们在客观制度环境下主观建构的结果，是集体互动的结果。这一层面的非正式制度是特定领域博弈后形成的交换规则，在这种规则下行动者之间形成了相对稳定的关系结构。这一关系结构对未来新的正式制度的落实和执行将产生很大的影响，积极的或是消极的。因此本文以下将对 F 市小煤矿这一特定领域内的非正式制度进行详细地叙述。

（一）正式制度规定下的行动者的互动关系

小煤矿领域内非正式制度的形成是该领域内的行动主体在一段时间内，在社会经济环境下，为了应对正式的法律法规的约束而权衡利弊、彼此博弈后形成的一种共识和规则。在叙述这个非正式的规则之前有必要先交代该领域内的行动主体以及单纯在正式制度约束下行动主体之间的关系。

1. 小煤矿领域内的行动主体

长期演化而来的非正式制度是几代社会成员在社会结构的变迁过程中不断传承的传统文化的一个重要组成部分，它的建构主体是模糊、不确定的。特定领域重复博弈后的规则是经过主体之间权衡利弊而互动的结果，因此博弈主体是明确的。F 市小煤矿领域内主要的博弈主体包括以下四类：地方政府、小煤矿行政主管部门、小煤矿矿主和小煤矿矿工。

（1）地方政府

制定地方产业政策，对本地小煤矿生产进行宏观调控；对不符合地方产业政策、非法开采和违法生产的煤矿企业，先由煤炭行政主管部门向地方政府提出关闭名单，最终地方政府做出关闭的决定；通过行政监察部门对煤矿行政主管部门工作人员履行职责情况实施监督监察，行政监察部门有权对存在非法开采并且没有采取有效制止的县、乡级人民政府主要负责人给予行政处分。

（2）小煤矿主管部门

国土资源管理部门：煤矿企业开采前向当地国土资源部门申请采矿许可证，国土资源管理部门对小煤矿企业开采范围、资源综合利用方案和开采资质以及环境影响评估等进行复核并签署意见，经过批准后，收取采矿使用费和采矿权价款，最后向符合法规规定的煤矿企业颁发煤矿企业采矿许可证。在日常管理中对布局不合理、越层越界等非法开采行为的煤矿企业，有权依法给与其责令停产、警告、罚款、暂扣或吊销采矿许可证等处罚。

煤炭安全监察机构：煤炭安全监察机构2005年成立，是国家煤炭安全监督管理总局直接所属的部门，是国家垂直行政机构，不受地方政府管理，但是在履行职责时需要同地方政府协调配合。煤矿企业以矿井为单位向煤矿安全监察机构申请办理安全生产许可证，煤炭安全监察机构经审查，向符合相关法规规定并具备煤炭安全生产条件的企业颁发安全生产许可证。日常管理中，煤炭安全监察部门对取得许可证的煤矿企业的安全生产进行监督检查，发现其不再具备法规规定的安全生产条件或其安全生产许可证无效，有权依法给与其责令停产、没收非法所得、罚款、暂扣或吊销安全生产许可证、甚至追究行事责任等处罚。

煤炭行业管理部门：煤矿企业建设生产前向当地煤炭行业管理部门申请办理煤炭生产许可证，煤炭行业管理部门按照法规规定，对煤炭企业提交的相关文件、资料、图纸进行审查核实，审查合格的办法煤炭生产许可证。煤炭企业生产后，煤炭行业管理部门对煤炭生产许可证监督管理,对不符合生产条件或其他违法行为,有罚款、没收违法所得、责令停止生产或吊销煤炭生产许可证的权力。

工商行政管理部门:工商行业管理部门对符合法规规定的煤矿企业颁发营业执照,对已经认定为非法生产的企业有权暂扣或吊销营业执照。

劳动保障部门:依据法律法规,负责监督煤矿企业于劳动者签订劳动合同和为每位劳动者缴纳工伤保险,加强劳动组织管理,落实和保护劳动者权益。监督和禁止超定员组织生产、强令劳动者超时限作业等。

公安部门:负责管理煤矿企业的火工用品,依照法律法规向符合条件的煤矿企业颁发民用爆破器材准用证,日常负责煤矿企业火工用品的发放和收回,对政府已经认定关闭的矿井收缴其火工用品,并注销民用爆破器材准用证。

供电部门:对地方政府决定关闭的矿井,供电部门有切断矿井电源的职责,有责任对下属供电部门向非法煤矿供电行为进行查处。

以上六个部门中直接监督管理小煤矿生产是前三个部门,即煤炭安全监察部门、煤炭行业管理部门、国土资源资源管理部门。

(3) 小煤矿矿主

小煤矿矿主进行煤矿的建设和生产,在矿井建设、设备和资金的投入上必须按照法律法规规定,另外必须经过培训取得矿长资格证、矿长安全资格证。矿主对小煤矿的建设、开采、生产、安全负有全部责任。

(4) 小煤矿矿工

小煤矿矿工包括一般矿工和特殊工种操作人员(瓦斯检查员、放炮员、安全检查员、绞车司机、电钳工、爆破器材保管员等)。其中特殊工种操作人员要经过县级以上煤炭工业管理部门培训,取得资格证书后方可上岗。煤矿企业要为矿工缴纳工伤保险。

2. 正式制度约束下行动主体之间的互动关系

小煤矿领域内的行动主体在正式制度约束下的互动关系是一种

垂直的关系,即地方政府按照中央政府的规定制定地方小煤矿发展的产业政策,并监督下级职能主管部门对小煤矿建设生产进行监督管理;小煤矿职能主管部门通过与小煤矿法人即矿主的对话,依照行业的法律、法规对小煤矿建设生产进行监督管理;小煤矿矿主作为企业法人依照行业规章进行小煤矿建设,并依法组织矿工进行生产。因此在正式制度的约束下,四类行动主体之间存在这样三种关系:第一,地方政府与职能管理部门之间的命令与执行的关系;第二,职能管理部门与矿主之间的管理与被管理的关系;第三,矿主与矿工之间的雇佣关系。行动主体之间在正式制度约束下的互动关系,可以用以下图表显示(见图表9)。

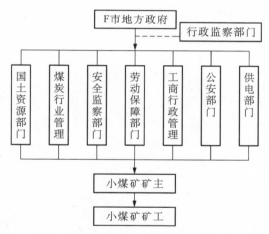

图表9 正式制度规定下的行动者之间的关系图

(二)F市小煤矿领域内的非正式制度

特定领域内的非正式制度是该领域内的行动主体在正式制度和F市长期演化而来的非正式制度的环境下经过彼此间的博弈形成的游戏规则,它是无形的,这一规则存在于行动主体之间构成的关系网络中,它制约、指导着主体间的互动。以下本文将叙述F市从上世纪80年代到2005年以前(新一轮整顿关闭政策实行以前)小煤矿领域内逐渐形成的、制约各个主体行动的非正式制度。

1. 地方政府行为表现出对煤炭产业的过度依赖和对小煤矿的地方保护主义

F市是一个"因煤而立、因煤而兴"的城市,煤炭行业在这个煤矿城市中有着举足轻重的地位,地方政府在领导城市发展的历史过程中形成了重视煤炭业甚至依赖煤炭业的政府行政特征。

> 从建市五十年以来煤炭行业一直是我们这座城市的支柱产业,而且由于这里是国家重点原煤生产基地,因此,这里的煤炭行业与国家煤炭需求紧密相连。改革开放以前,我市一切"以煤为纲",每当煤产量有所波动,中央或省级政府立即就会派员前来督促。在我市的历史上,不止一次出现过政府机关关门,所有干部下井挖煤的怪事。这种状态一直持续到十一届三中全会召开前后。(ZF-1)

F市的经济发展不仅依赖于国家重点大型煤矿,同时也依赖地方煤矿。在国家鼓励发展小煤矿时期,F市作为煤炭城市当仁不让,国有地方煤矿和集体小煤矿像雨后春笋一般迅速发展。地方政府大力扶持小煤矿的发展,缓解国家煤炭紧张,同时也增加了地方经济收入。在扶持政策的影响下,政府与矿主之间的关系是融洽的。

> 八十年代,国家为了解决煤炭紧缺问题,鼓励发展地方煤矿和集体小煤矿,当时的政策是"有水快流"。集体企业、厂、矿、地方政府,只要在国有煤矿井田范围内通过矿务局审批后即可开办。九十年代初,我们市的小煤矿数以千计,那时谈什么生产设备啊,提升设备多是手摇辘轳,人拉肩扛。当时我们国家对地方政府的要求是扶持、服务小煤矿,最初地方政府是放开政策恳求地方有能力的单位开矿,小煤矿和政府之间开始就是"托"、"扶"、"帮"的关系,没有那么严格的管理整顿政策。目前对国家对小煤矿的管理从整顿到关闭,相当严格。你说我们地方政府和小煤矿的关系从"帮扶"到"管治",也得需要个过程吧。政府的一些老干部和当年就已经开矿的

老矿主之间有了多年的关系,国家对小煤矿的政策是从扶持转到关闭,但是这人和人的关系一直是融洽的,在政策变化的时候,我们多少都会为矿主的实际情况考虑的。(ZF-2)

国家财政与地方财政分开后,F市的地方财政更加依赖地方煤炭行业,煤炭产量成为当地经济的"晴雨表"。

> 我们是煤矿城市,解放后煤炭开采了五十年,资源接近枯竭,这五十年来,地方财政主要就是依靠煤炭业。有的矿区,人们都在国矿或小煤矿做矿工,当地的菜市场在煤矿发工资后的那一段时间生意最红火,买肉的人都多了。真的按照那么严格的要求管制和关闭小煤矿,势必会影响当地老百姓的生活,所以针对小煤矿的治理政策有时我们会酌情处理。(ZF-3)

F市从2001年以来,开始寻求经济转型之路,在向现代农业过渡中,煤炭依然是这个城市的产业支柱和经济来源,国家对小煤矿治理的政策必然会影响F市小煤矿的生产,小煤矿生产受到影响,直接会减少当地的地方财政。小煤矿的生存状况决定地方财政税收,所以地方政府对小煤矿发展自然会有某种程度上"地方保护主义"。

> 事实上,这些年来,F市只是铺出了与高速相接的转型之路,得到上级政府官员的重视,迎来了几位外市企业法人驱车观游。煤炭的开采,销售以及运输、就业、餐饮等一系列产业结构仍是煤炭行业链在支撑,本市的一县五区的经济仍是地方煤矿做龙头老大。(ZF-2)
> 现在这个市的情况是煤炭资源基本接近枯竭,但是又没有合适的出路,这里的煤炭,日本人挖了一遍,接下来国民党挖,最后是解放后成为国家煤炭基地国有重点企业挖,挖到现在大规模的资源已经没有什么了,国有大矿有的倒闭了,最后只剩下边角余料,这只有

个体能挖，资源条件很复杂，很容易出事。这几年，哪里小煤矿出事了，全国上下就要关闭停产、整顿。一年按照 330 天计算，实际能够正常生产的时间不到一半，春节不能生产，两会期间不能生产，所以产量达不到总体的设计量，所以纳税的时候，人家（小煤矿矿主）也不愿意交那么多的税，没有生产的时候，人家就不怎么缴税。这样一停产，地方税收明显就下降。税收上不来，我们政府就着急了，什么事情都做不了了，所以上上下下对小煤矿的停产都会睁一只眼闭一只眼。（ZF-2）

从税收上看，小煤矿对当地经济有很大影响：例如 2005 年 A 区总税收 7200 万，煤矿占 5800 万；B 区总税收 5000 多万，煤矿占 3800 万；C 区 12000 多万，煤矿占 2600 万。从上面的税收比例中就能看出，在这个城市，煤矿是经济收入中的支柱产业，你说不管是地方政府还是各级部门，能不对小煤矿进行保护吗？小煤矿如果真的像国家要求的那样不合格的就关闭，那么这个城市将会是怎样？根据这种实际情况，人们就只能上有政策下有对策，没有了煤矿，地方经济瘫痪，官员也没有了成绩。（ZF-5）

由此可见，F 市地方政府与当地小煤矿是一种经济依赖的关系，于是地方政府治理小煤矿的行政行为体现了"地方保护主义"特征，表现为尽可能地维护小煤矿的利益，维持发展小煤矿成为地方政府行政的"路径依赖"。

地方政府对小煤矿的管理之所以表现出"地方保护主义"有以下几个原因：

首先，政府的"地方保护主义"是文化传统和历史选择影响的结果。文化传统正式本文所界定的第一个层面的非正式制度，它通过社会化内化于人的内心，影响着集体的行为选择。正像诺斯指出的那样，心智结构影响人们的行为选择，而心智结构又受到社会积累的知识存量（文化）的影响，积累起来的知识存量成为未来行为选择的"路径依赖"，即过去对现在和未来的巨大影响的渊源。地方政府在规划地方产业政策时受到东北历史发展过程中长期演化而来的对资源的过度依赖、缺少开拓创新精神等非正式制度的影响。诺斯又强调历史的重要性，认为历史上的选择是不可逆转的。小煤矿发展起步阶段，地方政府与小煤矿就是一种帮扶的关系，最初地方政府对小煤矿采取的鼓励、帮扶政策逐渐形成了对小煤矿的经济依赖。

其次，政府的"地方保护主义"的形成是由于地方小煤矿关涉到地方政府整体利益和煤炭生产可以为当地政府创造税源，扩大当地就业，地方政府是煤炭生产的直接收益人之一。国家安全监察体制将煤炭安全监管从属于中央政府领导，地方政府虽然也负有一定的监管职责，但是在2005年以前的行政法规规定，地方政府只对特大安全事故负有领导责任[①]，法律约束不健全，在权益大于责任的情况下，当正式制度所要求的安全技术标准可能会抑制当地小煤矿生产时，地方政府的行为就会削弱垂直监管力度。

因此，在地方保守思想意识的约束下，为了维护和发展地方经济，地方政府治理小煤矿的行政行为体现了"地方保护主义"特征，与小煤矿构成了依赖、保护的关系。

2. 煤炭管理部门采取"折衷"的方式进行监管

煤炭管理部门是当地政府的职能部门，对本地小煤矿进行行业管理和安全监管。在实际的监管工作中，煤炭管理部门一方面要考虑国家法规政策的执行，一方面尽量维护小煤矿的利益。在政策变化频繁的时候，管理部门出于对小煤矿实际情况的考虑，会选择"折衷"的办法处理问题。

当正式制度之间出现矛盾的时候，管理部门采取"折衷"。

国家制定政策更多考虑的是安全，为了制止煤炭事故给国家形

---

① 在2005年以前，关于地方政府对安全事故负有责任的法规不完善，2001年出台了《国务院关于特大安全事故行政责任追究的规定》，这一法规强调了地方人民政府主要领导人和政府有关部门正职负责人对特大安全事故的防范负有领导责任，但是只局限于特大安全事故。因此地方政府在小煤矿生产问题上权力大于责任。

象带来负面影响,因为这几年的确矿难频发,不管是在国内影响还是国际舆论都是被人们关注的,国家在这种压力下经常"下令",例如"国务院令"什么的。但是细看起来,这些命令都是和原来我们一贯参照遵守的《安全规程》之间是相互冲突的。例如现在规定一个煤矿必须有两个口,一个是主井,入风口,另一个是副井,出风口。要求入风口和出风口……但是从实际情况来看,如果按照这个新规定来做,更加浪费了资源,给提煤带来了很大的不便,如果按照原来的规定……简便易行,而且还安全。所以说,在本地小煤矿的实际情况和国家的规定相冲突的时候,我们管理部门就很难办。因为国家的规定基本上是适合大煤矿而提出来的,或者是适合资源丰富的地方,可是我们这个地区有自己的特殊地理环境和资源条件。但是面对政策要求,我们又不能置之不理,看到本地区的实际情况,我们又不能完全照本宣科。所以在这种情况下,我们一方面要考虑到多少要符合规定,同时我们也理解当地煤矿企业的实际困难,于是我们就会想办法,在两者之间"折衷"处理。(GL-1)

当正式制度出现变化的时候,管理部门采取"折衷"。

我们管理部门在实际工作中,有两条原则,一方面是要按照法规的规定,进行管理;另一方面我们也要按照一直以来的习惯办事。我们希望按法规办事,但是有时法规政策的规定,我们作为管理部门都很难执行。举个例子说,法令应该参考基础法,如果法令与基础法有冲突,那么应该明确表明这个冲突应该如何处理,或者感觉到法令有可能一直有效,那么就应该及时地更改原来的基础法上的条文。但是现在不是这样,政策变化得太快了,政策一变,人的心态就不稳,做事的随机性太强,这个随机性就给工作带来了很多弹性空间。小煤矿矿主的心态不稳,于是想方设法钻空子;我们在落实政策的时候也担心不知道什么时候,政策还得变,担心到时候怎么办。于是我们一方面尽量把政策落实下去,一方面要考虑到小煤矿的实际情况,对有些规定在实际操作中适当缓解一下。政策是没有人情的,但是我们和小煤矿矿主之间是人和人之间交往,我们不能不考虑到矿主的苦衷,于是帮助他们缓解一下政策压力,他们也会感谢我们的。(GL-2)

当严格落实正式制度会影响多数煤矿生存的时候,管理部门采取"折衷"

从管理部门来讲,面对那么多出台的政策,他们有时候也没办法执行,严格执行没有能存活下来的矿,因为那些要求有的是适合大矿,不适合小矿,不适合当地的小矿,所以他们也研究规章制度,争取管理的时候"贴点边",但是不能有大的出入,他们也害怕担责任,比较小心、谨慎。由于地方保护,再加上私人感情,所以在面对法律法规的时候,他们都能高抬贵手。(KZ-10)

在正式制度约束范围内,管理部门从主观上的"刁难"到"折衷"处理。

我们的工作主要是储量核实,签订储量报告。涉及到煤矿开采的范围和煤炭的地质年代。我们的权力弹性空间在于某些储量是否应划到可采范围内。例如两个层位之间的储量,或者在开采时发现了新的储量,这些范围都没有纳入到原来的已经批准的范围内。现在就这个问题,批还是不批,可采还是不可采,我们是有权力的。其实按照正常来讲,这个是允许的,应该给人家办批准手续。但是小煤矿一方在征求管理部门基层人员的意见时,他们一般都会维护管理部门利益,一般说:"那不行啊……",我们上面也会找理由不予批准。这时矿长们就会找个其他借口和原因,请这些人吃吃饭,饭局上大家都在场,就会把这件事提出来,酒桌上讨论讨论,结果认为"那就做吧",就算答应了。如果这个储量很大,就会让矿主出这部分的价款,如果储量小,那就算了,矿主自然会回报这个"人情"。所以我们的权力运作大方向上不会违法,基本是在两可之间的事情

上,因人、因矿解决问题。(GL-5)

当具体监管标准没有精确度量的时候,管理部门采取"折衷"

> 我们管理部门经常去矿上检查,定期检查,去了后,发现哪里有不规范的地方,我们会提醒他们,但是在纸上写得比较有弹性,例如,"限期整改",更具体的问题,都是口头上提醒,不会写在纸上。即便是写了,我们也会写上"允许什么什么""不允许什么什么",之后,他们把我们口头上说的问题解决解决。如果我们都写在纸上,他们停产整顿的时间就会更长,这样也是折衷处理的一个办法。(GL-4)

"折衷"的原则是"利益共享、风险不共担",正如矿主所描述的那样:

> 我们矿主和管理部门之间是"利益共享,风险不共担"。具体啥意思呢?咱以脚手架为例吧,规定必须用钢铁来搭脚手架,而我们表面上说是用钢铁的,但实际上一部分用了木头的,上面来检查,发现了问题,看到了违反规程的事。不过我们彼此都知道,即使这样也不会出现什么大的危险,于是我们就要和管理部门的人员沟通,给他点利益,我们就少在脚手架上投资,双方都有利益可得。顺利的时候,基本上是利益共享。但是不一定哪一天风声紧了,管理部门的人来检查又指责我们,并且有可能在纸面上提出来我们做得不合格的地方,不过最终结果他们不会让我们停产,因为我们会继续和他们沟通。结果管理部门完成了他们的任务,我们还可以继续违规操作。一旦不顺利的时候,就是出事的时候,就是风险不共担,管理部门会把所有的责任全推在我们身上。(KZ-1)
>
> 我们和管理部门的关系都不错,很熟悉了。在不影响他们乌纱帽的情况下,多少都能松松口,那种条条框框的关系是不存在的。他们手中有权力,对我们稍松一点,我们彼此都能得到好处。检查

的时候如果问题确实不小,他们会开单子,纸上写明"不允许什么什么"。人家管理部门也已经提醒过了,禁止过了,我们要是继续干,有事就我们自己担着就行了。不过我们也不能过分,人家太大的口不敢放,他们也害怕丢了乌纱帽。(KZ-2)

由此可见,国家管理小煤矿的正式制度越严格,地方管理部门的权力就越大,国家治理小煤矿的政策法规变化越频繁,地方管理部门的权力弹性空间就越大。当责任与权力不对称,权力大于责任的时候,管理部门自然会在执行权力的时候选择"折衷"的监管方法,最终的结果是一方面在正式制度上过得去,另一方面给与矿主"默认"的许可,在"默认"中获得个人的利益。这样的监管,对于管理部门来说既是正式制度的"执行",又是一次利益的交换,这必将促使矿主与管理部门的关系越加密切。

3. 矿主借助与管理部门的人际关系应对正式制度的约束和限制

F市小煤矿矿主的行为特征是通过构建人际关系来解决正式制度的约束。对于小煤矿矿主来说,正式制度是不确定的,而人际关系是能够把握的,他们用确定的人际关系来应对不确定的正式制度约束。

管理部门和矿主之间通过"留情"和"还情"来削弱正式制度的强制力。

我们矿主和管理部门之间还是一种合作的关系,当然这种合作是靠双方的沟通。人家怎么能主动和我们沟通啊,你能明白吗? 从我们企业来讲,我们没有地位,现在那么多管理部门盯着我们,他们谁都可以来找我们的麻烦,国家给了他们更多的权力,他们拿着文件标准来检查,随时都能够看出问题,如果严格检查一次,这个矿就得"黄"(指倒闭)。他们也不希望我们黄,所以他们就"留情",人家留情了,我们就得"还情"对吧? 彼此平衡了,就能合作了。(KZ-7)

对于新的政策要求，矿主习惯依赖于管理部门"帮助"他们完成。

> 我的母亲做了很长时间的煤矿生意（煤炭销售），她对这一行比较熟，这一行认识的人也比较多，而且当时煤矿比较好干，所以九几年的时候我就开始开矿了。（问：与小煤矿生产有关的法律法规你很关心吗？）法律什么的没事不怎么关心，到了具体事可能会看一看。我们小煤矿矿主的队伍整体上是"素质差、文化低、胆大粗野"。我们很少主动学习政策，国家新的煤炭管理政策什么的，煤炭局给我们开会，向我们传达。我个人觉得有些政策都是自欺欺人的，不过上面的政策不考虑也不行，来检查也得过得去啊，谁都不想停产，管理部门基本上都是会协助我们完成上面政策要求的很多指标，因为都熟悉了，都很帮忙。管理部门中最主要的就是煤炭局（煤炭工业管理局）、安监局（煤炭安全监察局）、国土局（国土资源管局）、环保局，这些地方的人和我们的关系都不错。（KZ-4）

> 管理部门对我们小煤矿比较保护的，毕竟这是"煤电之城"，在地方税收中，煤矿是一个支柱产业，具体的保护办法，就是对各种出台的新政策上打"擦边球"。我们与管理部门之间的交往还是靠个人之间的交往进行。（KZ-6）

对于办理各种证照，矿主认为程序十分繁琐，但是通过关系"大事可以成为小事"。

> 办手续很复杂，可一个人来办这些证，能把腿给跑细了。这都要看怎么办，有些大事可以成为小事，有的小事能变成大事。给我们办证的人对有些政策也不是非常清楚，每次跑过去总是差点什么，因为政策也经常变。（问：证件办不全，能擅自开采吗？）过去手续和证件没有完全办下来的时候也能先开工。办证那么麻烦，总不能干等吧。人之常情嘛，对吧？表面上是不允许生产，但是我可以说是正在挖巷道，进行施工，实际上挖煤他（指管理部门）也不知道。如果来检查了，就赶快收拾收拾。（KZ-5）

对于管理部门的检查,矿主表现得比较轻松,表示都会好好招待。

> 至于检查,互相之间没有不熟悉的,该来就来,我们都能好好招待,有实力的矿长不差那点钱。我们把检查这事都不太当回事,彼此都是朋友。不过说白了,他要是个普通人,谁跟他是朋友啊,最终不还是因为他手里那点权力嘛。(KZ-4)

通过调查访谈的真实资料可以总结,小煤矿矿主在与管理部门的互动中,基本上通过构建人际关系来应对正式制度对其生产的约束。他们自身没有了解正式制度、掌握正式制度的主动性,面对任何"风吹草动"完全依赖于人际关系。分析其原因,第一是因为矿主自身素质决定的,他们没有主动学习和利用政策维护自己权力的意识;第二是因为正式制度的易变性,使得矿主没有能力随时符合政策要求;第三是管理部门在运用权力时的随意性增加了正式制度的不确定性。由于这三个原因,矿主选择了建构稳固的人际关系,通过人际关系,依赖管理部门来应对正式制度的约束,使得管理部门的监管成为一种"有偿服务"。矿主对管理部门的依赖,更加稳固了二者所构建的关系网络。

4. 矿主与矿工之间不规范的雇佣关系

(1) 招聘

矿工多数是当地的农民,与国有煤矿不同的是,他们都是兼职,以务农为主,兼做矿工,做矿工都是为了填补家庭开支。

> 矿主招聘矿工时不是一个一个矿工来应聘,应聘报名都是一伙来报名,上岗就一伙人一起上,且来小煤矿报名上班的矿工,都是有组织的,各个工种都是配齐的,都是一伙来报名,上岗就一伙一起上,他们之间熟悉,也好管理。(KZ-2)
>
> 矿工没啥要求,都很好管理。如果说不好管,就是因为他们都是兼职,遇到春耕、秋收农忙时就不好招人,农民很会算计,他会在

下井和花钱雇别人照管农地之间衡量，如果划算，他才会下井。
(KZ-8)

我们矿工多数是本地的，当地农民大概有60%都在矿上干，因为这里农民的地少。除了本地的，其他偏僻的地区例如四川的，也有来到这里做矿工的。（问：您从什么时候开始做矿工的？）我干5、6年了，大概从2000年开始干的，现在做瓦斯检测员。原来采煤，现在年龄大了。（问：为什么想起做这个工作？）主要是为了供孩子读书，现在女儿大学一年级，一年的学费和生活费最少要1万4千块钱，等她毕业我就不干了，毕竟干这一行有风险。主要是离家近，要不然出去打工还得去很远的地方，这基本就是在家门口，每天下班就回家。（问：自家农活会被耽误吗？）不耽误，有农活回来就干，矿上三班倒，回家睡觉休息过后就可以干农活了。（KG-1）

2000开始下井，干了5、6年，（问：为什么想起做这个工作？）想盖房子，那时手里没有钱，就下井了。这都是为了出路，可以说，如果孩子不上学，家里不盖房子，农民也不愿意去干，说实话都是"提搂着脑袋下井"。经常听说矿上有时候就"响"（指煤矿事故），那一"响"了，轻的就是胳膊腿伤着，重了也就没有命了。我现在不干了，你看，我家现在已经干一年蔬菜大棚了，也挺累，但是安全。（KG-2）

(2) 培训

培训分为两种，一种是特殊工种到市级培训机构接受培训，被认定合格后领取培训证；一种则是普通的采矿工人的培训，这由矿主负责。矿主对于矿工的培训持不同的看法。

特殊工种必须要有证，市煤炭局、公安局都会对相应的工种进行培训，但是说实话，培训完了这个证还不能带走，证上写着被培训人的姓名和服务的煤矿名称，如果他走了，这个证也就没有用了，但是矿工流动性大，我们也不能经常让他们培训啊，瓦检员这一个证就要交培训费300元。证是有的，可能未必就是和真正干活的人能对应上,这点我们也没有办法。有来检查的时候,工程师和生产矿长的证件和真人不好蒙混,因为毕竟这个工种的人数少,谁在哪家干大家都知道。但是其他的工种就能混过去。(KZ-7)

关于矿工的培训,国家的想法很好,而且也在政策上做到了,但是到了地方就是"走形式"了,有的培训人没到场,证就能到手。培训的目的是好的,但是过程是不受欢迎的。矿工都是农村招来的,文化低,素质不高,我在平时的管理中也不断地提高他们对安全的认识,告诉他们人的生命可不像地里的韭菜一样,割了一茬还长,人的命就这么一次。我经常提醒他们,我们可不愿意出事故。(KZ-3)

我们到矿上都是认识人介绍的,矿上随时都招工,到了就签合同,培训半个月,有经验的就可以直接干,那些新来的和外地的都要多培训一段时间,培训也是在矿上培训,下井。(KG-1)

(3)矿工对工资的满意度

矿主认为付给矿工的薪水是令矿工满意的,矿主和矿工的关系是融洽的,同时认为小煤矿能够为当地剩余劳动力提供就业机会。矿工对收入比较满意,主要原因是他们与在地面上的其他工作相比,但是他们对井下作业的危险性还是有所顾虑的。矿工在看待矿工和矿主之间的关系问题上,认为二者的关系很简单,就是"他出钱我出力"的关系。

我们和矿工的关系都是不错的,毕竟可以提供就业机会,例如我们XQ地区,就有48家小煤矿,每个煤矿最少有150个矿工,这就有7000多矿工,我们市除了XQ还有很多这样的地方,算起来,这是一个很大的就业方式。矿工最小的24、5岁,最大的55岁。农民也愿意干这行,他们都干习惯了。他们的要求不高,他们的收入,每月大概在1500到2000元,他们已经很知足了。(KZ-8)

和"地上"比的话,下井赚得多,收入可观。地上最多一个月1000元左右,而下井每月在2000元左右。在地上也就是做瓦工,比矿工更累,在矿上一天就八小时,固定的,比地上好,但是风险大。

（问：当地人都愿意做矿工吗？）我们这基本家家都有矿工，这里因为有了矿，所以农民可以就近做矿工，所以收入还可以，相比其他农村，我们这里还算是富裕的。（问？你对自己现在做矿工满意吗？）满意，比干别的赚得多，而且现在由于管理严格了，矿主也不敢拖欠我们太长时间的工资，另外，我们都是计件工资，算得很清楚，每天干活都有小票，上面有你今天的工作量，月底拿着小票换工资就可以了，很公平，工资明确，每天都知道自己一天干了多少钱，心里也踏实，所以挺满意。（KG-1）

做矿工赚钱多啊，和地上比，收入可以。现在煤价高了，开矿的多，现在的矿都不好采，地质条件太差，在井下风险大。下井就是为了赚钱，最多一个月能赚 3000—4000 的都有，不过那都是高瓦斯矿，随时都有危险，老板给的钱就多，吸引人呗。但是只要有别的出路，就不干这个。（KG-3）

我们和老板的关系没那么复杂，很简单，他给我钱，我给人干活，只要工资明确，关系就很简单。（KG-10）

已经做矿工四五年了。跟矿主没啥关系，对于矿工来讲，只要他工资不压就行，我们没有太高的要求。高瓦斯、条件差的矿我也不会去干的。（KG-4）

（4）矿工对矿主非法生产的态度

面对小煤矿生产中的安全隐患、拖欠工资、违法生产，矿工们的做法就是选择"离开"。小煤矿矿工不关心维护自己利益合法途径，他们认为维护矿工权益只能依靠国家对小煤矿加强管理。

（问：矿主有没有拖欠工资的？）遇到这样不满意的就不干了，不愿意干就不干，损失也不大，就是几天的工钱白搭了。我们一般选择那些有亲戚和朋友的矿，这样工资好要，去工资有把握的地方干。如果发现有拖欠工资的，我们就不干了，也就差四五天的工资。真的碰上差你 10 天左右拖欠工资，找人也没有用。我们很少有人上访。（问：没有想过找管理部门讲理去？）我们能做的就是不合算就不干,主要还是靠国家的政策来管理,国家管得严了,他们(矿主)不敢胡来了,我们的安全就得到保障了。我们能把人家怎么样啊?(KG-3)

(问:你知道小煤矿按规定应该有什么设备吗?)啥规定我们不太清楚,听说煤矿的设备都挺贵的,所以矿上投入很少。(问:管理部门能够替你们矿工说话,维护你们的权利吗?)这个感觉不到,我觉得还是他们上头的"国家"(中央政府)替我们说话,国家管他们管得严了,我们才受益。(KG-1)

(问:你们的权利怎样能得到保障?)国家管就有保障,国家管,就能管矿主和那些管理部门的人,他们紧张了,我们就有保障了。(问:你们知道用什么法律保护自己吗?)不知道,也没有用。(KG-9)

(问:如果这个小煤矿应该关闭整顿,但是依然生产,这时你们会举报吗?)不会,觉得有危险,就不去干了,人家也没逼咱们干,自己不干了就行了。举报也没有用。(问:你认为谁能替你们争得权利?)我们靠自己是不行的,还得是"皇帝说话",皇帝不说话,谁管得了啊!(KG-6)

由此可见,小煤矿矿工对正式制度关注比较淡漠,不了解正式制度对小煤矿生产设备的要求,也不了解依靠什么法律来保护自己的权益,并且认为了解也没用。这可以说明矿工没有主动学习法律法规的愿望,也不相信法律法规的作用。他们没有主动依法维权的意识,他们将期望完全寄托于国家对管理部门和小煤矿矿主的管理政策上,他们认为只要国家加大了对这两者的管理力度,矿工的权益自然就能得到保障。然而他们明知道国家政策是在保护他们的权益,但是当他们发现矿主违反国家的法规政策的规定,违法生产时,并没有举报的意识。矿工发现矿主有损害矿工个人利益时候,他们以主观判断违规生产是否有生命危险,当个人意识到有危险而矿主未采取措施的时候,他们会选择"不干了"。因此,矿工被动地依靠正式制度维护权益,生产中完全依赖个人经验和主观判断作出"干"与"不干"的选择。

三、本章小节

　　本章在梳理国家整顿治理小煤矿的正式制度基础上,重点描述、分析了东北地区的非正式制度和 F 市小煤矿领域内的非正式制度。东北地区的非正式制度是在其漫长的社会结构变迁中形成、积淀下来的。东北社会最初是一个以渔猎、游牧为主的社会结构,随着大批穷困潦倒的中原农民的移入,发展成为以农业为主,并同游牧、渔猎相融合的社会结构。这种社会结构随着日本的侵略和殖民,向殖民半殖民的、畸形的工业社会转变。新中国成立以后,东北便逐渐形成计划经济体制下的国有单位制社会结构,这一结构经历了上世纪 90 年国有企业改革的"阵痛"后,在振兴的道路中逐渐发生着变化。

　　这样的社会结构变迁过程形成了东北地区特有的行为规范、风俗习惯和伦理道德。本章从五个方面总结了东北地区的非正式制度:第一,血缘关系弱、家族观念不强;第二,人际关系平面化,表现为除了血缘关系的家庭支持以外,地缘、业缘,甚至是陌生人基础上建立起来的"朋友"关系是东北人重要的社会支持;第三,人际交往规则上"重人情"、"讲义气"、"轻法规";第四,过度依赖自然资源的保守观念;第五,长期计划经济下形成了较强的"官本位"意识。以上这些非正式制度是东北地区长期的社会历史发展进程中,逐渐形成并代代相传下来的非正式制度。这一层面的非正式制度影响着东北地区各个社会领域的规则。

　　F 市小煤矿领域行动者在受到以上非正式制度影响的同时,在近三十年的小煤矿发展的历史中,通过几类行动者之间的博弈互动,也形成了该领域内特有的、具体的内部规则。第一,小煤矿领域内的地方政府由于常年依赖地方煤炭资源发展地方经济,所以虽然国家对小煤矿采取管制并控制的措施,但是地方政府已经对小煤矿形成地方保护主义的"土政策"。第二,"官本位"思想直接使得小煤矿领域的管理部门对小煤矿"手下留情",并采取"折衷管理"。第

三、管理部门的弹性管理在为自己创造自由裁量空间的同时，也使得小煤矿矿主习惯于通过人情关系与权力对话，以规避正式制度的约束和限制。第四、"折衷管理"的结果是小煤矿矿主对矿工不履行企业法人应尽的责任，与矿工之间表现出不规范的雇佣关系，招聘、培训、生产等环节均不符合正式制度的规定。这是F市小煤矿领域内的真实规则，虽然真实，但是这个规则是"不能摆在桌面上"谈的，所以仍属于非正式的规则。非正式规则作为一个结构性因素它决定了人们之间真实的关系结构，这种关系结构与正式制度所规定的有所不同。

F市小煤矿领域非正式制度的存在说明了国家正式制度并没有自上而下完全执行，从地方政府到管理部门，再到小煤矿矿主和矿工之间并不是简单地上级传达命令、下级随即服从，上级严格执法、下级完全落实的关系。

第三章

 制度实践的社会空间：小煤矿场域

> 在高度分化的社会里，社会世界是由大量具有相对自主性的社会小世界构成的，这些社会小世界就是具有自身逻辑和必然性的客观关系的空间，而这些小世界自身特有的逻辑和必然性也不可化约成支配其他场域运作的那些逻辑和必然性。
>
> ——布迪厄

第一节　制度实践的空间——F市小煤矿场域

本文将制度实践置于"小煤矿场域"这个社会空间内研究，运用社会实践理论分析制度实践的行动逻辑。因此，首先要在本节中明确F市小煤矿场域的涵义。

布迪厄认为从场域角度进行分析，涉及三个必不可少并内在关联的环节。第一，必须分析与权力场域相对的场域位置；第二，必须勾画出行动者或机构位置之间的客观关系结构；第三，必须分析行动者的惯习。[①] 本节叙述前两个环节，第三个环节关于行动者惯习在下一节叙述。

一、F市小煤矿场域与元场域相对的场域位置

布迪厄认为尽管每个场域都或多或少具有一定的自主性，遵循

---

① 布迪厄、华康德，《实践与反思——反思社会学导论》，中央编译出版社，2004年，第143页。

着自己的逻辑和规律,但特定的场域相对于权力场域和国家元场域,无疑是受其制约的。尤其是从关系主义思考,完全自主和孤立的场域是不存在的。

所以分析 F 市小煤矿场域时,并不是说构成小煤矿场域的行动者之间在一个完全独立的关系系统内进行着博弈、争斗。在 F 市小煤矿场域之上有省级和国家级的行政管理机构,F 市小煤矿场域受到这两个权力场域的制约。省一级权力场域内的行动者会在完成国家政策要求、维持本省地方经济发展和确保小煤矿安全生产以及个人利益获得之间权衡利弊,相互争斗,最终达成均衡,以制定指导性政策的形式控制 F 市小煤矿整顿关闭工作。国家这个元场域会通过法律、法规、规章、政策等"具有合法性的符号暴力"①对全国各地小煤矿场域施加影响。因此,小煤矿场域包含于权力场域之中,并处于被支配地位,小煤矿场域的行动者成为被支配集团。

本文研究涉及到两个权力场域,一个是由国务院和国家煤矿安全生产管理部门等权力机关构成的元场域,一个是由省级有关煤矿安全生产管理的各部门构成的省级权力场域。其中最主要的是国家元场域,因为本文要考察的就是国家元场域通过制定法律、法规和规章、政策等正式制度促使 F 市小煤矿场域的行动者进行制度博弈,并对博弈过程施加影响的过程。进一步具体地说,本文所要研究的是国家元场域所制定的"2005 年—2008 年整顿关闭小煤矿"的正式制度在 F 市小煤矿场域中的实践过程。国家元场域制定的整顿关闭制度是 F 市小煤矿场域的一个外在力量,它将促使 F 市小煤矿场域内行动者打破原有小煤矿场域已经形成的力量均衡。在这个外力的作用下,行动者为了维持各自的利益,进行资本运作和策略选择,进而展开新的争斗。

---

① 布迪厄、华康德,《实践与反思——反思社会学导论》,中央编译出版社,2004 年,第 153 页。

二、F市小煤矿场域行动者的场域位置及其客观关系结构

在场域中，"占据不同位置的行动者或群体并不是被外力机械操纵的"粒子"，而是资本的承载者，基于他们的生成轨迹和他们利用自身所拥有的资本数量和结构在场域中所占有的位置"[①]，相互竞争，从而形成了各种关系。行动者根据拥有的资本被安排在场域结构的不同位置，在可支配的权限范围内，实施并开展策略。策略取决于行动者在场域中所处的位置，策略要么是为了结构的维持，要么是为了结构的改革，行动者在场域中越占有有利位置，就会越有助于结构和自身位置的维系。

在F市小煤矿场域中存在四类行动者，他们包括：地方政府、职能管理部门、小煤矿矿主和小煤矿职工。四类行动者之间在理论上的（正式制度规定下的）关系结构是：地方政府与职能管理部门之间是支配与服从的关系，职能管理部门和小煤矿矿主之间是管理与被管理的关系，小煤矿矿主与矿工之间是雇佣关系。（正式制度规定下的关系结构见以下图表10）但是通过前文F市小煤矿非正式制度的分析中可以看出，在F市小煤矿领域内经过制度博弈后所形成的一个真实的、非正式的规则的背后是一个相对稳定的、真实的关系结构，在这个结构中四类行动者之间的关系呈现出这样一个格局：

（1）地方政府由于依靠小煤矿来发展地方经济，提高地方税收，所以对小煤矿矿主存在经济上的"依赖关系"。

（2）职能管理部门与矿主之间也不是单纯的管理与被管理的关系，这其中由于责、权、利的不平衡和地方传统文化的影响，职能管理部门与矿主之间存在"权钱交换关系"。此外，由于矿主自身文化素质不高，在应对正式制度的约束时，需要从职能管理部门人员那里得

---

① 布迪厄、华康德，《实践与反思——反思社会学导论》，中央编译出版社，2004年，第149页。

到帮助,因此更加强了他们二者之间的依赖性,二者在应对正式制度时形成了一种"合作关系"。在交换与合作中注入了个人感情,而形成了"朋友关系"。

(3)小煤矿矿主和矿工之间由于劳资双方的权利义务界定不明确,加之矿工大多"既不离土又没离乡",所以在面对矿井危险和不合理用工时完全依靠主观选择"干"与"不干",矿主也没有向矿工提供全面的劳动保障,因此他们二者之间是"松散而不规范的雇佣关系"。非正式制度决定的关系结构如图表11。

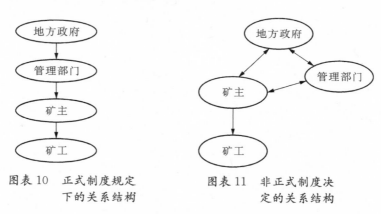

图表10 正式制度规定 图表11 非正式制度决
下的关系结构 定的关系结构

以上就是F市小煤矿场域在新一轮整顿关闭政策实施之前行动者之间所形成的相对稳定的客观关系结构,行动者并不是独立进行成本—利益计算的个体,它是联接各种关系的网络上的一个点,这种关系结构以及行动者在关系结构中所处的位置将会影响行动者未来的行动策略。制度实践是在场域中进行的,更明确地说,国家新一轮整顿关闭小煤矿的正式制度并不是在一个"粒子"与"粒子"所组合的空间中实施的,而是在经过长期利益博弈和争斗而形成的相对稳定的、复杂的关系结构中实践的。业已形成的场域内的位置关系必然会影响正式制度的实施。当然这种关系结构也并不是一成不变的,会因为受到外在权力场域的影响而发生变化。

第二节 制度实践的原则——小煤矿 场域行动者的惯习

本节之所以将行动者的惯习作为独立的一节来叙述，原因在于：一是要强调惯习是行动者作出行动选择的依据和原则；二是要将惯习与非正式制度联系起来探讨。笔者认为，在制度实践中，非正式制度通过型塑行动者的惯习这个途径来影响行动者的选择，非正式制度通过这个机制作用于行动者，最终得以在制度实践中发挥作用。

一、非正式制度是型塑惯习的来源

从惯习的涵义了解到，惯习的形成是行动者从幼年时代起积累起来的各种经验，包括他对各种社会制度和各种奖惩机制的理解，会在他的心智中留下痕迹，从而构成了行动者的行动倾向，即布迪厄所说的习性，人们在社会世界生活或存在的各种习性的总和就是布迪厄所说的惯习。所以布迪厄说："某个个人对他人哪怕是最细微的'反应'，也是这些人及其关系的全部历史孕育出来的产物。"[①]布迪厄一再强调惯习是行动者过去实践活动的结构性产物，它记载了行动者的生活经验和受教育经历，是人们看待社会世界的方法，也是人们在各种社会评判中起主导作用的模式。行动者的惯习说明了社会行动者是历史的产物，这个历史是整个社会场域的历史，是特定场域中特定行动者生活轨迹中积累经验的历史。总之惯习是客观结构经过社会化而形成的"心智结构"，非正式制度是规范性的客观结构，因此我们可以大胆地作出结论，即在制度实践中，非正式制度这个结构性因素是型塑行动者惯习的重要来源。在制度实践中，非正式制度就是通过型塑行动者的惯习来对行动者的制度实践产生影响的，从而使得非正式制度在制度运行中得以发挥作用。

---

① 布迪厄、华康德，《实践与反思——反思社会学导论》，中央编译出版社，2004 年，第 168 页。

更加具体地说,非正式制度是一种指导人们行动的规则。非正式制度的第一个层面是社会大场域的规则,它是在长期社会历史条件下,在社会结构变迁中积淀下来的指导人们行为的传统文化、伦理道德、风俗习惯、价值观念和意识形态等,这一深层面的非正式制度会渗透到社会的各个子场域。非正式制度的第二个层面内容是特定子场域的规则,它是子场域的行动者在文化这个层面的非正式制度的影响下,在应对正式制度的约束时,相互之间经过一段时间的利益博弈后形成了一个特定子场域内的非正式的规则,相对前者是相对浅层的非正式规则。这两个层面的非正式制度分别是社会历史和场域历史内的规则,它们共同型塑着行动者的惯习,通过社会化内化于行动者的身体里,以行动者的性情倾向系统的形式表现出来,主动外在化为行动者当下的实践。总之,惯习是行动者发出行动策略的依据和原则,而非正式制度则是型塑行动者惯习的来源,非正式制度通过型塑行动者惯习这一环节作用于制度实践。

运用行动者的惯习这一中介概念来研究制度实践,能够说明行动者在制度实践中不一定是遵循理性的,不一定是完全按照法律规章机械执行的,而一定是“合情合理”(布迪厄语)的,来自社会场域和子场域的非正式制度是影响行动者行为选择的重要因素。提出行动者惯习这一概念使得非正式制度找到了作用机制,非正式制度这一“前结构性”(布迪厄语)因素能够通过行动者惯习这个环节在制度实践中发挥作用。不仅如此,由于关注到了非正式制度对惯习的型塑作用,这样也避免了经济学制度分析强调理性选择的唯智主义倾向。

当然需要补充说明的是,非正式制度不等同于惯习,非正式制度是规则,而惯习是性情倾向系统。非正式制度是行动者或群体互动后形成的相对稳定的社会秩序,而惯习是实践,是一种动力因素,它具有结构能力,具有创造能力,能够再生产客观结构。总之,非正式制度只是惯习形成的一个来源,惯习的形塑除了来源于社会历史和场域历史之外,还与行动者的“个人历史”(例如家庭背景、教育经历等等)和场域内的位置有关。惯习既是社会的、集体的,具有客观性,同时它也是行动者个人的、具有主观性。

二、F市小煤矿场域行动者的惯习

　　F市小煤矿场域行动者的惯习是决定行动者在小煤矿整顿关闭制度实践中采取策略的原则。前文对东北社会结构变迁、国家在不同阶段治理小煤矿的正式制度、F市社会经济状况和小煤矿发展概况以及由此提炼出来F市小煤矿场域的非正式制度做了详细叙述，这些内容是F市小煤矿场域行动者惯习形成的重要因素，在此不再赘述。本文这部分将结合前文有关社会大场域的历史和小煤矿场域的历史，根据不同行动者的场域位置和他们的"个人历史"分别叙述四类行动者的惯习。

（一）地方政府的惯习

1. "靠山吃山、靠水吃水"

　　自从1982年国家放宽政策鼓励地方发展小煤矿以来，F市地方小煤矿的数量最多的时候达到258个，小煤矿发展一方面解决了地方煤炭需求，同时小煤矿成为地方财政收入的重要来源和地方就业的主要渠道。这座煤炭城市从建市开始就和煤炭紧紧地联系在一起，二十几年地方小煤矿的发展更加强化了地方政府对小煤矿的依赖，直至煤炭资源接近枯竭，F市的经济产业仍然没有形成多元化的结构，探寻煤矿以外的其他替代产业的步伐进展比较缓慢。地方政府尤其是区、县级政府形成了依赖小煤矿的惯习，他们一再强调小煤矿对地方经济发展的重要性。

　　　　地方小煤矿对地方经济的重要性，我给你说说啊。发展地方煤矿的都是一些经济落后地区，地方煤矿是当地的财政收入的支柱。这样的地区其他行业基础比较薄弱，或者根本不发达，所以劳动就业都指望煤矿。煤矿解决了很多下岗职工和农民工。我给你举个例子，我们区地方煤矿的从业人员大概有七八千人，这是一个区，从供养人口来看,一个人供养三个人,这样加起来就涉及到 2 万多人的吃饭问题。而且煤矿还能拉动其他相关行业,例如运输、餐饮等等。(ZF - 5)

现在经常关闭停产,整顿,一年按照 330 天计算,实际能够正常生产的时间不到一半,春节不能生产,两会期间不能生产,所以产量达不到总体的设计量,所以纳税的时候,人家也不愿意交那么多的税,没有生产的时候,人家就不怎么缴税。这样一停产,地方税收明显就下降。税收上不来,领导着急了,什么事情都做不了了。(ZF - 2)

F 市这个地方不像南方和沿海城市,这里一开始就是和煤矿打交道的,除了煤矿以外的产业少,而且长期以来人们就习惯"靠煤吃煤"了,想当年这里的煤炭资源真的是太丰富了,建国以来,本市每年的煤产量年均达到 1200 万吨,一个形象的比喻是,用载重 60 吨的卡车装载起我市出产的原煤,排起队来可以绕地球赤道 4 圈半。资源丰富了,老百姓经商意识也不强,江浙、广东、福建一带的民营企业很多,经济很发达,而我们这不行,老百姓和政府除了煤,想不到更好的出路,政府也在努力使地方经济转型,但是转型并不是一个口号就能实现的,地方投资环境、自然地理条件、城市社会配套的软件硬件条件都要跟上,而这个不是靠一年两年就能做到的。因此,为了解决燃眉之急,还是要依靠地方煤矿,否则地方经济和地方社会稳定都会成为问题。(ZF - 4)

由此可见,地方政府这种"靠山吃山"的惯习是多种因素影响下形成的。东北自古以来就是自然资源丰富的地区,草原、森林、土壤、矿产资源,这些丰富的资源足够保证人们的生存,因而当地人们的经商意识、创新精神比较淡薄,源自于民间的经济力量薄弱。地方政府在多年的计划经济体制下,发展地方经济的思路也受到长期以来资源型产业的束缚。于是在这样的历史条件下,政府形成了"靠山吃山"、依赖地方小煤矿的惯性。

2. "争取政策照顾"

F市是建国以来国家重要的能源基地,五十多年来地方政府在国家计划经济的行政指令下,按照国家需求,积极指导当地的原煤产业,源源不断向全国输送煤炭。长期以来,国家的政策成为地方政府发展地方经济的指南。目前这座"因煤而兴"的城市面临资源接近枯竭,而国家实行改革开放已近三十年,整个社会的经济政策发生着变化,国家不再充当国有企业的"保姆"角色,但是历史的选择已经在地方政府的行政行为上烙下了"依赖国家政策"的印记。这一惯习促使地方政府发展地方经济时仍然强调地方历史原因和现实困难,依赖国家的政策扶持,依赖国家政策的特殊照顾。

> 过去我们市为国家的建设作出了很多贡献,现在本市的经济因资源枯竭而受到影响,国家"振兴东北"的政策促进了我市的经济转型,我市在发展城市农业的道路上继续探索。由于历史上本市经济的主体一直是煤矿,其他产业比较薄弱,所以在经济转型时期需要国家政策上的扶持,我们地方政府也在积极争取国家政策支持,希望国家在财政上给予帮助,出台一些有利于我们转型的财政政策、税收政策。(ZF-2)

> 本市经济转型的资金来源主要由中央财政和各区收取的矿产资源补偿税构成,其中国家的财政支持非常重要,本市的财政是有限的,只能依靠适当提高资源补偿税。为了招商引资,我们依靠国家财政和地方矿产资源补偿税为前来投资的企业做好劳动力培训。还有招商引资的前期调研费用和企业技术创新等费用都需要政府给予补助,这些钱都需要国家帮助,我们地方的钱也只能是从矿上出。(ZF-1)

> 目前我市的主导产业还是煤矿,但是这个产业的竞争力在下降,这就影响了地方经济的发展。所以为了提高现有企业的核心竞争力,发展有竞争力的新产业,在充分发挥我们地方政府的积极性的同时,需要国家政策支持。现在替代产业还没有真正成为主导产业,煤矿依然是主要的财政来源,多数区县的财政依靠小煤矿,因此

国家真的要削减小煤矿数量,那我们必须想办法争取政策上的照顾。(ZF-3)

由此可见,F市地方政府发展地方经济习惯于等待国家政策扶持,虽然提出经济转型,但是地方政府的经济政策导向仍然倾向于资源型的产业,不善于另辟蹊径。在国家宏观政策不利于本地经济发展时,地方政府会努力地向上争取保护政策。

(二) 管理部门的惯习

1. "开门需要敲门砖"

中国历史上一直是"官本位"的社会;东北经历了五十年的以行政指令为特征的计划经济;F市经济类别单一,城市职业分化简单,行政领域从业人员在F市社会中占据绝对的优势。以上这三个原因导致F市行政部门工作人员强烈的"权力"意识。改革开放三十年来,东北地区行政方式逐渐公正、公开,但是"官本位"思想依然根深蒂固。据人民网的报道,吉林省委书记王珉在推进服务型政府建设的会议上说:"沿海一天能办的事,到了吉林决不能办两天",他的讲话说明了东北行政部门人员办事拖沓的习惯,而拖沓的背后是权力意识在作祟。"开门需要敲门砖"的惯习也体现在F市小煤矿场域管理部门人员身上。

社会都是朝着好的方向发展的,我们也希望办事情都有更大的透明,互相都讲究诚信。我也羡慕南方那种商业社会的氛围,可是虽然这是社会的主流但不是社会的全部。我们是吃"皇粮"的,到啥时候我们不能跟政策对着干。但是跟你说实话,在机关单位你太"清高"、"自我",那也没法"混",人家说你有"毛病",所以有的时候有些事无法搞得明明白白。关于小煤矿的某些事情办下来涉及到很多环节,各个环节之间构成了一个圈子,在这个圈子里大家会为这个事情"齐心合力",如果到我这个环节,我一本正经地要求严格,不予通过,那也会影响其他部门的工作,我就成"另类"了,弄不好会遭到排挤。所以"在什么山上唱什么歌",在这个领域时间久了自然慢慢地也适应这个习惯,逐渐被潜移默化了。合法的事情也不能痛快答应,不合法的事情也不能立马拒绝,事情都是需要过程的。(GL-5)

"按章办事"还是主流,社会毕竟在进步,要都是暗箱操作,那社会不就乱了嘛。但是如果有权不用,人家也说你有毛病。在有空间操作的时候,也不能太教条。(GL-9)

假如说,我给你办这个事能给你带来一万的收益,那事成以后,你感谢我3000、5000我才能满意吧,因为这样才能两全其美。你要是不表示,那我办事就不给你使劲。当然这也要看人,如果是上面领导要求办的事情,那当然不能要回报了。如果是下级所管辖的人,那就可以办事时"抻一抻"、"拖一拖"。矿主也都明白,他们不差那点钱。这个规则是无形的,没有说办事之前就讲好价钱的,彼此心里都有数,办多大的事花多少钱,不明确说,但心里都明白。(GL-6)

主管部门形成"开门需要敲门砖"的惯习,一方面是受到东北地区"官本位"意识的影响,另外也是较低工资水平下追求个人利益所致。F市的工资水平比较低①,政府机关、事业单位工资和本市其他行业的收入相比还具有一定优势,调查了解到了F市小煤矿场域中主管部门人员的工资收入,区级副局长月工资1900元,区级局长月工资2300元,市级局长的工资3000—4000元之间,一般科员的工资就是在1000元左右。这种相对较低的工资收入水平,也必然会强化权力行使者个人利益最大化的冲动。

---

① 2000年,全市城市居民人均可支配收入4122元,比全国和全省平均水平分别低2158元和1236元。2005年有所好转,全市城市居民人均可支配收入6630元。此数据来源于F市发展与改革委员会文件。

2. "上符合政策，下也有对策"

"开门需要敲门砖"的惯习并不是说管理部门处处为难小煤矿矿主，使小煤矿矿主举步维艰。相反，与"敲门砖"相对应的惯习是"上有政策，下也有对策"。通常"对策"表现在三种情况，第一，小煤矿矿主的要求符合正式制度的规定，主管部门应该依法给与审批和通过的情况。第二，小煤矿矿主的要求和煤矿的生产在正式制度中并没有明确、详细的规定，主管部门有判断的自主权；第三，正式制度有明确且详细的规定，主管部门不能随意违反，只能采取"擦边球"的方法给与解决。

　　我们一方面主要工作还是要做，如果不做好应该做的事情，那社会不就乱套了吗？但是有些事情只要不违背大原则的，政策要求得不是那么死的，我们在管理的时候都会有"通融"的空间。（GL-7）

　　我们管理部门在实际工作中，有两条原则，一方面是要按照法规的规定，进行管理；另一方面我们也要按照一直以来的习惯办事。我们希望按法规办事，但是有时法规政策的规定，我们作为管理部门都很难执行。举个例子说，法令应该参考基础法，如果法令与基础法有冲突，那么应该明确表明这个冲突应该如何处理，或者感觉到法令有可能一直有效，那么就应该及时地更改原来的基础法上的条文。但是现在不是这样，政策变化得太快了，政策一变，人的心态就不稳，做事的随机性太强，这个随机性就给工作带来了很多弹性空间。小煤矿矿主的心态不稳，于是想方设法钻空子；我们在落实政策的时候也担心不知道什么时候政策还得变，担心到时候怎么办。于是我们一方面尽量把政策落实下去，一方面要考虑到小煤矿的实际情况对有些规定在实际操作中适当缓解一下。政策是没有人情的，但是我们和小煤矿矿主之间是人和人之间交往，我们不能不考虑到矿主的苦衷，于是帮助他们缓解一下政策压力，他们也会感谢我们的。（GL-2）

　　能办的事情抻着办，不好办的事情想法办，不能办的事情决不办。（GL-10）

　　由此可见，主管部门的惯习从"开门需要敲门砖"到"上符合政策，下也有对策"，这不仅和长期以来所形成的地区性的非正式制度有关，和主管部门个人利益追求有关，而且和权力场域所发出的正式制度有关，正式制度经常变化而且出现相互冲突。法律规章的漏洞和政策的临时性和突然性增加了主管部门权力运作的空间。

（三）矿主的惯习

1. "撑死胆大的，饿死胆小的"

从矿主的个人历史来看，他们多数是当地胆子比较大，敢于贷款的人，或者都是在煤炭销售方面从事多年的"煤倒"，大多数矿主只有中专以下的学历，他们没有煤炭专业知识，也缺少企业管理经验，只是熟悉市场，拥有社会关系。多年开矿的经历，他们在内心形成了"撑死胆大的，饿死胆小的"惯习。

　　我们矿主都没有科班出身的，都只是中小学文化水平。在84年那一阵，开矿的小煤矿矿长都是一些小混混，不是好学生，也不是好社员。那时候敢贷款，贷10万、8万，就能开一个矿，反正没有钱，贷款还不上又能怎样，胆子大，就干了。到了后期，开矿的人基本是做过几年"倒煤"生意的，在销售这块做了很多年，那时称"煤倒"，因为了解市场，煤价格也涨了，自己手里有资金，就投资开矿了，自己开矿，自己卖，能赚更多的钱。在我们这里只有一个是科班出身做矿主的，但是没过几年就倒闭了。"人越明白，胆子越小"，知道太多了就不敢干了，要是不太明白的，就觉得没事，干吧。（KZ－1）

　　我母亲做了很长时间的煤矿生意，对这一行比较熟，这一行认识的人也比较多，而且当时煤矿比较好干，政策没这么多，管理也没有现在这么严格，比较好做开，所以我在我母亲的资金和社会关系的基础上就开了个小矿。完全按照规定开矿，那没法开，都得"黄"

(倒闭的意思),干这行,胆子就得大一点。(KZ-4)

"有水快流"的时候,谁都能开矿,基本都是靠人力和畜力,哪有什么设备呀,那不也干得挺好嘛,法律法规,懂啥呀,煤炭开采知识更不知道,那不也赚钱了嘛。不过现在不能像过去那么干了,政策上没原来那么宽了,管得严了。原来死个矿工赔个3、4万,现在不行了,自从"2·14"矿难以后,规定死亡一个矿工至少赔偿20万,我们多少都注意安全了。但是完全按照规定也没有必要。(KZ-5)

"国家管小煤矿不是没管过,少管了? 最终怎么样? 该开的不是还在开呢嘛,出点小事故那是正常,况且出大事的也都是规模比较大的矿,我们这的矿都很小,想让矿工多进去几个,那里面也站不下啊"。(KZ-6)

2. "以不变应万变"

国家整顿治理小煤矿的政策不断调整,加之在比较强烈的"官本位"意识的社会环境下,原本政策学习能力就比较弱的小煤矿矿主在内心形成了"以稳定的关系应对复杂、变幻的政策"的惯习。

我们都是大老粗,暴发户,不懂文化,没什么知识,但是社会这点事我们还能整明白。没关系咋能办事呢? 人家有权力,咱没招,管着咱呢不是嘛。何况小煤矿的事情太复杂,上面的规定太多,不靠关系帮忙我们真应付不过来。(KZ-3)

国税、地税、煤炭局、国土局、环保局、安监局、公安局、电力公司,管我们的部门太多了。这些单位要是一个月走一次,从安全、设备等各方面检查,你说我们一个月得接受多少次检查呀。那条条框框的要求多着呢,人家拿出一条来就能制约你。但是他们也不能那么做,从申请办矿、审批到办证走这些程序的时候,我们和管理部门的关系都建立起来了。彼此都熟悉了,事情就好办了。(KZ-2)

完全按规定开矿,这矿没法干。对于国家的各种法,我们不是不关心,而是这些法和我们小煤矿不适合。按道理,我们按照原来的制度政策办下来了各种证照,我们生产就是合法的吧。可是这中间总会有新的政策，一会要求这个，一会要求那个。国家政策也不是全不好，如果规模大一点的煤矿，他也愿意上设备，保证安全，提高效率，矿主也受益。但是规模小的，就不想上那么多设备了，况且那些设备在小矿也施展不开。你不上，人家检查就能查出来，说你不合格，停产、整顿对我们损失很大。这种情况我们只好通过关系，想办法解决，只要不违背大原则，小事情通过关系都能办成。(KZ-5)

"依法治理"，但是这个法，总是在变。你说当初"五证齐全"，这些都是国家发的，我们也是合法开采，但是结果在原有的"法"和新的政策之间又是矛盾的。我们不知道依照什么。政策的变化，让我们无所适从，没有办法保护自己。于是我们想办法在地方管理部门那里争取到一些生存空间。管理部门也感觉到不好管，对我们表示同情。国家治理小煤矿总是一阵一阵的，今天停，明天关，等到风声过去了找找"说得过去"的理由还能开。一有新政策，管理部门就有很多权力，人家有权力随时都能制裁你。但是和这些部门的人都建立好关系了，出了新政策，他们都会想办法帮助我们。(KZ-1)

"这几年，国家三令五申，隔三差五地就整顿小煤矿，一会要求这个，一会要求那个，都应付不过来。那政策变来变去的我们也整不准，和上面搞好关系，从他们那能更详细地了解国家政策，也能帮我们应对这些政策。"(KZ-10)

由此可见，矿主是通过自己所构建的关系来应对政策变化和监督管理上人为因素带来的不确定性。通常来说，"社会关系"是不确定的规则，正式制度是稳定而确定的规则。而在小煤矿场域，由于受到政策变化的影响和自身条件的约束，小煤矿矿主这个群体内却形成了"利用稳定的社会关系应对变幻的正式制度"的特有的惯例。

（四）矿工的惯习

1."想赚钱就下井"

F市的小煤矿分布于农村的农田，矿工大多数来自于当地农民。东北农民一直以来主要依靠种植玉米、高粱、大豆、谷子等生存，一年只耕种一季,春播种、秋收割,能够保证温饱。由于这里不缺粮食,而且冬季严寒期长达四五个月,因此很少发展农副产品加工业和农村手工业,乡镇企业的发展主要是煤矿、石场、砖厂等,并且其中以乡镇煤矿为主,当地农民除了种植业以外的其他收入很少。自从经济转型开始以来,有部分农村剩余劳动力向种植蘑菇、蔬菜等温室农业转移,但是乡镇有小煤矿的农民多数仍然以下井做矿工来填补家庭开支,"赚钱下井、下井赚钱"成为农民普遍的认识,当然,农民也普遍意识到做矿工的危险。

> 和"地上"比的话,下井赚得多,收入可观。地上最多一个月1000元左右,而下井每月在2000元左右。在地上也就是做瓦工,比矿工更累,在矿上一天就八小时,固定的,比地上好,但是风险大。(问:当地人都愿意做矿工吗?)我们这基本家家都有矿工,这里因为有了矿,所以农民可以就近做矿工,所以收入还可以,相比其他农村,我们这里还算是富裕的。(KG-7)

> 做矿工赚钱多啊,和地上比,收入可以。现在煤价高了,开矿的多,现在的矿都不好采,地质条件太差,在井下风险大。下井就是为了赚钱,最多一个月能赚3000—4000的都有,不过那都是高瓦斯矿,随时都有危险,老板给的钱就多,吸引人呗。但是只要有别的出路,就不干这个。(KG-3)

由此可见,F市农民的收入来源很单一,即便是外出打工也是局限于做建筑工人。虽然农民知道下井的危险,但是为了家庭的房子、教育等开支,多数农民仍然选择了做矿工。

2. "惹不起,躲着走!"

国家整顿治理小煤矿的目的是为了防止、较少国有资源流失,为了维护社会稳定,为了保护矿工的生命安全。国家元场域所制定的正式制度目的是为了最基层矿工的生命安全,矿工对生产安全的自觉和采取的措施对整顿小煤矿安全生产有着决定性的作用,但是,传统文化和矿工在 F 小煤矿场域所处的位置使矿工群体形成了"惹不起，躲着走"的惯习。

（问：你知道小煤矿安全生产都应该具备哪些要求吗？）不知道，不过现在有的矿也都有设备，比原来人拉肩扛的时候好多了。（小煤矿安全不安全你能判断吗？）就凭经验吧。（KG-8）

（问：发现隐患，矿主不采取措施依然让你们开采怎么办？）发现有危险，我们上报给矿主，矿上基本上还是采取意见的，有的矿主如果不改进，我们矿工也会觉得有危险，那就不干了，多干几天的工资扔就扔了，如果不干了，原来压下来的 50——200 块的培训费就被压扣了。（KG-4）

应该关闭，应该整顿，矿工也知道但是也没有上报。有时候在一个巷道中间另开一个口开采，这是违法的，来检查的了，老板就赶紧让我们用木板堵上。让堵就堵呗，干这活轻巧，还照常拿工资，还有啥怨言呐。而且在一个矿也干不了太长时间，没有必要上报，按时给工钱就行。举报不举报和自己的关系也不大，谁去举报呀，自己不想干就走，上哪报？要是上报，真的被人家（矿主）知道了，还不得整死你啊！（KG-2）

"惹不起，躲着走"这一中国老百姓的惯习，充分体现在 F 市小煤矿矿工的身上。他们受到个人知识水平的限制，不关心、不了解、不利用保护矿工利益的正式制度，对维权和举报态度冷漠。面对生产过程中出现的危险，基本依照"惹不起，躲着走"的惯习做出"一走了之"的选择。

以上四类行动者的惯习是在社会大场域、小煤矿子场域和个人历史的共同影响下形成的，是行动者在社会历史条件下逐渐被灌输的一套性情倾向系统。这种被客观结构所内化的认知结构将指导行动者参与未来的制度实践，在实践中听候行动者将它重新激发出来，"推动"行动者采取这样那样的策略，应付各种未被预料的情景。

第三节　制度实践的工具——小煤矿场域的资本

布迪厄将资本定义为社会实践的工具,他指出:"场域的结构,是参与到专门资本的分配斗争中去的那些行动者同行动者,或者,机构同机构之间的权力关系的状况。参与到场域斗争中去的这些特殊资本,是在先前的斗争中积累、并指导着今后行动的策略方向。"①由此可见,行动者在制度实践过程中所做出的策略选择将取决于他所拥有的资本数量和结构,在分析行动者制度实践的过程之前一定要清楚行动者所积累的资本。本节将对 F 市小煤矿场域内行动者的资本类型作以分析。

一、资本的涵义

按照《新帕尔格雷夫经济学大辞典》的解释,有两种含义的资本:一是"作为一种生产要素的资本",另一是"作为一种社会关系的资本"。马克思的资本概念是这两种含义的综合。布迪厄把资本定义为行动者的社会实践工具,他的资本概念来自马克思,但是他的资本概念的内涵和外延与马克思的资本概念有所不同。布迪厄的资本概念除了包涵经济资本外,还包涵文化资本、社会资本和符号资本等涵义。

第一,经济资本。布迪厄所谓的"经济资本"与经济学意义上的资本概念基本相同,经济资本具体表现为货币和产权。他认为经济资本是基础性的资本类型,其他类型资本都是从经济资本中分离出来的,但是他认为其他类型的资本有它们独特的运作逻辑,所以布迪厄反对将其他类型资本化约为经济资本。

第二,文化资本。尽管文化与资本的结合并非布迪厄首创,但是他的文化资本概念内容丰富,类别详细。布迪厄在其著名的论文《资本的形式》当中,第一次完整地提出了文化资本理论。在布迪厄看

---

① 高宣扬:《布迪厄的社会理论》,同济大学出版社,2005 年,第 148 页。

来，文化资本以三种存在状态。一是身体化的状态，表现为行动者心智和肉体的相对稳定的性情倾向，比如，行动者所具有的流利的言辞、审美趣味、教养等。二是客观化的状态，指的是物化或对象化的文化财产，表现为文化商品（诸如图书、电脑之类）、有一定价值的油画、各种古董或历史文物等。三是制度化的状态，指的是由合法化和正当化的制度所确认的、认可的各种资格，特别是高等教育机构所颁发的各种学衔、学位和教师资格文凭等①。

第三，社会资本。科尔曼认为社会资本作为一种资源要素，以某一团体的成员资格为基础，或者说，它同人们之间多少具有稳定性的、相互认可和承认的、持久的关系相联系，这种网络会给其成员带来保障或好处，资源、信息、社会支持等都可借助这个网络获得和运动。布迪厄偏重于在群体的成员资格的背景下讨论社会资本，社会资本的实质就是群体以集体拥有的资本为其成员所提供的支持。在布迪厄看来，社会资本是指"某个个人或群体，凭借拥有一个比较稳定、又在一定程度上制度化的相互交往、彼此熟识的关系网，从而积累起来的资源的总和"。② 更具体来说，一个特定的行动者所拥有的社会资本总量，取决于他所能有效动员的关系网络的规模，也就是说取决于与他有联系的那些人所拥有的各种资本的总量。这意味着，虽然社会资本相对而言不能简化为某个特定的行动者，或与之有联系的所有行动者所占有的经济和文化资本，但社会资本却从来不曾独立于这些资本，社会资本能使行动者以自己权力占有的资本产生收益增值的效应。

第四，符号资本。符号资本是这样一种权力形式，即它不被人视为权力，而是被视为对他人的承认、顺从或服务的正当要求。符号资本源于其他资本类型的成功使用，以至于掩盖了自私自利的目的，于

----

① 布迪厄：《资本的形式》，载薛晓源、曹荣湘主编《全球化与文化资本》，社会科学文献出版社，2005 年，第 9 页。

② 布迪厄、华康德，《实践与反思——反思社会学导论》，中央编译出版社，2004 年，第 162 页。

是产生了符号效应。也正因为如此,符号资本与经济资本有明显的差别,与社会资本却很相似。各种类型的资本转化为象征资本的过程,就是各种资本在象征化实践中被赋予象征结构的过程。

布迪厄通过用资本概念使行动者的实践工具从经济领域扩展到符号和非物质领域,深化了人们对实践工具概念的认识。布迪厄认为资本的不同类型间可转换性,构成了行动者策略的基础,这些策略的目的在于通过转换来保证资本的再生产,以及在社会空间中行动者的社会关系、社会地位的再生产。

二、F 市小煤矿场域的资本类型

在 F 市小煤矿场域中,每个行动者都握有自己的资本,并运用资本在各种关系结构中进行争夺。鉴于上文对资本的论述以及实际调查发现,笔者把 F 市小煤矿场域行动者所运用的资本划分为制度资本、文化资本、货币资本、社会资本和劳动资本。

(一)制度资本

首先说明的是"制度资本"中的"制度"是指正式制度,即国家所制定的法律、法规、规章及政策等。本文所指的"制度资本"是布迪厄所谓符号资本的具体形式。衡量 F 市小煤矿是否安全生产的标准是国家所制定的有关小煤矿安全生产的法律规章及政策,同时,衡量主管部门是否依法行政的依据也是国家所制定的行政法规及政策。也就是说,从理论上说,主管部门可以依照正式制度对小煤矿进行监管,根据正式制度的规定有权力判断小煤矿是否合法生产;矿主可以依据行政法规及法律等限制主管部门行政行为,维护小煤矿法人权利;小煤矿矿工也可以依据正式制度的规定来维护自身的合法权益。国家的正式制度规定了行为的合法性,它成为行动者共同争夺的资源。但是,正式制度成为资本的前提是行动者能够将正式制度看作一种力量,一种能够产生利润并能够自身再生产的力量,通过实际调查发现,虽然正式制度对于以上三类行动者来说都是一种合法性的资源，但是小煤矿场域的实际运作中，正式制度在更多情况下成为地方政府和主管部门所掌握的资本。

其原因是，国家制定的正式制度对小煤矿安全生产提出了诸多的要求，对于从"有水快流"起步的小煤矿来说，已经积淀下了生产混乱的历史，即便小煤矿管制制度越来越严格，正式制度对于小煤矿矿主来说约束大于权益，小煤矿违法开采、违规生产的情况屡见不鲜，因此矿主很少利用正式制度来维护自己的利益。而矿工受自身素质的限制，对法律了解得少，又因自身所处的弱势地位，导致很少利用正式制度维护权益。因此只有地方政府和管理部门拥有并利用合法化的制度资本。

干我们这一行的都清楚，完全按照国家规定的标准开矿，那矿没法开，要求太高了，而且政策变化太快了。另外，那些标准都是适合大矿，我们这些小矿没必要上那些设备。我的矿开采的是国有煤矿剩下来的资源，按照国家的规定，开采剩余煤炭应该给我们补贴的，可实际上呢，不但没有补贴反而对我们的要求那么严。(KZ-10)

现在管我们的部门又多了一个煤炭安全监察局，原来是要求"五证"，现在来了监察局，又多了一个煤炭安全生产许可证，这个证要求的标准就高了、细了，各项指标都比我们市里煤炭局要求的严，现在的政策法规对我们小煤矿相当不利，太不好干了！现在管理部门手里的权力多，人家拿出任何一条规定都能制约我们。(问：也有很多行政法规约束管理部门人员的行为啊？你们可以用这些法规来维护自己的权益啊?)要求我们的政策我们都做不到，做到很难，人家管我们那是因为人家手里攥着那么多规定呢，人家有理由，我们没招。(KZ-6)

政策有很多不合理的地方，比方说"一人感冒，大家吃药"，全国不管是哪里煤矿出了事故，市政府就要求所有小煤矿停产整顿，有必要吗？别人感冒了，我们做个体检不就行了嘛。咱觉得政策不合理，但也没辙啊，咱上哪提意见去啊。(问：你们是企业法人，作为法人你们可以依据法规来争取自己的权益啊?)我们多少也学习掌握一些相关法律，管理部门来检查，看到不合格的地方要求我们整改那都是要有法规依据的,这一点我们心里清楚,他们也不可能随意处罚。现在的问题是突然的停产整顿是我们招架不住的,而这些突然政策都是社会环境出现什么状况后,省里一个会议或者市长一个讲话决定的,都具有强制性、临时性,我们哪能跟上头对着干呢,服从呗。(KZ-9)

从资料的搜集和调查中发现,监管小煤矿的法律政策很多,监督主管部门行政行为的规章也不少。在小煤矿场域应用得最多的是监管小煤矿的正式制度,这些正式制度的具体执行是通过主管部门来进行的。从正式制度的制度结构可以看出,在 2005 年以前监管小煤矿的正式制度多于监督主管部门的正式制度;监管小煤矿安全生产的部门规章条款要求不精确;行政法规对主管部门责任规定得不严谨;整顿小煤矿的政策有很大的不确定性,表现出突然性和运动式的特征。以上这些正式制度的特征使主管部门获得了自由裁量的空间,拥有了一定的自由余地。这种自由裁量的空间和自由余地为正式制度的执行者进行资本转换提供了机会。① 管理部门利用监管可松可紧、可管可不管的空间,通过制度资本换取他所稀缺的货币资本。用吴思的话来说,正式制度的执行者具有"合法伤害权"。小煤矿矿主为了减少"合法伤害"的可能性就以使主管部门获得利益的方式来减少风险,这样正式制度对于主管部门来说成为了一种能够产生利润并能够自身再生产的力量,即制度资本。

> 管理部门有权力,人家拿出任何一条规定,都能限制我们,我们没有办法,只能主动点,把关系处好,只要他们管得松一点,我们就不用天天紧张了。(KZ-4)
> 制度是死的,人是活的。只要管理部门找出个法规条文什么的,我们就得认。但是他们按死规定办事能图到啥呀。手里赚的是死规定,用的时候活一点,不就彼此都有好处嘛。(KZ-1)

---

① 于广君:《关于"潜规则"的社会学解读》,《社会科学论坛》,2006 年(上),第 51—56 页。

由此可见，制度资本不仅是由于管理部门掌握着合法性的制度有权力监管矿主，更重要的是，管理部门人员能够从制度的执行中找到自由裁量的空间，监管时"可松可紧"、"可管可不管"，两可之间是他们权力的来源，力量之所在。

（二）文化资本

本文所叙述的 F 市小煤矿场域中的文化资本主要是指第三类状态即制度化的文化资本，具体来说是指主管部门以及其下属的事业单位或实体机构所拥有的设计、评估、验收、审批的资格。小煤矿在办理采矿许可证、生产许可证、煤矿安全生产许可证的时候必须具备各种文字、图纸资料，例如储量核实报告、土地复垦方案、矿井设计图、地质灾害评估报告、开发利用方案、储量核实报告、生产能力核定报告、采矿方案等专业要求很高的资料，以上这些材料需主管部门的下属事业单位或实体机构来进行制作，F 市主管部门进行审核，最终递交至省级主管部门最终认定。据调查了解到，每一项方案、报告以及评估的费用都非常高，在这些环节上主管部门因具备专业知识、拥有审核的权力，因而掌握了文化资本。

> 2005 年国家要求地方煤矿办理安全生产许可证，多了一个安监局。获得安全生产许可证必须要经过安全评估中介结构的评估，这也是安监局制定的，我们省一共有三家，其实都是安监局下属的实体机构。这个机构其实给我们企业加重了不少负担。评估费用根据产量、规模和矿井的复杂程度，收费不等，例如 3 万吨的小矿，评估费用要 5 万元左右。（他们的评估很复杂吗?）也没什么，就是要看看图纸，下井看看设备，再看看文字方面的资料全不全，是不是符合标准，另外用他们的计算公式计算一下，是不是符合要求。（你觉得他们的工作有 5 万元的价值吗）没有，哪里值五万元啊。（KZ－8）

> 我们办事都是在不违背大原则的前提下，才使用权力的。有些专业知识有的矿长不了解，所以我们完全可以拿地质勘查或工程设计等专业要求来"卡"他们。其实并不是我们故意要把持着这些资

源,这些内容和要求都是公开的,但是矿主不了解,他们不懂。因为第一:管理小煤矿的部门很多,各部门所涉及的具体专业要求加起来更多,矿主没有时间去了解;第二,矿主文化素质都很低,他们也没能力把各种专业要求都搞明白;第三,他们也没有想弄明白的想法和愿望。解决问题的途径完全是依赖主管部门,我们给他们开会布置任务,他们会反过来依赖我们帮忙,就是这样。我们帮助他们,他们适当地会感谢我们的。(GL-4)

由此可见,主管部门所拥有的文化资本对于文化素质比较低的小煤矿矿主群体而言是无法获得的,只能依靠资本的转换来获取,因此文化资本使得主管部门能够在整个场域中获得更多的力量,通过这个力量来维持其场域位置。

(三) 货币资本

布迪厄认为经济资本是由生产的不同因素(诸如土地、工厂、劳动、货币等)组成的,它可以转化为货币形式也可以转化为产权形式。本文为了突出不同行动者所拥有不同的资本类型,将经济资本中的产权资本、货币资本、劳动力资本、土地资本分别结合矿主和矿工两个行动者来叙述,其中劳动力资本和土地资本在下文中分析。

小煤矿场域中产权资本和货币资本的拥有者是小煤矿矿主,一方面他作为小煤矿企业的法人,拥有煤矿的产权;另一方面随着煤价不断攀升,矿主开矿获得了丰厚的货币回报。但是,在中国治理小煤矿的制度环境下,小煤矿矿主作为法人所拥有的产权资本在资本的运作和交换中没有体现得那么明显,在行动者之间的制度博弈和游戏争斗中,产权并没有成为小煤矿矿主真正权力的来源,虽然有些情况下他们以法人的资格争得应有的权益,但是在国家整顿治理小煤矿的强制性制度的约束下,加之小煤矿矿主有史以来无法完全按照正式制度的要求生产,使得他们很少以法人及产权作为他们争斗的资本,在更多的情况下,他们是以货币作为资本参与制度博弈的。

我的矿原来是 2 万吨的生产能力，一年如果年景好的话，一年能收入 100—200 万元。不过投入也不少，设备上的投入最大，人情来往、社会关系上的倒不是问题。（KZ-4）

管理部门经常来检查，来就来，需要整改的我们想办法改，需要提高的他们也会提醒我们。他们来我们都会好好招待，答对乐呵地，我们不差这点事。（KZ-2）

举个例子，他应该付一万的补偿费，但是他不想交，他不交不是为了省钱，你知道吗？他是想用这一万块去"围人"去，他可以想办法给局长 5000，副局 3000，中间吃饭再花掉 2000。其实钱没少花，但是他不是为了省钱，他是在用钱换关系，为了以后更好办事。矿长真的不在乎钱，他不缺钱，他要的是社会关系。（GL-5）

在煤价不断攀升的情况下，小煤矿矿主的经济收入非常可观，他们用货币资本换取制度资本和社会资本以带来更多的利润，保证自己的生存。

（四）社会资本

通俗地说，社会资本就是指中国社会中的关系资源，通过关系资源进行社会交往是中国人行动的特殊主义的逻辑，大量的研究表明了关系资源在中国社会当中的重要作用。在小煤矿场域，矿主力图以经济资本换取社会资本，因为社会资本能够为小煤矿矿主带来更多利润，即它能够使矿主所占有的经济资本产生增值效应。

矿主都是"神通广大"，不仅是市里，省里他们也都有关系。各种审批最终都是省里决定，矿主在上面也是有关系的。有的是通过市里介绍的，有的则是自己联系的。（GL-2）

有时候，会有这种情况，矿主能自己办的事情他故意让你帮忙，目的是抬举你，进一步拉近关系。另外，他们求我们办的事也会涉及到其他部门，我们给他们办这个事的时候也需要其他部门配合。这样，这个事情办成之后，矿主不仅要感谢我们，而且还会感谢所涉及的其他部门的人。这样一来,他不但加强了和我们的关系,而且又通过此事认识了别的部门的人,从而扩大了社会关系。(GL-8)

每个管理部门基本都是两层人马,市里的,区里的,哪个都挺重要。到了你做大的时候,能跟政府的人直接对话,那下面的事情就好办些。不过无所谓,这些事情都好办。(KZ-7)

从调查中可以发现,小煤矿矿主想尽办法扩大社会关系的规模,加强社会关系的强度和密度,建构社会关系网络。小煤矿矿主建构的社会关系网络中所有能够联接的行动者所拥有的资本都是他可以交换和利用的资本。因此,稳定、庞大、密集的社会关系网络是小煤矿矿主的社会资本。

(五) 劳动资本

劳动这个概念涵盖的范围比较广,劳动包括体力劳动和脑力劳动,劳动资本属于经济资本的范畴,马克思对劳动资本做过详尽的论述。本文在此提出的劳动资本是指狭义的劳动,即体力劳动。

小煤矿场域中矿工拥有劳动资本,他们通过付出体力劳动换取劳动报酬。

(问:你觉得矿主在压榨你们劳动成果吗?)这个没那么复杂,很简单,他给我钱,我给人干活,只要工资明确,关系就很简单。(问:做矿工什么时候或者什么事会让你觉得最开心?)开支了,拿到工资高兴呗。(问:在矿上遇见过让人觉得憋气的事吗?)憋气的事就是工资不公平,不明确,拖欠工资。这是原来,现在这种情况很少,工资算得明白,心里就没啥憋气的。(KG-5)

(问:当地想做矿工的人多吗? 矿主缺矿工吗?)没有别的活可干呐,这边矿很多,离家近,就都当矿工了。不缺,缺了都有熟人介绍。(KG-10)

(问:这里想做矿工的人多吗? 矿主缺矿工吗?)大伙都是需要钱了,就做。干的人多,也不缺矿工,随时招随时有。(问:矿主拖欠工资了你们怎么办）我们一般选择那些有亲戚和朋友的矿，这样工资好要，去工资有把握的地方干。如果发现有拖欠工资的，我们就不干了，也就差四五天的工资。真的碰上差你10天左右拖欠工资，找人也没有用。我们很少有人上访。（KG-2）

从对矿工的访谈中可以看出：第一，矿工的资本转换很简单，就是付出劳动换得工资收入；第二，劳动资本并不是稀缺资本，F市有大量的农村剩余劳动力，劳动资本的非稀缺性决定矿工的权力是微弱的。

（六）土地资本

土地资本是灵活性差但稳定性强的资本。F市小煤矿场域矿工大多来自当地农民，因此这里的矿工并没有像马克思对工人的描述那样"除了劳动一无所有"，他们除了劳动还拥有土地。

（问：如果你所在的小煤矿因为安全设备等问题被关闭了，对你有什么影响吗？）没影响，这个矿不行了，就去别的矿，矿有很多，就算矿少了、没了，最终我们还有土地。现在我们家干的温室大棚就是镇里组织农民干的。（KG-3）

（问：你做矿工会影响农活吗？）不影响，两不耽误。我们不能耽误农活，这是根本啊。农忙的时候，矿上就缺人手了，矿主这时会提高工资，但是我们也要衡量一下，如果下矿就要花钱请人干农活，下矿多赚那些钱要是划不来，我们还是会自己亲自下农田。不过农忙的时候不多，一年就有那两阵。（KG-7）

国家整顿治理小煤矿的目的之一是为矿工提供劳动安全保障，为了维护矿工的生命安全。但是由于矿工并没有监督权，并且由于矿工在场域中的位置和他们惯习的决定，国家整顿治理小煤矿的正式制度并没有成为矿工维护自己权益的资本。因此矿工仅仅拥有劳动资本和土地资本。

F市小煤矿场域的第四类行动者——地方政府一方面以"领导讲话"、"领导批示"、"地方政府文件"等权力形式作为资本与F市小煤矿场域内的其他行动者进行互动，另一方面以F市的特殊情况为"底牌"，向省级或国家级的权力场域进行诉求，以争得特殊政策。

总之，资本既是现代社会中进行权力斗争的工具，也是争夺的对象，所有不同类型的资本都是在特定的场域中被确认的斗争力量单位，谁拥有的资本的数量越多，谁就可能在斗争中占据有利地位。以上四类行动者将在国家新一轮整顿关闭小煤矿的制度实践中充分利用自己掌握的资本，以此为斗争的力量，来争取对自己有利的资源，竭力建构有利于自己的场域规则。

小煤矿场域的行动者经过历史行动后形成了行动者之间客观关系结构，并且在历史行动中结构性的规则内化形成行动者各自的惯习，行动者在历史行动中积累了不同的资本。场域不是静止的，小煤矿场域的行动者在受到权力场域的外力作用等因素的变化而不断地进行着新的游戏，在新游戏中他们在自身惯习的推动下，凭借他们的资本，为了获取各自利益而进行资本运作和策略选择。

三、本章小节

场域是构成社会宇宙的各个社会小世界，它是社会学的分析单位。本文在场域内研究制度实践的行动逻辑。本章从四个环节勾勒出了F市小煤矿场域的基本面貌。

第一，场域与权力场域的相对位置。为了分析方便，本文列举了与F市小煤矿场域相对两个权力场域，一个市由省政府和省级煤矿管理部门构成的省级权力场域，另一个是由中央政府和国家煤矿管理部门构成的国家元场域，小煤矿场域受到这两个场域的约束和支配。按照布迪厄的观点，省级权力场域和国家元场域并不是一个实体，而是各种力量关系，在动态的力量关系中，它们通过出台政策法规等合法性手段对小煤矿场域进行控制。

第二，场域内行动者的关系结构。F市小煤矿场域内有四类行动者,即地方政府、管理部门、矿主和矿工。他们之间的关系结构并不是正式制度所规定的那样。第二层面的非正式制度是该场域真实规则的体现,在这一规则决定下形成的关系就是 F 市小煤矿场域内四类行动者之间的关系结构,即地方政府与矿主之间依赖与保护的关系,管理部门与矿主之间权力与金钱的交换关系,矿主与矿工之间是不规范的雇佣关系。在这一关系结构中存在各种力量,它们相互较量、争斗、合谋。

第三,行动者的惯习。惯习是行动者策略选择的依据,非正式制度这一客观结构是型塑惯习的来源。通过访谈了解了 F 市小煤矿场域四类行动者的惯习,即地方政府形成了"靠山吃山、靠水吃水"和"依靠政策扶持"的惯习;管理部门具有"开门需要敲门砖"和"上要符合政策、下也有对策"的惯习;矿主群体素有"撑死胆大的、饿死胆小的"惯习,并形成了"以关系应对变化莫测的正式制度"的心智结构;而矿工因受到东北地区农民过分依赖土地资源的保守观念的影响,普遍认为"想赚钱就下井",很少另谋出路,而且"惹不起,躲着走"的惯习促使他们面对煤矿违规生产选择沉默或离开。

第四,行动者的资本。行动者在资本交换中实现各自的利益,资本是策略选择的工具。地方政府拥有制度资本,以合法化的制度对小煤矿实行保护或管制,最终目的是借助小煤矿发展地方经济,以此积累政治业绩,换取政治资本;管理部门拥有制度资本和文化资本,利用弹性空间换取货币资本;矿主拥有货币资本;矿工在场域的斗争中虽然看似一无所有,但是他们拥有劳动资本和土地资本。

通过对 F 市小煤矿基本要素的叙述,可以看出场域内行动者之间联结着复杂的力量关系,行动者本身在历史的"劳动"中积累了各种资本,非正式制度这一客观结构内化为行动者的主观心智结构即惯习。小煤矿场域内部充满了力量关系,外部还受到权力场域和国家元场域的支配。制度实践就是在这样的场域中进行的。

第四章

制度实践的行动逻辑(上):整顿关闭①

> 即使是在那些充满各种普遍规则和法规的领域,玩弄规则、寻求变通也是游戏规则的重要组成部分。
>
> ——布迪厄

本文制度实践研究的切入点是国家"2005 年—2008 年整顿关闭小煤矿"的政策和相关法律规章的执行过程。整顿关闭具体步骤经过整顿关闭——整合技改——管理强矿三个阶段。此间在制度安排上出台了一系列的法律、规章、政策,以规范和监督整顿关闭工作的全过程。根据 F 市小煤矿整顿关闭正式制度的执行过程为线索,将制度实践的过程分为两个部分来叙述,第四章侧重"整顿关闭",第五章侧重"整合技改"。笔者将纵向地提炼出制度实践过程中的代表性事件,再横向地对具体事件中行动者之间的资本运作与策略选择做详细的叙述和分析。

第一节 "整顿关闭"过程中行动者的资本运作和策略选择

布迪厄指出,某一场域中的行动者,在所处的场域位置上积极踊跃的行事,其目的是竭力维持现有的资本分配格局或者奋起推翻它

---

① 国家为了在 2005 年—2008 年解决小煤矿问题,出台了一系列"整顿关闭"小煤矿的政策。本文使用"整顿关闭"一词,广义的"整顿关闭"是指三年解决小煤矿问题的全过程,这个全过程分为三个阶段,包括整顿关闭、整合技改和管理强矿,第一个阶段是指狭义的"整顿关闭"。

以改变自己的场域位置,在行动者的互动过程中进行不同类型的资本转换,资本转换构成了行动者策略的基础,这些策略的目的是通过资本转换来保证其资本的再生产,以及社会空间中不同地位的行动者的社会关系、社会地位的再生产。因此场域中行动者的行动不是"粒子"之间为了获得经济利益而进行的简单运动,而是在社会关系网络中受到自身惯习推动下的行动者的策略选择。

2005年8月,国家提出了"争取用三年的时间解决小煤矿问题"的目标,围绕这个目标出台了一系列政策法规并制定了详尽的三年规划(正式制度参见图标12)。

图表12　国家整顿关闭小煤矿的正式制度(2005年8月到2006年6月)

实施日期	成文法及公共政策	颁发部门
2005 - 8 - 24	关于坚决整顿关闭不具备安全生产条件和非法煤矿的紧急通知	国务院
2006 - 3 - 15	关于加强煤矿安全生产工作规范煤炭资源整合的若干意见	国家安监总局
2006 - 5 - 29	关于制定煤矿整顿关闭工作三年规划的指导意见	国家安监总局
2006 - 6 - 2	关于开展全国煤矿生产能力复核工作的通知	国家发改委等
2005 - 9 - 3	关于预防煤矿生产安全事故的特别规定	国务院
2005 - 9 - 1	劳动防护用品监督管理规定	国家安监总局
2005 - 9 - 24	举报煤矿重大安全生产隐患和违法行为的奖励办法(试行)	国家安监总局
2006 - 1 - 10	安全生产标准制修订工作细则	国家安监总局
2006 - 3 - 1	生产经营单位安全培训规定	国家安监总局
2006 - 6 - 29	中华人民共和国刑法修正案(六)	全国人大常委会

"三年解决小煤矿问题"的政策目标是否能够实现？以上各种《通知》或《规定》等形式的正式制度究竟怎样执行？管理部门人员将如何运用制度所赋予他们的权力？小煤矿矿主如何能保留住自己的矿井？矿工怎样能够维护自己的权益？权力场域对正式制度会作出

怎样的调整？总之,来自于权力场域的各种整顿关闭小煤矿的正式制度打破了 F 市小煤矿场域原有的相对平静,在权力场域的影响下,小煤矿场域的四类行动者在原有的场域关系结构中开始了各自的资本运作和策略选择。

一、"关闭"过程中行动者的资本运作和策略选择

小煤矿的整顿关闭分别以安全生产许可证和生产能力等为依据实行了两次"关闭"政策。前者进行得比较顺利,而后者则经过了一波三折。以下分为两个部分叙述关闭过程中行动者的资本运作与策略选择。

(一) 以《安全生产许可证》为依据的"关闭"

2005 年 8 月国务院发出《坚决整顿关闭不具备安全生产条件和非法煤矿的紧急通知》要求不符合办理煤矿安全生产许可证条件的矿井立即停产整顿,到 2005 年年底仍达不到要求的一律实行关闭。F 市 2005 年底一共有小煤矿 166 处按照《紧急通知》的规定关闭了 13 处小煤矿,这一阶段的关闭进行得十分迅速,并不存在过长的博弈过程。通过对管理部门的访谈获知了其中的原因：

> 2005 年底,我们市关闭了 13 处煤矿,那是因为当时国家下发了《紧急通知》,而且煤炭安全监察分局刚刚成立,他们按照《煤矿安全生产许可证条例》一一对小矿井进行检查,符合条件的才能给办证。怎么说呢,F 市发展小煤矿已经有二十多年的历史了,小煤矿啥规模啥条件的都有,2005 年年底关闭的那 13 个小矿那是所有小矿中确实太差的,有的根本就没怎么生产的。有的还是机关部门的下属企业,国家严厉禁止机关单位办矿,那国家机关能跟国家政策对着干吗？所以都关了。这样一来啊,本市所有的小矿从后往前数,那最差的就是那 13 个小矿,它们就算是偶尔生产那也都是小打小闹的,没有能力大规模生产。矿主也知道没什么指望了,也不愿

意投资了。所以 2005 年年底关闭的 13 个矿对全市的煤炭生产没有啥影响,就算不关它也生存不了了,因此关闭这几个小矿没啥麻烦的。(GL - 2)

根据材料了解到,2005 年 8 月以前,全国原有小煤矿 2.3 万处,截止到 2006 年上半年,在《紧急通知》的要求下,以煤矿安全生产许可证的办理为标准,全国关闭了大约 6000 处小煤矿,占原有小煤矿总数的 26%。这一阶段的关闭通知下达得突然,落实得也比较迅速。通过 F 市这个个案可以了解到,关闭得之所以那么迅速,原因就在于所淘汰的煤矿都是一些生产条件十分落后的煤矿。而 2006 年下半年起,以生产能力为标准关闭小煤矿的过程就不再如此顺畅了。

(二) 以生产能力等为依据的关闭

2006 年 3 月国家安监总局下发了《关于加强煤矿安全生产工作规范煤炭资源整合的若干意见》,2006 年 5 月国务院安委办发出了《关于制定煤炭整顿关闭工作三年规划的指导意见》,这两个《意见》的出台提出了煤炭资源整合的目标[①],并进一步提出小煤矿关闭的新标准,即力争小煤矿数量控制在 1 万处左右;单井平均规模在 9 万吨/年以上;小煤矿百万吨死亡率力争控制在 4 以下;2007 年年末淘汰年生产能力 3 万吨以下的小煤矿;14 种类型矿井必须关闭等。2006 年 6 月国家发改委等部门又下发了《关于开展全国煤矿生产能力复核工作的通知》,要求各地方继 2005 年以后再对当地小煤矿进

---

① 煤炭资源整合的目标:1. 坚决依法关闭不具备安全生产条件、非法和破坏浪费资源的煤矿;2. 淘汰落后生产力,2007 年末淘汰年生产能力在 3 万吨以下的矿井,各省(区、市)规定淘汰生产能力在 3 万吨以上的,从其规定;3. 提升煤矿安全生产条件,提高煤矿本质安全程度。矿井必须采用正规采煤方法;4. 压减小煤矿数量,提高矿井单井规模。经整合形成的矿井的规模不得低于以下要求;山西、内蒙古、陕西 30 万吨/年,新疆、甘肃、青海、宁夏、北京、河北、东北及华东地区 15 万吨/年,西南和中南地区 9 万吨/年;5. 合理开发和保护煤炭资源,符合已经批准的矿区总体规划和矿业权设置方案,回采率符合国家有关规定。

行一次生产能力复核工作,根据对小煤矿的能力复核确定小煤矿的关闭对象。复核的通知明确指出,"不得借本次复核,将违背初步设计、'批小建大'的矿井生产能力合法化;未依法履行建设程序、办理各项审批(核准)手续而实施改扩建、技术改造的矿井,新增生产能力一律不予认可,不得借本次复核,将违规形成的能力给予认可。"①

2005 年底,F 市小煤矿关闭了 13 处,到 2006 年小煤矿数量是153 处,2005 年的关闭政策刚刚执行完,2006 年的新政策出台使剩余的 153 处小煤矿又一次面临关闭。而且这一次的关闭政策明确了3 万吨的生产能力。F 市 153 处小煤矿中,年生产能力在 4 万吨以上(包括 4 万吨)的小煤矿仅 48 处,也就是说如果机械地执行国家的政策,F 市将会有 105 处煤矿被关闭,占小煤矿总数的 69%。面对元场域所提出的这样的政策,F 市小煤矿场域的行动者会作出怎样的反应呢?

1. 地方政府:"能保则保"

如前文所述,F 市是一座历史悠久的煤矿城市,如今大规模的煤矿资源接近枯竭,这座煤矿城市在没有扶持培养出替代的支柱产业时,仍然依靠剩余的零星煤矿资源支撑着这个城市的经济社会生活。作为地方政府,由于地方财政支出的紧迫需求,在依赖煤炭资源的惯习推动下,做出了"能保则保"的策略选择。

国家的政策也根据不同的地方明确列出了整合标准,有整合后达到 9 万吨的、15 万吨的、30 万吨的,国家要求淘汰生产能力 3 万吨以下的矿,而且各省也可以从其规定。比如山西省,那是真正的煤矿大省,人家提出来淘汰 9 万吨以下的地方小煤矿,而且不再审批 30 万吨以下的新建小煤矿。我们省没有把标准定得那么高,毕竟资源有限,我们采取的是最低标准,年生产能力 3 万吨,这也是根

---

① 摘自国家发展和改革委员会、国家安全生产监督管理总局、国家煤矿安全监察局联合下发的发改运行(2006)1019 号文件《关于开展全国煤矿生产能力复核工作的通知》。文件详见国家煤矿安全检查局官方网站:www. chinacoal‑safety. gov. cn.

据具体情况对省内各产煤市的一个特殊照顾，符合最低标准，争取多保留下来一些地方小煤矿。（ZF-2）

可以说处于安全和国家形象考虑，关闭小煤矿首先是国家受益的，但是具体的关闭政策是不合理的。各个地方都有各个地方的特殊情况，如果真的按照国家政策那样直接执行，当地的小矿基本就没了，那煤矿安全问题的确是解决了，因为小矿没有了啊，没有了不就安全了吗。上面制定政策的人不了解各地的实际情况，下面明白的人又无法向上反映情况，也不愿意反映情况，反映情况多了，会让上面觉得我们没有领导地方社会经济发展的能力。但是实际情况是没有了煤矿，地方经济的确面临困境，根据这种实际情况，我们就只能上有政策下有对策，真的跟中央的政策对着干那也行不通啊。于是我们也指导相关行业管理部门对于那些的确没有实力、没有资金、没有技术条件的小矿要严格实施关闭，对于有资源、愿意继续投资上设备的矿，我们就要给与支持，争取能够保留下来，当地的煤炭资源确实面临枯竭，但是大规模的资源变少了，不过剩余的资源最终都得有人开采吧，我们地方经济还得运转，对吧。（ZF-1）

省政府和市政府的意见也是不统一的，省里是要求关闭，关得越多越好，但是我们市里不愿意关闭，省里从总体上不担心整个税收，但是市里，尤其像我们这样一个靠煤炭吃饭的市，如果关闭小煤矿，当地人们的生活必然受到影响。我们市地处东北的西北部，不管是自然地理环境还是社会制度环境都不具备十分好的投资条件，所以其他替代产业的类别和规模也是有限。不管怎么着，本市还是离不开煤矿，尤其是地方煤矿。（ZF-3）

近几年，煤炭价格涨得很快，本市煤炭需求量也很大，如果关闭本市的地方小煤矿，那么本市的用煤必然要从外省市购买，价格高、运输困难。相反，如果本市能依靠自己的地方煤矿解决煤炭需求那何乐而不为呢，价格便宜、运输方便，同时也发展了地方经济，小煤矿企业有了效益，也就能够提高地方财政收入了。从这些情况来看，我们从地方政府的角度一方面要争取这次整顿关闭对我们市有个特殊政策，另一方面我们也会想办法让当地的小煤矿多投入，尽力达到国家要求的标准。国家要求全国小煤矿单井平均规模在9万吨以上，我们市作为一个资源枯竭型城市，只能达到平均值以下的最低标准，因此我们市就要求本市有资源有能力的小煤矿生产能力一定要提高到4万吨以上。（ZF-5）

由此可见，F市地方政府从地方经济考虑尽力保留地方小煤矿，扶持小煤矿扩大生产能力、提高设备投入，争取使之达到国家政策的要求，而保留生存下来，以支撑地方财政收入、稳定地方社会经济生活。地方政府官员一方面是公共利益的代表，同时就具体个人来讲，他还有其个人利益的追求。个人利益是维持其现有的领导地位，或者通过发展地方经济，积累政治资本以获取提升的机会。F市地方政府对小煤矿的保护是其通过权力资本给予当地小煤矿政策扶持，以换取小煤矿企业的生产而保证地方财政税收，有了稳定的地方财政才能促进地方建设，有了地方经济社会生活的稳定和发展才能保证F市政府官员的领导职位，才能维持其自身在整个场域中的地位。因此基于这样的资本转换，促使地方政府做出"能保则保"的策略选择。

2. 管理部门："能帮则帮"、"无情关闭、有情操作"

小煤矿的管理部门是国家整顿关闭小煤矿政策法规的实际执行者，前文已经叙述了F市小煤矿场域的关系结构中管理部门与小煤矿矿主之间的关系，即前者对后者监管的同时彼此建立的深厚的"感情"，而后者由于自身文化素质的限制依赖管理部门帮助企业来应对正式制度的约束。F市小煤矿场域的历史行动中，二者形成了稳固的关系。在原有的关系结构基础上，管理部门受到地方政府尽量保留小煤矿的意图的影响，加之个人利益的追求，面对国家元场域所下达的整顿关闭政策，采取"能帮则帮"的策略，内部有一种时髦的说法叫"无情关闭、有情操作"。

国家这次整顿关闭小煤矿的力度是比以往历次都要狠的，尤其是提出了量化标准。以往都是对违规开采、违法生产的予以关闭，

> 像这样的政策在具体执行时都会有很大的弹性,基本上我们到矿山检查检查,对违规违法的给与提醒或发个整改通知就可以了。可是这一次整顿关闭可就不一样了,标准一下子定在 3 万吨了,原来我们这里有小煤矿 160 多家,他们的生产能力一半以上是 1 万吨,其余的有 2 万吨、3 万吨、5 万吨、6 万吨的,但是超过 4 万吨的也就是占三分之一吧。那如果按照国家的那个关闭计划来执行的话,那就没多少矿了。这种局面下,我们管理部门当然要想办法怎样能帮助小煤矿保留下来了。首先要办的就是想办法让 4 万吨以下的小矿的生产能力能够提高上来。(GL-7)

也就是说,完全按照国家政策要求执行的话,F 市小煤矿将会有近三分之二被淘汰出局,剩余三分之一能够符合国家的政策规定,即生产能力 4 万吨/年。这是 F 市煤矿管理部门不愿意看到的。那么,管理部门为了帮助小煤矿生存下来,具体会有什么办法来解决呢?国家要求首先进行能力复核,以此来决定关闭对象,F 市小煤矿管理部门对小煤矿的能力复核工作是怎么做的呢?

> 国家要求复核,其实每年我们都要进行资源储量的核定,储量每年都要进行勘测一次,一年交一次价款,每个矿大概有多少资源我们心里都有数。生产能力的核定那是根据煤矿设计、井下各种系统的能力来确定的,行业管理部门也是有备案的。所以本市小煤矿的生产能力的核定用不着像国家政策要求的那样复杂,又是先培训专业技术人员,又是深入现场、深入井下的,没必要。储量、能力都早就有数,有备案,因此关于能力核定工作基本上没有过程就直接有结果了。(GL-8)

既然管理部门对 F 市小煤矿的生产能力早已经心里有数、有备案了,那可以说能力复核的结果就是和原有能力是一致的,如果复核的结果是这样,那么大部分小煤矿就必然面临关闭了。然而,管理部门是不想关闭太多的,那么这次复核的结果到底是怎样的呢?

政策规定了,不能为了逃避关闭,未经批准就改扩建,他们就暂时不能动。说实话,小煤矿矿主一直以来都是在想尽一切办法减少投入、增加收益,毕竟都是商人,他们满脑子想的就是成本利益。当地小矿多数生产能力在 3 万吨以下,他们的那些设备能够按规定跟 3 万吨生产能力相匹配就不错了。国家规定核定期间设备、矿井不能改。而我们还要提高他们的生产能力,那怎么办呢? 于是我们就首先从储量入手,只要小煤矿地下煤炭储量还可以,能够保证 4 万吨生产能力还能开采 2、3 年,那就想办法给他们提高生产能力,核定时多核定一些,目的是为了帮他们把矿留下来。现在为了保住矿井,各个小矿都在提高生产能力,扩大储量。在文字、图纸上做文章,能提高的提高,能扩量的就扩量,争取在国家关闭小煤矿的最后期限前上报材料的时候,尽量让更多的小矿过关。至于矿井建设方面的改进和设备的投入那不是短时间就能进行的,总之材料上过关了以后,手续证照到省里能办的就办下来,以后小矿再逐步在设备和建设上完善吧,要不还有什么办法啊。(GL-3)

从以上访谈说明在国家新一轮整顿关闭初期,F 市管理人员为了帮助地方小煤矿矿主生存下来,首先结合煤炭资源储量来提高小煤矿的生产能力,将生产能力提高到 4 万吨以上,以免被关闭。难道资源储量是可以随便更改的吗? 各个地方小煤矿到底有多少储量?

小煤矿从 2003 年到目前经历这样一个过程:2003 年,资源有偿出让开始,小煤矿就是虚报资源量,报的储量比实际的储量要低,这样可以少交资源补偿金(价款)。当时的价款是 0.85 元/吨。2004 年也是这样。2005 年,由于煤炭市场价的提升,我们向小煤矿收取的价款也增加了,当年大概提高到是 2.5 元/吨,虚报资源量的情况还是存在,原因还是为了少交价款。2006 年上半年,虚报情况正常,因为价款继续增加,增到了 3.5 元/吨。但是目前由于国家对小煤矿实行关闭整合政策,对储量和生产能力有了明确的规定,如果储量少,会觉得这个矿干不了几年,那就会对其实行关闭。因此储量要多,能力要高,要求小矿能可持续发展,有个远景目标,沉下心来认真搞生产,不要因为急功近利生产而酿造生产事故。整顿关闭的政策一出来,小煤矿就必须要多报储量了,不多报,达不到要求就得关闭啊。当然此时仍然存在"实报"和"虚报",这时的虚报和原来的虚报是不一样的,原来是有储量而少报,为的是少缴价款,而现在的虚报是储量不够也要多报储量,实际有的矿井地下根本没有那么多,但是为了保住小矿只能多报,而且矿主为了保留住煤矿宁可多交价款。(问:那不会亏吗)因为现在煤炭价格依然上涨,所以矿主虽然因为虚报储量而多纳税,多交价款,但是只要煤矿保住了,在高煤价的前提下,他还会有利润可图的。于是全市就开始对想生存下来的矿在一些材料上进行储量上的更改。(GL-5)

现在小矿都挺忙乎的,为了逃避关闭,在一些文字和图纸材料上,例如什么开发利用方案和储量报告什么的都在做更改。(GL-6)

从访谈中可以解读出国家整顿关闭小煤矿正式制度的目的:其一,保证煤矿生产安全。淘汰落后生产能力,保留高生产能力的小煤矿,有了比较高的生产规模,必然要求比较高的生产设备,生产设备的提高可以保证生产安全;其二,防止国有资源的流失。小煤矿生产能力核定得太低,实际上小煤矿会超能力生产,超能力生产会造成国有资源的流失。其三,为了使小煤矿可持续发展。小煤矿经过设备的投入、能力的提高、资源储量的扩大,不仅可以通过多缴价款防止国有资源流失,更重要的是能够促使小煤矿的可持续发展。然而,F市小煤矿仅仅是以资源储量为依据提高矿井的生产能力,与国家正式制度制定的初衷相悖,并且这样的整顿关闭势必为以后的安全生产留下更多的隐患。

小煤矿的生产能力和储量都提高后,依据生产能力所缴纳的税额增加了,依据储量收缴的资源价款也增加了。从这方面看,是有利于地方经济的。但是我们行业管理部门十分清楚,与前两者提高相伴的,就要在小煤矿生产标准化和设备规格上必须提高,它必须要符合小煤矿矿主所上报的能力,能力和设备之间必须相应地进行配套改进。但是在实际的复核关闭工作中就有问题了,什么问题呢? 目前矿主想尽办法在数字和材料上尽量达到国家要求的标准,但是实际的设备上达不到。即便是以后国家允许或者必须要求设备和能力匹配,但是即便是在设备改进上,矿主还会想办法少投入的。因为矿主一直以来都有这种心理打算的呀,他从来没有说上设备比国家要求的标准还要高,都是想尽办法少投入,差不多能混过检查就行。所以我看呐,照现在这么做,必然会隐藏很多后续问题。(GL－4)

现在许多小煤矿为了生存下来,都进行改扩建,那边国土资源局会给他们批资源,资源获得以后,剩下的关于生产管理和设备投入方面的事就要由我们煤炭局去处理了。有时处理问题很难,资源先被批下来,但是设备跟不上,我们就要监督管理,这中间工作就很难进行。(GL－8)

由此可见,国家有关小煤矿关闭政策在具体执行中,小煤矿管理部门的当务之急并不是根据小煤矿的生产能力立即确定关闭名单,而是千方百计地使小煤矿保留下来。管理部门之所以采取"能帮则帮"的策略是基于个人利益追求和资本转换动机之上的,也与地方经济社会发展需要有关。

(问:管理部门尽量在帮助矿主渡过关闭难关,你们是出于什么考虑而这样做的呢?)我们作为煤炭行业管理部门,我们的职责一是监督煤炭企业的安全生产;二是保证当地煤炭需求的供应;三是要促进当地经济社会发展。如果按照国家要求的那样3万吨以下这次全关闭,难道安全生产就能保证了吗? 如果眼看着本地还有煤炭资源,而没有几个地方煤矿,用煤还要从外地购买,那说明我们的工作没有做好,是我们的失职,当地政府也不希望我们的工作做到这

种地步，真要是那么做，我也就该下岗了，我就该被"关闭"了。（GL－1）

（问：争取多地保留地方小煤矿，仅仅是为了地方经济吗？）地方经济需要小煤矿，尤其是有的区的财政收入完全依靠小煤矿，小煤矿真的没了，那整个区的人们的生活都会受到很大影响。除此之外，说句最彻底的话，你说要是小煤矿都没了，或者就剩下那几个了，那我们管理部门还管谁去啊，我们也就没存在的必要了，对吧？（GL－5）

（问：在整顿关闭期间，管理部门尽量在帮助小煤矿生存下来，是不是在这个操作过程中也给你们带来了一些个人利益啊？总不能白帮矿主吧？）其实帮助矿主渡过关闭难关，并不是说是某个管理人员的个人行为，这是F市上下统一协调的事情，从上面到下面基本都认识到这样的局面了，所以不存在说某个管理部门人员高抬贵手，特事特办。但是矿主也不是无动于衷，被动麻木的，他们也在想各种办法使自己的煤矿开下去，以后开得更好。他们的想法一定会主动和我们沟通的，我们也会帮他们斟酌是否可行，这里面必然有"求助和帮助"的关系，我们一定不是"上赶"（主动的意思，笔者注。）求他们保留下来吧，毕竟这里受益最多的是他们矿主，多留下一年就有几百万的收入。但是多关一个矿，少关一个矿，我们照常拿工资。这里你所说的我们的个人利益那是有的，有帮助就有回报这是人之常情。一方面执行权毕竟在我们手里，另外我们和矿主也都是长时间的交情了，他们现在开矿也不容易，人都是有感情的。（GL－7）

暂且不说管理部门为了维持和发展地方经济保留小煤矿，而仅仅从小煤矿矿主给管理部门人员送去的利益来看，管理部门也不愿意让过多的小煤矿关闭，真的都关闭了，管理部门人员还去管谁啊。虽然我这么说偏激了点，但是这的确也是事实。（KZ－10）

总结下来，管理部门作出"能帮则帮"的策略是因为：第一，能够从矿主的"回报"中获得个人利益；第二，维持和发展当地煤炭行业生产是行业管理部门工作人员尤其是领导者的职责，是其领导能力的体现，采取帮扶策略符合地方政府的意愿；第三，帮助地方小煤矿存在并使其发展壮大，才能有其行业管理部门存在的必要，帮扶策略能够巩固管理部门在 F 市小煤矿场域中位置，这是权力资本换得个人利益和巩固场域位置的过程。

3. 小煤矿矿主："能拖则拖、能留则留"

国家整顿关闭小煤矿政策是直接针对生产能力落后的小煤矿的，F 市 152 处小煤矿中除去 48 处生产能力在 4 万吨以上的煤矿，剩余的 114 处小煤矿生产能力在 3 万吨以下。有了上述地方政府和管理部门的解决之道，不至于全部被关闭。不管如何对于这些小煤矿来说，最终会因这次整顿关闭而被划分为两个世界：一是被划入被关闭之列；二是通过扩界增量、提高能力得以保留下来。小煤矿矿主都会怎样作出选择呢？根据访谈调查了解到，114 处小煤矿矿主中，有的选择"能拖就拖"，有的选择"能留则留"。

首先，分析为什么有的矿主选择"能拖则拖"，实在拖不下去了则被关闭。

> 我从 1999 年到 2004 年一直开矿，但是到了 2004 年，煤炭价格正猛涨的时候，我的矿资源就接近枯竭了，前一段时间我在另一个人煤矿里开了一个口，我开采一些质量比较差的煤，证照都用人家的，干了一段时间，这不，最近国家开始整顿关闭小煤矿了，严格禁止一证多井，禁止井下随意另开巷道。我现在就停下来了，原来整顿治理都是一阵风，我再等一等，看看等这阵风过去了，是不是还能干，现在绝对不能"顶着风上"的。(KZ-1)

> 我从 1985 年开始开小煤矿的，到现在已经二十多年了，规模小，提升规模就要加大投入，资源没多少了，投入那么多，干不了多久没资源了，我不白投入了吗？目前市里要求在 7 月末前实施关闭政策，现在我的矿就是属于关闭煤矿，但是还在生产，等到 7 月末看具体政策的落实情况，我们争取往后拖一拖，能采一点是一点。

(KZ-6)

我的矿生产条件一般,资源也不多了,是被列为被关闭的,现在还在生产,但是以后情况会怎样,就等7月底了,现在有多少干多少,看看能不能在往后拖一拖,争取把剩余的资源都开采出来。原则上是说2007年7月底必须关闭,到时候再看。(KZ-3)

我们市通知下面的小煤矿关闭政策了,基本没有强制性关闭,选择关那也都是自己不想干,不能干了。如果想干,能继续干下去都能想办法。(KZ-7)

从以上访谈中可以总结出,做好退出准备的小煤矿有其共同的特点,一是目前的生产设备和条件比较落后,二是资源储量接近枯竭。如果想继续生存,首先受到资源这个瓶颈因素的影响,资源不多了,矿主自然不会增加过多投入。假如目前增加了投入,而后期则会受到资源限制而得不到回报。因此,这样的煤矿矿主已经做好了关闭的准备,但是并没有因为政策而立刻提出关闭申请,而是拖延关闭时间,利用争取来的时间尽可能地开采剩余资源。在拖延中期待地方特殊政策扶持。

绝大多数因为资源枯竭而选择关闭,但是也存在个别矿主即便有资源也欲选择退出。这样的矿主有更长远的考虑:

国家又开始整顿关闭小煤矿了,而且国家在整顿关闭小矿的同时大力投资建设国有大型煤矿,目的是全国调整煤炭企业的结构。通过建设大煤矿提高煤炭企业的设备条件,保证矿井生产安全。建大,国家可以使劲投资,关小呢? 国家不好说直接关小矿,而是采取提高各种标准淘汰没有实力的小矿。例如风险抵押金从60万提高到150万,死亡补偿金从原来3、5万到现在的20万一个人,又提出来年生产能力在4万吨以上,提升、瓦斯、供电、排水、基建等都开始实行新的标准,管理人员、工程师、安全生产管理者都有新的要求。从目前国家的政策态度中我看出来国家不会再像过去那样支持小煤矿了,目前是力图关闭小煤矿,排斥小煤矿,让矿主们自动放弃、自动投降。我个人就是这样分析当前的形势的,所以我现在有资源也不想干了,别的矿都是因为没有资源了,没有办法,可是我是个人主观上决定不干了。这两年干这个也累了,真累,政策不断出台,有时改来改去让人无法适应。而且矿井出事了处理起来也很费神,真的累了,所以我主动提出不干了。这最后的关闭时间看市里的要求。(KZ-3)

客观条件允许而主观上选择退出的矿主是极少数的,但是这种策略选择并不是盲目地放弃,而是从更长远的政策趋势和更大局的行业发展态势考虑后的理性选择,这样的矿主不希望在政策不利的环境下再为获取短期利益而付出更多成本,应该说这是一种成熟的策略选择。

不管矿主是主动打算退出,还是无奈等待被关闭,他们最后都有共同的期望,希望关闭实施得越晚越好。地方政府及管理部门的决策也有不确定性,可能按照国家关闭政策立即实行关闭,也可能将关闭命令一直拖延到最后期限,即2007年年底。小煤矿矿主的等待和拖延并不是被动的,机会的获得仍然需要他们进行资本运作。

到啥时候都是"会哭的孩子有奶吃",我们这些准备关闭的矿,基本敲定被列入关闭行列了,上面随时都可能实施关闭,我们也知道最后时间,我们为了将关闭时间拖延到最后,要争取和管理部门人员多接触,吃吃饭、喝喝酒,多诉诉苦,多争取点政策。政策的制定不都是基于实际情况嘛。实际情况当然不是领导下来了解的,更多是我们主动接触上面,多汇报难处,找的人多了,说的话多了,这些相关管理部门领导在政府做决定时会反映的,制定的政策就会有利于我们了。比如说,现在,市里基本允许我们继续开采,开到2007年年底是没问题的,最后这阶段的税也相应给我们减少了一些,如果年底以后剩余资源还允许采完为止那就更好了。我们与上面的接触没有停止过。话说回来了,我们真得到了好处,也不能不

回报领导的。人家给咱面子,咱也得回人家面子啊。(KZ-3)

由此可见,虽然面临关闭,但是矿主从未放弃过资本运作来争取自己的利益最大化,他们利用长期积累的社会资本和自身拥有的丰富的货币资本与地方政府或管理部门的权力资本相互转换,争取地方性政策给予他们更多的时间和更大的照顾。

其次,分析为什么大多数矿主选择"能留则留"。

笔者初次进入F市小煤矿场域进行实地调查的时候,是国家关闭整合政策刚刚向地方传达落实的时候,此时地方政府和煤炭管理部门刚刚开始酝酿本市的关闭整合方案。通过访谈了解到,此时除了资源枯竭的小煤矿之外,多数的小煤矿矿主都希望能够在地方管理部门的帮助和操作下继续生存下来。前文已经叙述,F市煤矿管理部门采取通过扩大储量、提高生产能力的办法使本市3万吨以下小煤矿免遭关闭,然而矿井建设和设备投入做不到一蹴而就,则只能从文字和图纸上进行修改,以此上报到省级管理部门以待获得批准。小煤矿矿主为了保留下煤矿,面对国家的整顿关闭政策和当地管理部门所指引的出路,他们多数作出"能留则留"的选择。这样的策略选择也是基于F市小煤矿场域矿主与管理部门和地方政府之间的密切关系,基于矿主利弊衡量的结果。

今年国家要求这么做,明年会怎么样,我们也不知道,心里没底。所以不管是企业还是管理部门都是处于应对、观望的状态。今年要求到4万吨,明年、后年呢?都说不好。我的矿目前的生产能力是2万吨,要保留下来,就要做资源虚报,改变资料图纸。我初步将生产能力提高到4万吨,提高得太高,随之要匹配的设备就更多了,暂时不想过多投资,只要能把这两年挺过去,以后再说以后的事情吧,毕竟现在小煤矿的政策环境不太好。(KZ-8)

通俗地讲,小煤矿生产是"圈地开采","圈地"是指小煤矿要开采的范围,如果矿主要想多干几年,他会多圈一些地,就是多申请一些地下煤炭储量。不过这个不是想圈多少就圈多少，这里涉及到缴纳资源价款。所以有的矿周围即便有很多的资源，但是也不报那么多，就是为了少缴价款。另外，生产能力也要求提高，生产能力提高又和缴纳的税挂钩的，税务局会根据生产能力来收税，原来一年生产 2 万吨，现在要提高到 4 万吨，税就比原来多交一倍。这些因素都需要我们矿主衡量。(KZ-2)

小煤矿矿主的目的是保留煤矿，达到这个目的的途径是提高能力、增大储量，他们要在保留煤矿继续开采所带来的收益与多纳税、多缴价款、多投入设备之间做衡量。根据生产状况和资源储量的不同小煤矿有以下几种类型：第一种是实际储量足够、实际生产能力也足够；第二种是实际储量足够，生产能力不足；第三种是实际储量不足，实际生产能力也不足。

第一种情况的小煤矿，实际上有足够的储量和能力，但是一直以来为了少交价款、少上税，上报的储量和能力比实际低，在实际的生产中会超能力生产，获取了更多的利益。这一次为了躲避关闭，提高储量、提高能力后与实际相符。这种类型的煤矿经过增能扩量符合实际情况，这样一来能够减少国有资源的流失。对于这一类型小煤矿矿主来说，投机性收益没有了，其他并没有损失，但是这种类型的煤矿非常少。

第二种情况是有储量，生产能力不足。经过增能扩量之后，新增生产能力高于实际生产能力，矿主要为虚报能力的部分上税。

我的矿原来的生产能力是 2 万吨，现在为了躲避关闭，提高到 4 万吨。生产能力提高了，其实以我们矿现有的条件生产不了那么多，但是也认可交多出来部分的税，我们认捅，因为毕竟上的税和保住矿后带来的收益相比是小数目，所以我们还是愿意这样做。以后多生产、多开采点，想法补上来就行。(KZ-5)

第三种情况是储量不够、生产能力也不足。储量不够，只能满足短时间内的开采，生产能力也是有限。这类小煤矿矿主并没有过多的长远打算，只看重眼前利益，认为能赚一点是一点。

> 原来，矿主为了少交价款，多采煤，所以不愿意在报告上体现实际储量。现在正好相反，为了闯过这一关，都想办法提高能力，扩大储量，所以尽力在增加储量，以使煤矿生存下来。我的矿现在没有那么多储量，我们只能"虚报"，目的就是增加储量，达到新政策的要求。达不到的那一部分的税费和资源补偿费等也要照常缴纳。过去老话说"吹牛不上税"，现在可不一样了，这可是叫"吹牛上税"喽。为了生存，多出来的那部分资源补偿金照付就行了。现在一吨煤是4、5块钱，即便多付了这部分钱，实际上还是划算的。暂时先这样挺着，看看今后政策怎么样，以后再想办法。（KZ-7）

从以上三种类型的小煤矿来看，在矿井建设和设备投入还没有达到标准，而短时间内的扩界增量，单纯是为了避免关闭。小煤矿矿主认为持续上涨的煤价完全可以弥补或大大超过因"虚报"而多交的税费和价款。在这样一个非合法化的操作过程中，小煤矿矿主与管理部门的沟通、协商、想办法、找出路的接触过程中，小煤矿矿主必然会对管理部门有所回报。而且，修改图纸、更改文字，每一环节的操作都是两类行动者之间相互博弈，各取所需的过程。小煤矿矿主以货币资本和社会资本与管理部门的权力资本相交换，以保留住小煤矿，维持自己在小煤矿场域的位置，避免淘汰出局。只要不被关闭，只要小煤矿存在，只要能够继续生产开采，就能够换得矿主最希望获得的、更多的利益回报。资本这种转换过程是小煤矿矿主作出"能留则留"策略的依据和动力。

二、"整顿"过程中行动者的资本运作和策略选择

国家对小煤矿的整顿和关闭是同时进行的，一方面对生产能力

落后、资源枯竭的煤矿实施"关闭"，同时对能够生存下来的煤矿进行安全生产的"整顿"。2006年上半年，国家先后出台了《劳动防护用品监督管理规定》、《生产经营单位安全培训规定》、《举报煤矿重大安全生产隐患和违法行为的奖励办法(试行)》，这三个法规保障了矿工的生命安全，保护了矿工的合法权益。除此之外《关于预防煤矿生产安全事故的特别规定》和《刑法修正案(六)》加大了对小煤矿矿主违法生产的惩罚力度，最高惩罚是没收非法所得，并处非法所得一倍到五倍的罚款，发生重大安全事故，责任人最高处罚是处三年到七年的有期徒刑。本文在此对劳动防护用品、安全培训和举报三个方面探讨行动者的资本运作和策略选择。

(一)关于劳动防护用品的使用和管理的策略选择

《劳动防护用品监督管理规定》要求小煤矿矿主要向矿工配备劳动防护用品，并对劳动防护用品进行科学的管理。

1. 矿主："按规定配备，不强制使用"

2003年、2004年和2005年连续三年，我国的矿难的确是发生很多，国家开始严格整顿小煤矿了，2005年发生两次特大事故以后；行业内对死亡赔偿金从原来的3、5万涨到至少20万了，现在基本全国都执行这个规定了。所以现在矿主"死不起人"了，过去可从来没有这么多的赔偿金，现在万一出事死亡3人以上，赔偿金就搭进去不少。所以，我们也特别小心了。上面开始要求小煤矿配备劳动防护用品，这些都是小事，我们能按照规定去办。这种看得见、摸得着的东西要求了就必须配，上头来检查有没有，一看就知道，所以我们不会差这些事的。(KZ-2)

过去违规操作，违法生产最多就罚个20多万，现在《特别规定》最高罚款到200万了，而且如果事故更严重，还有可能坐牢。原来没有这么严的惩罚，煤价高，赚钱多，不管出什么事，花钱都能摆平。现在惩罚力度太大了，所以我们也加强管理，重视安全了。劳动防

> 护用品我们会配备的，不管矿工用不用，会不会用，我们是必须买的，万一哪天出事，也不能因为没有这个惩罚我，对吧？（KZ-6）

从矿主的角度来看，劳动防护用品并没有给矿主带来太多的负担，都愿意为矿工配备。不过从访谈中可以知道，矿主之所以能够按照规定配备劳动防护用品，是因为其他两个正式制度的制约。由于正式制度对违法生产的惩罚力度增大了，矿主"罚不起款"、"死不起人"了，因此利弊衡量的结果是开始重视生产安全，按照规定配备劳动防护用品。

2. 矿工："放弃使用的权利"

> 现在都有很多规矩，工作要求也高了，老板也不想让我们出事。现在小煤矿都重视安全了，比过去强多了。原来下井前喝酒了，在里面抽烟都没人管。现在不行了，国家管得严了，老板也不想出事，我们下井前还有电子仪器检查我们是否喝酒了，就像警察检查司机那样。八小时下去也不能抽烟，这都是国家规定的。还让我们带自救器，但是带那玩意儿也干不了活啊，后来我们都不带了。我们也不乐意带那些东西下井，太重了，丢了还得赔。规定太多了，也挺烦的。（KG-1）

> 这些管理规定都是这两年才有的，现在要求配各种安全设备，自救器也有，但是矿主也不拿出来用，我们也觉得平时没必要用。（KG-8）

笔者在实地访谈中听到矿工说得最多的是"现在管得严了"，这是一个令人欣慰的转变。但是同时也发现两个现象：一是有些矿主虽然购买了劳动防护用品，但是纯粹是为了应付检查而平时没有拿出来，没有严令矿工必须携带；二是矿工并没有极力争取带自救器下井，反而受到以往习惯的影响，认为带不带无所谓，戴着反而不自在，结果变成"后来我们都不带了"，国家为保护矿工生命安全而制定的法规并没有得到矿工的维护。矿工作出这样的选择,一方面是受到矿工轻视安全的习惯左右,另一方面因为"丢了还得赔",赔不起,所以选择不带自救器。

由此可见,国家制定《劳动防护用品监督管理规定》的目的是保护矿工的生命安全,但是经过矿主和矿工的策略选择以后所形成的制度实践的结果却与之相悖。

(二) 关于安全培训的策略选择

国家为了整顿煤矿安全生产秩序,出台了《生产经营单位安全培训规定》。这个规定促使矿主和矿工加强安全培训,提高从业人员的技能和素质。笔者通过调查矿主和矿工,了解这一正式制度执行的真实情况。

1. 矿主

> 特殊工种必须要有证,是煤炭局、公安局都会对相应的工种进行培训,但是说实话,培训完了这个证还不能带走,证上写着被培训人的姓名和服务的煤矿名称,如果他走了,这个证也就没有用了,但是矿工流动性大,我们也不能经常让他们培训啊,学瓦检员这一个证就要交培训费300元,于是证是有的,可能未必就是和真正干活的人能对应上,这点我们也没有办法。而且来小煤矿报名上班的矿工,都是有组织的,各个工种都是配齐的,都是一伙来报名,都知道怎么干,来就能上岗。他们之间熟悉,也好管理。来检查的时候,工程师和生产矿长的证件和真人不好蒙混,因为毕竟这个工种的人数少,谁在哪家干大家都知道。但是其他的工种就能混过去。总之工人在井下,脸很黑,证上的照片和人也不好对。(KZ-6)

> 关于矿工的培训,国家的想法很好,而且在政策上也做到了,但是到了地方就是"走形式"了,有的培训人没到场,证就能到手。培训的目的是好的,但是过程是不受欢迎的。(KZ-3)

> 现在对我们的学历也有要求,必须中专以上。你说我们矿长年龄参差不齐,啥水平的都有,现在国家要求中专学历,市里就给我们

办个班,啥都学,结业了就给发证。有时候没有时间听课,最后考试大家都相互照顾照顾都能通过,中专学历就这么解决了。(KZ-8)

至于矿工的培训,我认为就是培训了,他们也未必学进去了。我们矿主当然认为培训好,学点东西总没有坏处吧,但是他们不认真学。我们按照上面的要求给他们培训,讲下井知识、最后也考试,矿工答题,我们把考试卷保存好,等到检查时总得能够过得去吧。(KZ-4)

小煤矿从业人员的培训分为两种情况:一种是矿主和特殊工种由管理部门组织的培训,一种是一般矿工在小煤矿内部进行的岗前培训。一方面,矿主对培训不抵触,因为他们深知由于错误操作而引起事故所造成的损失;另一方面,矿主对培训也不十分积极,认为只要能"过得去"、拿到证就行。

2. 矿工

培训经常有,尤其是安全员、瓦斯员经常培训,当然有技术要求,我们还有专业的书呢(将一本书材料《瓦斯检测员培训》拿出来给笔者看),我就是瓦斯监控员。(你现在的瓦斯监控技术更多是培训时学到的?还是经验中积累的?)更多都是在实际干的时候积累的,当然培训也有用。(KG-6)

现在矿主还是比较好的,挺重视安全的。我们现在下井之前都是先点名,然后开会,会上交代一些注意事项,最后才能下井。比以前强多了,原来没这样。(KG-1)

每次培训,关键的几个工种要到市里培训,费用老板出。一般矿工的培训就是上课,发几张写有注意事项的纸单,自己回去看看就行。特殊工种也需要有上岗证,但是那证上的照片都是黑黝黝的,看不出来长得啥样,来检查的时候,管他是谁的证呢,拿出来晃一下就行。班长、打眼的、放炮的,这样的人员都需要有证。(KG-8)

通过访谈矿工可以了解到,安全培训规定在某种程度上的确加强了小煤矿矿主和矿工的培训,不论是交代注意事项,还是集中上课学习都比过去忽视培训要好得多。但是由于人员流动而造成的证件与本人不相符以及上课不到场的现象仍比较普遍。

(三) 关于举报的策略选择

无论国家出台什么政策和法规,大多数是通过管理部门对小煤矿进行监管,而管理部门与小煤矿矿主之间的密切关系和利益共谋使这些正式制度无法真实地执行。除了自上而下的监管以外,还有自下而上的监督。国家在整顿关闭小煤矿的种种措施中,包括一项《举报煤矿重大安全生产隐患和违法行为的奖励办法(试行)》。从理论上讲,矿工是最了解井下生产开采情况,最清楚是否有安全隐患和违法生产。国家科层制的管理方式不仅花费很多监管成本而且还会造成监管不到位,而动员矿工自下而上的监督和举报是对小煤矿生产状况最迅速的监管途径。矿工面对举报的奖励,会采取什么策略呢?

> (问:你知道举报小煤矿违法生产可以获得奖励嘛?)非常详细的不清楚,有没有规定也不知道,但是举报了,政府总会给一些奖励吧。(问:你发现有安全隐患和违法行为你会举报吗?)举报不举报和自己的关系也不大,有啥好处啊?谁去举报呀?觉得危险,自己不想干,就走。上哪报啊?报了真的被人家知道了还不得整死你啊!(KG-2)

> 有的小矿都会有副井,就是除了正常巷道以外再开一个口,这是违法的。这种情况按理是应该关闭,应该整顿,矿工也知道,但是也没有上报。一来检查的,老板就让我们把那个口赌上。让堵就堵呗,干这活轻巧,还照常拿工资,还有啥怨言呐。而且在一个矿也干不了太长时间,没有必要上报。如果上报被老板知道了,非收拾死你不可。有的矿主都是"当完流氓,当绅士",我们真要是举报了,人

家不定有啥损招呢。(KG-3)

我们认为它应该关,有危险,但是没有关,我们就选择"不干",举报? 向谁举报呀,你去告,要是被老板知道了,整死你!(KG-10)

《举报煤矿重大安全生产隐患和违法行为的奖励办法(试行)》中规定,"受理的举报经调查属实的,受理举报的部门或者机构应当给予实名举报的最先举报人1000元至1万元的奖励,依法免交个人所得税。"[1]分析矿工之所以选择"不举报"原因在于获得举报奖励的前提是实名制,而F市小煤矿矿工大多数来自于当地或者本乡镇的农民,农民居住地具有稳定性,因为是实名制举报,从煤矿场域的行动者关系结构中可以判断,矿主可能会得知举报人姓名。1000元到1万元的举报奖励不会促使稳定居住在本地的矿工冒险选择举报。以下这个案例足以说明,稳定居住在本地的矿工不会选择举报的原因。

(问:能不能说,在F市就没有矿工或家属举报的?)当然有,前一段时间有个小矿因为私藏炸药,被本矿的矿工举报了。讲起来是私藏炸药,其实也就是没用完的炸药没有按规定送回,别的矿也常有这事。不过终归属于违法的,所以这个矿的一个矿工就给举报了,但是那个矿工不是当地农民,而是四川来打工的,人家举报之后,拿了举报奖励就走人了,不在这干了。后来听别人说,之前这个矿工和矿主就闹别扭,矿工想报复这个矿主。他发现矿井里有没有送回的炸药,于是就把矿主给告了。听说上面罚矿主不少钱呢。那个四川矿工也不想在那干了,拿钱就走人了。矿主上哪找这个人去啊! 不过人家四川人大不了走了,敢举报。我们都是当地人,一般不会上告的。(问:是因为大家都熟,不好意思举报吗?)都在一个村

---

[1] 摘自国家安全生产监督管理总局、财政部关于印发《举报煤矿重大安全生产隐患和违法行为的奖励办法(试行)》的通知,来自国家安全生产监督管理总局官方网站:www.chinacoao.gov.cn

住,抬头不见低头见,人家矿主和上面是啥关系啊,早晚知道是谁举报的,矿主还不得和这个人全家找麻烦啊? 不敢整"明的",还不敢整"暗的"啊? 谁找那麻烦啊,不爱干就不干了,觉得危险就走呗,得那点举报奖励不划算。(KG－3)

从本地矿工和外地矿工的不同策略中可以发现,矿工未采取举报策略的原因在于:第一,F市小煤矿场域内矿主与管理部门的密切关系使得矿工认为举报人的姓名可能会被矿主知道;第二,害怕矿主对举报人实施报复;第三,稳定居住在当地的矿工不愿意以此招惹麻烦。总而言之,矿工这样的策略选择是长期形成的惯习作用的结果,也是利弊权衡后使然。

第二节　局部秩序的形成与正式制度的再生产

一、局部秩序的形成

2006年10月,笔者第一次进入F市小煤矿场域,调查分析了国家2006年上半年以前所出台的整顿关闭小煤矿的正式制度落实情况。前文所叙述的正是从调查中所获得的"社会事实",这一社会事实是小煤矿场域制度实践的过程。在这一段的制度实践中,处于不同场域位置的行动者,在正式制度和非正式制度共同作用下,出于对个人利益的追求,动员已有的种种资源,与其他行动者协商或是竞争。经过四类行动者的策略互动形成了一个阶段性的"局部秩序",它与正式制度所规定的并不一致。

F市小煤矿场域此时形成的局部秩序表现在以下两个方面:第一个方面表现在地方性关闭整合小煤矿的方案上。前文叙述了F市小煤矿场域中地方政府、煤矿管理部门和小煤矿矿主三类行动者在应对国家元场域所出台的关闭小煤矿正式制度时的资本运作和策略选择。三类行动者在追求各自利益的基础上达成了多赢的"协议",

找到了合适的解决方案。简单地概括这个解决方案就是"增能扩量"，通过提高生产能力、扩大资源储量，尽可能地将当地小煤矿保留下来。

笔者在实地调查期间，获得了两份材料，一份材料是 F 市 A 区煤矿管理部门以正式文件的形式形成的《煤炭资源整合方案》（笔者为了保证调查材料的真实性，未做任何改动）；另一份材料是 B 区小煤矿能力提升和资源扩量的统计表（见图表 13）。

图表 13-1　A 区生产能力核定情况

年度 矿名	05 年生产 能力核定	06 年生产 能力核定	备　　注
FH 煤矿	2	4	主风扇由 5.5 更换为 4.5 型
SS	5	5	
DX 煤矿	3	4	更换风机
HX 煤矿	3	4	更换风机，由 11 更改为 15
DLQN 煤矿	6	6	
DB 煤矿	6	4	
DP 煤矿	5	8	人力推车改为 5 电瓶车运输
DLLJ 煤矿	3	4	更换风机由 7.5 更换为 11
DX 煤矿	2	4	更换风扇
DXE 煤矿	9	5	
ZX 煤矿	5	7	
PA 煤矿	5	4	
XB 煤矿	6	6	
SA 煤矿	2	4	更换风机
ZXL 煤矿	——	9	
FF 煤矿	3	4	增加一个掘面，风机更换
MD 煤矿	9	9	
HL 煤矿	12	12	
ZJ 煤矿	3	4	更换风机，由 11 型更换为 15 型

A区煤炭工业管理局做出的煤炭资源整合方案

根据《X省煤炭资源整合和煤矿整顿关闭工作方案》(X政办发〔2006〕y号)结合我区煤矿的实际情况,制定了A区煤矿资源整合方案。

A区所辖煤矿19个煤矿,各煤矿生产能力核定全部在4万吨以上。

详见下表:　　结合我区煤矿的实际,不存在通过兼并、收购、股份制方式。经技术改造形成一套生产新定的煤矿。按照上级资源整合布置,我区各煤矿在2007年6月底全部实现正规采煤。

A区煤炭工业管理局

二○○六年十月十八日

图表13-2　B区地方煤矿申请扩量情况不完全统计表

矿　　名	2005年核定能力	2006年核定能力	现在地质储量	申请扩量储量
WJWLJ煤矿	2	4	49.8	49.8
YH煤矿	5	5	39	54.9
QHMQ四井	3	4	26	19.09
XF煤矿	6	6	88.48	
HXZJY煤矿	2	5	80.8	80.8
AY二矿二号井	2	4	47.49	
WF煤矿	2	4	7.6	15
ZJTXX联办矿	4	7	115	101.4
ZJT煤矿	2	5	16.4	35.04
PCP煤矿	3	5	22.5	70
XS煤矿	1	4	66	66
QHMQ二井	2	4	74	
AY二矿三号井				
AY二矿一号井				
HXZ第二煤矿	3	4	28.6	

矿　　名	2005 年核定能力	2006 年核定能力	现在地质储量	申请扩量储量
QHMQ 一井	3	5	178	
XZ 煤矿	8	8	45.7	313.3
HXZ 八矿	5	5	84.53	12.2
GXGS 联办矿	4		12	
JL 煤矿	5	4	25.5	12
JL 煤矿	3	4	28.8	22.95
QHMQ 三井	3		28	
YJ 煤矿	3		42.8	
GY 煤矿	3	4	13.8	21
WD 煤矿	4	4	18.8	32.14
GX 煤矿	4	5	28.3	27.2
WLZ 第五煤矿	2	5	28.01	21.04
ZJT 联办矿	2	4	2.7	38
QH 煤矿				
AY 二矿四号井	2	4	87.8	
QDE 煤矿	3	5	34.4	36

　　F 市共有 152 处小煤矿,笔者不能一一列出每处小煤矿的产能提高和储量扩大的详细数字,但是从以上两个区的行业管理部门所制定的方案以及统计数字中就能看出 F 市小煤矿场域在这次整顿关闭初期所形成的局部秩序,即上下协力,通过"提能增量"来保留小煤矿。从以上材料中笔者看到,国家 2006 年 6 月制定的整顿关闭小煤矿的规划在 F 市开始实施,经过 F 市小煤矿场域内的行动者的资本运作和策略选择,形成了这个场域的"局部秩序"。

　　2006 年 10 月 F 市基本形成了相对稳定的小煤矿整顿关闭方案,即关闭煤矿是极少数,而且这个关闭是在小煤矿矿主个人主观上放弃的前提下,多数煤矿欲通过增能扩量保留下来。如果省级主管部门通过了 F 市的整顿关闭方案,那么 100 多处小煤矿将于 2007 年的 6 月底以后开始按照新的产能标准进行生产了。当然产能的改变必须要变更各种证照,更重要的是提高设备投入。按照局部秩序下所共识的规则,2007 年的 6 月底前,各小煤矿只要按照表格备注里所写的那样更换风机、主扇就可以了,2007 年 7 月以后就可以更换各种证照了。如果省以及国家级管理部门对这样的整顿关闭表示认可的话,这次的整顿关闭小煤矿基本就是这样进行了,在生产设备水平和矿井条件上并没有实际提高。

"局部秩序"其次表现在小煤矿安全防护用品的使用、安全生产培训以及举报上。从安全培训方面来看,与 2005 年以前相比,2006 年出台的有关安全生产培训的规定和有关死亡赔偿金的行业内部规定的确提高了小煤矿矿主安全培训的意识,小煤矿矿工也非常乐意接收培训。但是实际培训的状况仍然不是正式制度严格要求的那样,在 F 市小煤矿场域内存在"只交钱,不上课"、"证和人不统一"的情况。从安全防护用品的使用上看,F 市小煤矿基本都购买、配备了自救器等安全防护用品,但是矿主并没有严格要求、监督矿工使用。有的矿工也没有从生命安全的高度认识到自救器的重要性,仅仅由于自救器重,携带不方便,或者担心弄丢、弄坏遭到赔偿而主动放弃携带自救器的权利。最后,从举报方面看,F 市小煤矿场域内的多数矿工衡量举报带来的利弊,结果是采取"离开和放弃"的策略,因此国家所制定的举报安全隐患和违法生产行为的正式制度,在实际的运行中不能起到制度制定时的目标,这样的博弈结果,使小煤矿安全生产的监管完全依赖于煤炭管理部门。一方面加大了管理部门的监管成本,另一方面也客观的增加了管理部门人员监督管理自由裁量的空间。在原有的场域关系结构上,管理部门和小煤矿矿主合谋势必会增加小煤矿安全生产事故的发生。

二、正式制度的再生产

局部秩序不是变动不居的,它时刻受到权力场域所规定的规则制约,时刻因行动者策略的变化而变化。一方面,局部秩序是特定场域受到权力场域所出台的正式制度制约的结果;另一方面,局部秩序也是正式制度再生产的源泉,是社会革新的源泉。通俗地说,国家一旦发现其正式制度的目标与执行的结果之间发生背离,必然会出台新的正式制度,利用新正式制度调整社会秩序。

(一) 国家主管部门发现地方性的"局部秩序"

2006年10月1日国务院12部委联合发布了《关于进一步做好煤矿整顿关闭工作的意见》,再一次强调了煤矿整顿关闭的目标明确;2006年10月28日,国务院安全委员会发出《关于开展煤矿整顿关闭工作督察的通知》,国家要对12省(市)煤矿的整顿关闭工作进行督察。2006年11月14日—21日,国务院安委会煤矿安全生产和小煤矿关闭整顿督查组在F市所属的省督查时发现了当地小煤矿行业内部规则约束下形成的局部秩序。督查组发现F市及其他市都存在小煤矿虚报生产能力现象。检查到的多个煤矿,都是原核定能力一两万吨的,通过中介机构的核评,都变成了4万吨的生产能力。[①]督查组为此指出,这样虚增产能,目的是为了逃避关闭。国家督查组要求省管理部门采取积极措施从严复核,对一些小煤矿通过虚增产能逃避关闭的行为进行严厉打击。国家对其他各省的督察中也都发现类似于F市的虚报产能、逃避关闭的现象,可见这一现象在全国具

[①] 国家安全生产监督管理总局局长李毅中在F市督察时,进入一处实际生产能力只有一万吨的小煤矿检查,并且发现这个小煤矿并没有被当地地方政府和管理部门实施关闭。李毅中问:"设计生产能力是多少?",回答:"过去是一万吨,现在核定为4万吨。"这家小煤窑去年的年设计生产能力是一万吨,但通过地方政府指定的中介机构核定后,年设计生产能力就从1万吨变成了4万吨,不再属于国家关闭的范围。李毅中在走访其他市时也发现原来都属于关闭的3万吨以下小煤矿,结果今年年设计生产能力经过核定都变成了4万吨,成了合理合法的小煤矿。李毅中说:"如果你给他4万吨的核定量,他就要想方设法拼命达到4万吨,这不明摆着吗?市场没有问题,价格很高,四万吨他赚大钱了,但是靠什么呢?靠增加工人劳动强度,或者是再次搞人海战术。"

有普遍性。① 这是对正式制度的曲解,是制度实践的结果同正式制度表达之间出现的悖论。

由此可见,类似于 F 市整顿关闭小煤矿过程中所形成的内部规则和局部秩序在全国具有普遍性,小煤矿矿主逃避关闭;核定资质单位虚核能力;地方政府片面强调当地发展,盲目追求能力扩张;管理部门把关不严,最终造成全国性的复核结果膨胀。其实从小煤矿场域一直以来形成的关系结构、各类行动者的位置及其惯习和资本转换的逻辑中发现,这样的实践结果是必然的。

(二) 省级权力场域出台新的正式制度

国家发现了小煤矿场域对正式制度变通执行的现象,这促使省级政府及管理部门所构成的权力场域加强了对所辖各市小煤矿关闭工作的管理力度。省级权力场域明确说明:第一,各市小煤矿增能扩量的方案和产能核定报告仅已提交到了省级主管部门,但尚未经过省级主管部门的审批,因此核定结果不具有效力。第二,省级管理部门严格复核已经提交的产能核定报告,前往各地实地核查小煤矿的产能,从通风能力、提升能力、工作断面、地质储量等方面复核提交的报告是否属实。第三,对查出虚增产能的现象,将追究相关人员责任。第四,查处实际生产能低于 3 万吨的虚增矿井,一律予以关闭。

(三) 国家元场域出台新的正式制度

国家元场域为了遏制全国普遍性的小煤矿能力膨胀现象,相继出台了新的正式制度。《关于严格审查煤矿生产能力审核结果,遏制

---

① 例如山西省灵石县南山煤矿发生了"11·12"特大火灾事故,事故暴露出一些煤矿为逃避关闭而虚核产能的问题。山西省决定,以此为契机对产能正好在关闭最低限的煤矿产能进行重新核定,严防不符合产业政策的小煤矿"死里逃生",危害国家资源和安全生产。

超能力生产的紧急通知》①提出了能力审核的九项规定,更加细化了煤矿能力核定的标准和步骤,以防止地方执行部门对原有政策法规断章取义。国家安监总局对原有的《煤矿安全规程》的部分条款进行了修改,对煤矿开采设计和煤矿硬件设备制定了比原规程更加详细而且量化的标准,并且提出所有的矿井必须安装安全监控系统。要求安全监控系统一方面是为了监控实际生产能力,另一方面为了监控瓦斯浓度。在制度设计的总体框架中,国家针对小煤矿整顿关闭制度的执行者地方煤矿管理部门制定了《安全生产领域违法违纪行为政纪处分暂行规定》,这个《暂行规定》将约束小煤矿管理部门人员的行政行为。

图表 14　国家整顿关闭小煤矿的正式制度

(2006 年 7 月到 2006 年 12 月)

实施日期	成文法及政策	颁发部门
2006 - 11 - 2	关于做好煤矿生产能力复审工作的通知	国家煤监局
2006 - 12 - 28	关于严格审查煤矿生产能力审核结果遏制超能力生产的紧急通知	国家发改委
2006 - 11 - 22	关于修改《煤矿安全规程》第 68 条和第 158 条的决定	国家安监总局
2006 - 11 - 22	安全生产领域违法违纪行为政纪处分暂行规定	国家安监总局

① 《关于严格审查煤矿生产能力复核结果遏制超能力生产的紧急通知》中提出了九项规定,其中针对增能扩量、逃避关闭现象制定了如下更加详细的规定:1. 2005 年上报统一核定结果之后,已完成的经批准的新建、改扩建、技术改造、资源整合、采煤方法改革的煤矿,必须提供初步设计和竣工验收批复文件,一律依批准文件认定的设计能力为准。对超过设计"批小建大"形成的违规能力一律不予认可。2. 未经批准擅自实施新建、改扩建、技术改造、资源整合、采煤方法改革的煤矿,提供不出规定的批准文件的,新增生产能力一律不予认可。3. 2005 年上报统一核定结果之后,没有进行改扩建、技术改造、资源整合、采煤方法改革的煤矿,应按照《煤矿生产能力核定标准》年工作日数由 350 日调整为 330 日的规定,相应调减生产能力。4. 复核能力提高的煤矿,服务年限必须符合设计规范的规定,对应的资源储量必须有国土资源部门的认定文件。凡达不到服务年限规定,或对应的资源储量无国土资源部门认定文件的,一律不得提高复核能力。

三、行动者策略的调整

F 市小煤矿场域的局部秩序刚刚形成，可是，国家元场域及省级权力场域出台的新正式制度再一次打破了 F 市小煤矿场域的局部秩序，打破小煤矿行业领域的内部共识。具有强制性的正式制度安排迫使 F 市小煤矿场域内的行动者重新调整策略。

(一) 地方政府："向上面争取合法性的解决办法"

由于国家督查组发现并直接批评了 F 市小煤矿关闭的虚报现象，因此 F 市地方政府调整原来完全保护地方小煤矿的策略。

> 没想到这次整顿关闭如此严格，原来的整顿从来没有像现在这次这么严过。虽然说省里没有像我们这样保护地方煤矿，但是他们也多少会考虑到我们的难处。可是这次我们都被国家主管部门批评了，所以省里也对关闭工作严格把关了，审批工作一定是要放缓了，不容易了。不管我们怎样考虑到发展地方经济，最终不就是为了得到省和国家的认可嘛，如今上面批评我们了，我们的做法就得变化一下了，对小煤矿的数量要严格控制。(ZF-2)

> 这次国家督察以后，省里给市里下任务了，今年(2007年)年底前必须关闭 14 处小煤矿，我们得想办法完成任务。剩下的小煤矿还得想办法留下来，至于有些小煤矿在设备和设计上目前达不到提升后的生产能力，但是有实力未来能够达到标准的，我们还是要尽力争取政策，争取时间，让他们继续开下去，否则"一刀切"的关闭会对社会经济造成很大影响的，我想省里也不会不考虑这个事的。(ZF-4)

> 2007 年年底前 14 处小煤矿务必关闭，这个绝对不能含糊，上报 14 处关闭名单是要通报的，到了最后时间必须关闭，不再拖延了，不管情况怎样，这一点必须做到。(ZF-5)

国家的督察和正式制度的出台使得 F 市地方政府调整了原来的

策略,决定完成省里下达的关闭 14 处小煤矿的任务,同时为了其他小煤矿的生存,争取政策,找到合理、合法的解决方案。由此看来,地方政府的策略调整已经向遵守国家正式制度一方倾斜,但并没有完全按照国家正式制度要求的那样,将现时不符合条件的小煤矿全部关闭,而是争取时间,让小煤矿利用未来的时间,尽量满足政策要求。为此 F 市地方政府努力向省级管理部门争取降低政策标准,因地制宜给予特殊政策。

(二)管理部门:"现在要偏向于依照法规处理问题了"

F 市小煤矿管理部门在地方政府的指导下,重新酝酿能够既符合国家正式制度的规定又尽可能地保留地方小煤矿的合理而合法的关闭方案。

> 2006 年底,我们市的整合关闭方案设计得比较简单,只是写了各个煤矿能力核定后的产能以及设备更换的说明。这种短时间内的能力提升没有得到国家和省级管理部门的认可。现在,我们制定出了一个新的方案,这个方案一方面让必须关闭的小煤矿拖延到最后期限,另一方面争取足够的时间为小煤矿设备改进做准备。(GL-1)
>
> 市里重新制定了一个实施方案,方案规定:2005 年年底前,年生产能力达到 1.5 万吨,税收额达到 30 万元以上的煤矿可以保存;2006 年年底以前,年生产能力达到 2 万吨,税收额达到 35 万元以上的煤矿可以保存;2007 年 6 月之前年生产能力 3 万吨的煤矿可以保存;2007 年 7 月份开始,年生产能力要达到 4 万吨,储量达到 20.8 万吨,这样的小煤矿才可以保存。2007 年 7 月起,按照省级主管部门的规定,方可办理相关手续。届时达不到 4 万吨生产能力的煤矿将于 2007 年年底前实施关闭。(GL-3)
>
> 市里后来制定的实施方案是一个渐进式的关闭方案。其实就是要制定一个逐步关闭的方案,给小煤矿一个足够的时间,给小煤矿存在制定一个合理的政策依据。在 05 年的时候,小煤矿的情况

基本和所定的指标相差不多,也就是不会有很多小煤矿关闭的。经过一年的调整扩建,到了06年,基本能够达到一个新的台阶,就是06年所定的指标基本也都能达到,确保小煤矿能够生存。到了07年就要完全达到国家要求的标准了,在这样一个渐进过程中,小煤矿只要想保留下来,只要资源允许继续开采,基本上在生产能力和储量上大部分达到这个水平。淘汰下来的是实在没办法支撑下去的。所以这样渐进处理,最终结果不会对本市小煤矿的数量给与太大的打击。(GL-4)

省里给我们指标了,关闭14个小煤矿,怎么关?我们把小煤矿矿主都召集来开会,跟他们通报了省里的规定,各个煤矿情况咋样互相都清楚,条件差、设备差、效益不太好的矿从后面开始算,卡到14个矿。这14个矿有的是没有资源了,怎么挣扎都没有用;有的是规模太小了,根本无法达到国家安全规程要求的标准,无法承担巨大的资金投入,这14个矿就基本上定下来了,但是要等到最后上报时间才上报,否则只要上报了就要按关闭矿处理了,关闭矿是绝对不允许再生产的。(GL-5)

目前我们在管理小煤矿或者说帮助小煤矿生存时也是左右为难的。人都是有感情的,这么多年了,我们在不违反大方向的前提下,根据实际情况能帮他们(他们是指矿主,笔直注)的就都帮。现在看来,国家的关闭力度比历次都强,而且还出台了《行政人员违法违纪的处罚规定》,对管理人员的约束也加强了,小煤矿的安全生产事故跟我们也有关了,这种情况下我们就得狠下心来牺牲企业的利益了,以后要严格按照法规走,偏向于依照法规处理问题了,否则就会牵连到自己。说实话这样做也是为了澄清自己的责任,但是我们心里也知道这个不太符合当地实际情况,让煤矿企业很为难。(GL-3)

F市管理部门把握住2007年年底这个时间期限,通过制定渐进式的方案为4万吨以下的小煤矿暂时存在提供了合法依据。从访谈中看出,根据F市小煤矿的实际状况,F市主管部门确定14个关闭煤矿并不是十分困难，而将小煤矿能力核定到 4 万吨以上却不容易。说明 F 市小煤矿的实际生产条件与 4 万吨能力所要求的条件相比的确相去甚远。

管理部门在新的正式制度约束下，一方面要想尽办法保留小煤矿，另一方面基于个人行政行为合法性考虑而偏向于依照法规处理问题。造成这种左右为难处境的原因不仅仅是要保留煤矿、发展地方经济，更让管理部门为难的是因为其在小煤矿场域内与矿主的资本交换中积累了"感情"，如今这样无情的关闭不免有些"伤感情"，面对一直以来与其进行资本交换的对象，在违法违纪行为政纪处分的约束下，如今无能力为了。总之，正式制度的再生产促使管理部门重新进行利益计算，调整行为策略。

（三）矿主："主动放弃"或"边生产边等消息"

在整顿关闭初期，F 市小煤矿矿主通过与管理部门的沟通，在地方性的保护政策下基本以增能扩量的途径保留下煤矿。然而，国家督察后，管理部门和地方政府也不能不顾正式制度的约束而极力保留小煤矿了。国家出台的正式制度，不仅仅规定了煤矿关闭的标准和步骤，而且《安全规程》的修改提高了矿井建设和安全设备的标准。在新的、更严格的正式制度的约束下，小煤矿只能重新调整策略。

一部分小煤矿矿主选择了自动放弃。

> 冷静地分析国家整顿小煤矿的政策，就能读出来国家的意思，力图通过政策不断加码来关闭小煤矿、排斥小煤矿，让矿主们自动放弃、自动投降。你看，风险抵押金从 60 万上升到 150 万，原来要求有一个工程师，现在要求有 3 个工程师，原来没必要安装监控系统的现在不管你是啥矿都必须要装，《安全规程》这么一修改，我们彻底撑不住了，那要求得也太细了。感觉现在小煤矿的处境就像是娶个不愿意嫁的媳妇一样，人家姑娘心里就不想嫁给你，所以不断

抬高要求,目的是让男方最终娶不起。我们现在就是这样,国家就是想让小煤矿退出舞台。最近新提出来了那么多的规定,没有实力的小矿招架不住就得关闭。(KZ-1)

就地方政府来讲,他还是希望小煤矿保留的,毕竟有税收,自己也能有利益。不过现在管得严了,专门有负责安全生产的副市长,小煤矿要是出事了,他的市长位子可能就保不住了,所以管得严了。他们不会管你小煤矿保留不保留,这个地方不管以后有没有小煤矿,人家照样是市长,照样有工资开。管理部门也不会真的是为了发展地方经济而照顾我们小煤矿,其实他们最主要是保护自己的利益。所以像我们这样比较落后的小煤矿没啥指望了,关吧。(KZ-4)

我们区有5个关闭指标,这5家小煤矿基本都确定下来了。这5家都是自愿关闭的,没有像文件里说的那样强行关闭。这几家选择关闭的小煤矿,有各种原因,有的是负债经营,没必要挺下去;有的是资源枯竭了,没有可采的煤了;有的是财力不足,达不到新规定的要求。我关闭的原因是自己不想干了,因为大环境大气候十分不利,继续干就是"逆水行舟",于是我选择退。我也打算休息了,这高风险行业,我也干够了。(KZ-3)

国家的正式制度对小煤矿的生产能力、资源储量、矿井设计和安全设备提出了非常详尽而严格的规定,小煤矿没有能力达到这些高标准。国家正式制度又加强了对地方政府和管理部门人员的行为约束,他们自由裁量的空间逐渐缩小,没有管理部门对矿主的"高抬贵手",小煤矿矿主的处境更加困难,于是14处小煤矿矿主自动选择了关闭。

大部分小煤矿矿主等待地方政府和管理部门如何将其合法化保留。105处3万吨以下(包括三万吨)的小煤矿于2006年年底向省级管理部门虚报的产能没有得到批准,因此没有合法效力。面对国家督查后正式制度的调整,这些等待提高产能、希望保留下来的小煤矿矿主此时处于观望的状态,等待地方政府和主管部门为他们找到合适的解决方案。

市里给我们开会了，说要关闭 14 处小煤矿，当时我想"能跟上就得努力跟"。这就跟羚羊和狮子的关系一样，狮子要吃羚羊了，那羚羊不得努力跑吗，尽量跑在前几名，这样不被吃。所以要关闭 14 个，一定是从后面往前数了，为了实现关闭指标，那后 14 名就必然是被关闭的了。还好，我还算是跑在前面几名的羚羊。(KZ-9)

我原来的生产能力是 2 万吨，这个政策出来我打算生产能力提高到 6 万吨。虽然我们省争取到了 4 万吨这个特例，但是我想 4 万吨这个标准不会持续太长时间的。为了保险还是打算提高到 6 万吨。但是去年年底(指 2006 年年底)急急忙忙为了躲避关闭而做的材料都没用上，因为不符合当时整顿关闭政策，所以那次申请省里不给与批准，现在我们就等着呢。(KZ-10)

今年应该关闭的一定是要关闭了，但是我们这样的总不能也给关了吧。我想不会关的，你看，100 多家呢，如果按照一个标准都关闭，那这个城市不就没几家煤矿了嘛，所以不能关，"法不责众"对吧，终归会有解决的办法。上面政策明确规定 2007 年 6 月前不办理任何改扩建手续，完全是整顿关闭，所以这段时间就边生产边等消息，相信市里会想办法的，2007 年下半年会有个说法的。(KZ-8)

由此可见，虽然国家督查后又提出了新的关闭整顿标准，省级管理部门也因国家对其所属省内的小煤矿关闭工作不满意而要从严把关，但是 F 市除了 14 个关闭矿以外，105 个 3 万吨以下小煤矿矿主并没有因此而放弃保留小煤矿的愿望，反而确信地方政府和管理部门一定会制定出解决方案使他们合法化地保留下来。这种心理预期并不仅仅因为行动者个人之间存在资本交换，更关键的是源自小煤矿与地方经济之间的密切的关系，正因为 F 市小煤矿是地方经济收入的重要来源，所以小煤矿矿主群体才会握有足够的资本与地方政府进行博弈，并且确信博弈的结果一定是有利于小煤矿矿主群体的。因此，此时小煤矿矿主的策略是等待地方政府争取到合法化的解决方案。

截止到 2007 年 7 月，F 市 14 个关闭矿被确定下来，名单已向省和国家主管部门上报，2007 年年底实施关闭。F 市 105 个小煤矿将以怎样的合法形式保存下来？至此,F市小煤矿的整顿关闭尚未结束,行动者之间的"游戏"还将进行,小煤矿场域行动者之间的资本运作和策略选择没有停止。

四、本章小节

　　本章叙述了F市小煤矿场域"整顿关闭"阶段制度实践的过程。国家出台了新一轮整顿关闭小煤矿正式制度,明确了关闭标准,其中规定年生产能力3万吨以下小煤矿实施关闭。F市小煤矿场域内的行动者以原有惯习做判断,认为这又是一场运动式治理,像以往整顿治理一样,"一阵风吹过去就完了"。于是地方政府、管理部门和矿主在保护依赖、权钱交换的关系结构基础上,为了维持场域原有状态,分别作出"能保则报"、"能帮则帮"、"能留则留"的策略,合谋的结果是通过"虚报产能"欲逃避关闭。国家虽然出台了诸多整顿煤矿生产秩序,保护矿工权益的正式制度,但是矿工资本有限、力量不足,并且受其传统惯习("惹不起、躲着走"、"官煤是一家")的限制,放弃了劳动防护用品的使用,默许煤矿非法生产存在。F市小煤矿场域行动者策略互动的结果形成了与正式制度规定相背离的局部秩序。F市小煤矿场域制度实践的结果在全国具有普遍性,促使国家出台新的正式制度,继续施压,调整小煤矿场域行动者的策略选择。F市69%的小煤矿生产能力3万吨以下,小煤矿场域无法真正落实关闭制度,于是地方政府向国家争取"合法化"的特殊政策,生产能力3万吨以下的煤矿矿主在继续生产中观察力量关系的变化,酝酿下一步的策略。

　　由此看出,"整顿关闭"阶段的制度实践是一个动态循环的过程。最初,国家出台整顿关闭正式制度。然后,F市小煤矿场域行动者受到惯习和场域位置的影响,为了获取各自利益进行资本运作和策略选择,策略互动的结果形成与正式制度相背离的局部秩序。接着,国家发现局部秩序,重新修正正式制度,对小煤矿场域继续施加压力。随即,场域内行动者作出策略调整。

第五章
制度实践的行动逻辑(下):整合技改

> 社会秩序的再生产远不是什么机械过程的自动产品,它只能通过行动者的各种策略和实践来实现自身。

> ——布迪厄

为了实现"争取用三年时间解决小煤矿问题"的政策目标,国家制定了从整顿关闭—整合技改—管理强矿的三步走规划,前文叙述了整顿关闭阶段正式制度安排,并分析了制度实践过程中行动者的行动逻辑。在整顿关闭阶段,最初 F 市小煤矿场域制度实践的结果与正式制度制定的目标之间发生了背离,并且这种背离是全国性的普遍现象,这促使国家元场域通过正式制度的再生产对其进行约束。虽然 F 市小煤矿场域行动者做了策略调整,但是整顿关闭阶段最后的制度实践结果仍然不是国家正式制度所要求的制度目标。除了 14 个关闭矿之外的 105 个 3 万吨以下的小煤矿等待地方政府为他们争取一个合法性的解决方案。2007 年下半年,广义上的整顿关闭进入第二个阶段——整合技改,本章将继续分析 F 市小煤矿场域的行动者为了保留小煤矿而进行的制度实践,论述各类行动者在制度实践中的行动逻辑。

第一节 "整合技改"过程中行动者
的资本运作与策略选择

"整合技改"是指资源整合和技术改造,具体来说是为了合理开发煤炭资源,提升煤矿安全生产条件,减少矿井数量,按照国家正式制度的规定,经整顿关闭后合法保留下来的矿井采取兼并、收购和股份制等方式进行资源整合。整合后的煤矿必须是一个法人,一套生产系统,整合后的矿井按照行业标准进行技术改造,矿井建设改造项目完成后,经验收合格并办理证照后投入生产。以上就是国家正式制度《关于加强煤矿安全生产工作　规范煤炭资源整合的若干意见》、《关于进一步规范煤炭资源整合工作的通知》以及《关于做好煤炭资源整合项目安全设施设计审查与竣工验收工作的通知》在全国小煤矿进行整合技改之前提出的制度目标。

图表15　整合技改阶段的正式制度

实施日期	正式制度	颁发部门
2007 - 2 - 4	关于进一步规范煤炭资源整合工作的通知	国务院安委办
2007 - 4 - 18	关于印发《2007年煤矿整顿关闭工作要点》的通知	国务院安委办
2007 - 10 - 15	关于做好煤炭资源整合项目安全设施设计审查与竣工验收工作的通知	国家煤矿安全监察局

解读以上正式制度,有这几个要点:首先是合法保留的矿井;其次是要进行整合;再次是进行技改;最后是技改合格后投入生产。对于F市105个3万吨(包括3万吨)以下的小煤矿来说,在正式制度的约束下,从合法保留到合格生产,还要进行复杂的制度实践。

一、"整合"过程中行动者的资本运作与策略选择

国家三年时间整顿关闭小煤矿的目的是减少煤矿数量,提高小煤矿安全生产条件。实现这个目标的途径一是关闭落后和非法小煤矿,二是通过整合减少小煤矿数量。笔者实地调查了解到,F市小煤矿整合工作从2007年7月开始动员,但是到了2007年年底F市小煤矿只有两处煤矿参与整合,其他煤矿都没有进行整合,小煤矿场域的行动者基于怎样的博弈和策略选择后形成这样一个结果的呢?

（一）矿主："决不参与整合"

2007 年 7 月，管理部门开始对全市小煤矿矿主进行动员、鼓励，动员矿主如有符合整合条件的，有愿意兼并、收购的，则可以进行整合，然而这样的动员遭到了矿主的冷落。

> 这次整顿中有的小煤矿关闭了，不过也都是因为资源不行了，能坚持下来的都坚持干呢。又说能保留下来的矿之间要整合，谁愿意整合呀。如果真不想干了那就一次性把自己的矿卖给别人。但是没有合伙干的，合伙是不可能的。而且政策上规定，确定参与整合的矿要先关闭后整合，进行设计建设之后才能开。好好的矿，不参与整合还能生产，一参与整合就得先关闭，谁愿意啊。况且那设计建设、手续变更的程序复杂着呢，我们可跟上面拖不起，所以没人要整合。(KZ－6)

> 主管部门也劝我们小矿之间进行股份制合伙经营，我们也多少了解政策，整合之后是一个煤矿一个法人，你说应该谁当法人呐？不当法人的那个到底还能有多少权力啊？钱怎么分？出事故了，谁负责任？赔偿金按啥比例分？这里面都是事，谁没事闲得主动往这种火坑里跳啊，无形中给自己添那么多麻烦。(KZ－1)

> 现在煤价跟房价一样只能升不能降，只要想办法把矿留下来，不管规模大小，一定能赚钱，上面有啥要求我们达到就是了，要设备添设备，要硬件添硬件，我们不差这钱。但是出让给被人收购，或者和别人合伙干那是不可能的，干不了。(KZ－9)

> 主观上我们不愿意整合，而且客观上条件也不是那么合适，矿和矿之间都是有距离的，政策上要求整合后一矿一井，一套生产系统，这做起来也不容易。而且这里资源枯竭、资源条件差，整合不了。我们的利益还得需要我们主动去争取，因此我们矿主不管是在公开场合还是在个人之间交流时都会向管理部门说我们的实际情况，希望他们在执行上能松一松，他们也都挺理解我们的。(KZ－7)

根据访谈资料总结致使小煤矿矿主不愿意参与整合有以下几个

原因:一是正式制度规定,如果参与整合首先要关闭,矿主不愿意因关闭停产受到经济损失;二是受到矿主自身能力素质的局限,整合后利益和责任无法合理分配;三是独立经营收益仍然可观,合作经营并不能带来更多的收益;四是客观上的资源条件不适合煤矿整合。整合是为了"造大船",但是矿主这个群体并没有长远的利益目标,也不具有足够的素质应对股份合作后的煤矿管理,认为只要管理上简单,只要能赚钱,个人经营是最好的选择。小煤矿矿主群体受到短期利益的追求和自身惯习的限制作出不参与整合的策略选择。

(二) 管理部门:"不强制要求整合"

管理部门按照国家关闭整合的规定向矿主提出动员,但是结果并不乐观。管理部门没用采取强制性整合。

> 我们市小煤矿都不愿意参与整合,矿与矿之间离得也比较远,况且现在这里的资源开采得相当困难,就这么大的地方都被开采快100年了,剩下的资源开采难度已经很大了,不具备资源整合的地质条件,没有必要进行资源整合。(GL-3)

> 省里已经给我们下任务了,因为关闭有各方面的数量标准,这个事必须要执行,我们不能含糊。但是整合并没有规定得那么细、那么死,另外我们市的实际情况也没有条件整合,因此关于整合这个环节,我们管理部门没有强制执行,国家针对小煤矿有太多规定了,逐步加压,现在管得很严,他们也不容易,我们地方管理部门更多情况下是扶持而不是打压。(GL-5)

> 强行整合有困难,F市小矿都是个人投资,人家都是法人,各种证照齐全,人家就属于合法经营,在这种情况下强行整合也是不符合法律的,小矿矿主也懂这些法。(GL-8)

管理部门"不强制要求整合"的策略缘于资本运作和利弊权衡。第一,F市煤炭资源经过百年的开采,资源分散,接近枯竭,适合资源整合的煤矿不多，但是并不是完全没有。在这种客观条件下，矿主不愿意参与整合，煤炭管理部门更不愿意进行强制整合，于是，管理部门更加强调客观原因，掩盖矿主和管理部门主观意愿，不积极执行资源整合。第二，正式制度没有规定得非常具体。因为国家对各省市的资源储量的了解源于地方管理部门上报的材料，国家不能一一对各地的资源情况进行实地考察，因此无法对整合提出更细的标准。而且权力场域对地方管理部门不提倡、不强制执行资源整合并没有明确的惩罚措施。地方管理部门掌握本地煤矿资源的地质情况，具有发言权，可以更多地强调资源状况不适合整合，以此为当地小煤矿矿主拒绝整合找到合适的理由。第三，向上级主管部门反映当地小煤矿不参与整合的客观理由，可以从小煤矿矿主那里获得回报。地方管理部门不强制执行整合、而多反映客观情况，这是以权力资本换得个人利益的过程，个人利益包括货币资本以及社会资本的增加，加固了管理部门与小煤矿矿主之间的关系。

可以说资源整合、关小建大是国家整顿关闭小煤矿的目标，然而资源整合并不像实施关闭那样容易落实，关闭有数量任务，通过证照的吊销能够确定关闭的结果，而资源整合要依据地质条件，依据资源状况，所以国家整合标准无法做得很细，因此不能强制实施。正因为国家正式制度的约束有限，加之 F 市小煤矿管理部门采取的不强制执行的策略，当然也包括 F 市地质资源的原因，F 市小煤矿矿主"拒绝整合"的预期得以实现。

到 2007 年底，F 市只有四家小煤矿参与了整合，四家合并为两家。因此原有的 105 处 3 万吨以下（包括 3 万吨）的小煤矿经过整合变为 103 家。国家整顿关闭小煤矿总体规划中有关资源整合的正式制度在 F 市的执行基本结束。国家所制定的通过资源整合来减少小煤矿数量的正式制度在 F 市基本没有发挥作用。

二、"技改"过程中行动者的资本运作与策略选择

"技改"是指技术改造，国家整顿关闭制度设计中所指的技改是

资源整合后的煤矿进行技术改造,由于资源整合,矿区范围发生变化,生产能力有所提高,因此必须重新进行矿井设计和装备投入,这个过程就是技术改造,简称技改。2007 年 10 月 15 日,国家出台了《关于做好煤炭资源整合项目安全设施设计审查与竣工验收工作的通知》,规定了整合以后的小煤矿进行技术改造的程序和验收步骤。

截止到 2007 年下半年,48 处小煤矿生产能力保持原来的 4 万吨以上,正常进行生产;14 处煤矿实施关闭;F 市地方小煤矿只有四处煤矿参与整合;102 处小煤矿增能扩量未得到省级管理部门批准,但并没有被关闭,在生产中等待合法的解决方案,这就是 F 市小煤矿当时的总体状况。全国整顿关闭小煤矿进入技术改造阶段,F 市地方政府能为 F 市 104 处小煤矿争取到一个怎样的合法生存途径呢?

(一) 地方政府:"利用弱势权威争取特殊政策"

国家正式制度对整顿关闭的每一个步骤要求得都很严格,F 市地方政府为了保留 104 处地方小煤矿,只能想办法向省级管理部门争取特殊政策,否则若 104 处小煤矿被关闭,必然会影响地方经济发展和社会稳定。在 F 市地方政府以往惯习的推动下,为了解决实际问题,作出了"利用弱势权威争取特殊政策"的策略。

　　这两年,对于像我们这样靠煤炭吃饭的市来说,过得的确不容易,作为主管地方经济的政府官员,不能眼看着本地大部分煤矿因无法达到国家政策要求而全部关闭。2007 年国家主管部门安排了四次督查,得不到政策允许我们是不敢动的,动了就是不符合政策规定。当地替代经济还没有达到能够替代地方煤矿的程度,为了保证地方经济的稳定,我们必须想办法保留这 100 多家煤矿,怎么办?我们只能利用弱势权威争取特殊政策。F 地区是萎缩矿区,地方煤矿开采的大都是极薄煤层、残余煤量或是构造复杂国矿废弃的局部煤田,通过政府扶持,指导他们安全、高效地将其开采出来,绝对是利国利民的。所以我们从地方政府的立场向省里汇报实际情况,恳

请省里能够向上级反映,争取在政策上给予照顾,政策松口了,我们才能以政策为依据,合法性地进行下一步计划。(ZF-2)

今年国家督查组来督查过两次,我们把本市的特殊情况都做了汇报,督查组也把我们的情况向国家主管部门反映了,省里也把我们的情况作为个案向国家主管部门上报了。市政府最近半年一直在为这个事努力,总算有了结果,国家新下发的《2007年煤矿整顿关闭工作要点的通知》里已经给个别省主管部门处理个案的审批权了,因此,省里允许我市105个小煤矿申请增能扩量的立项,如果经过省里的考察批准立项,就可以进行技改了。所以根据我们市的特殊情况,这些小煤矿不属于关闭矿,也不是整合矿,而被定义为"技改矿"、"扩量矿"。这样一来终于有了合法身份,也找到政策依据了,这都得靠我们争取,没有争取到合理合法的政策就私下里想办法混过去,上头又该指责我们了。(ZF-4)

分析以上政府部门的访谈记录可以看出,F市地方政府一直在以弱势权威争取特殊政策,弱势权威来自于小煤矿对地方经济的影响,如果关闭小煤矿,地方经济便会瘫痪,政府官员的权威也会丧失。因此这种资本运作是以弱势权威作为资本换取特殊政策的过程。总之,通过F市小煤矿场域中的地方政府与省级权力场域的博弈,F市105处小煤矿终于获得了合法的生存途径。

2006年下半年的关闭过程中,F市小煤矿场域的管理部门和地方政府欲通过制度变通帮助小煤矿躲过关闭,然而国家督查后否定了增能扩量的做法,并且出台了约束管理部门行政行为的法规,这些变化使得F市小煤矿场域的管理部门在未得到政策允许前不敢做任何的制度变通。经过F市地方政府的争取,国家和省级主管部门放宽了政策,允许F市小煤矿作为"技改矿"和"扩量矿"保留下来,并且要求省级人民政府对所辖市的类似小煤矿技改程序进行把关。

那么,F市在2006年下半年虚报产能的"制度变通"与2007年年底争取到的特殊政策之间有什么区别呢? 2006 年关闭过程中,F市管理部门和地方政府在小煤矿未做技术改造,不具备生产条件的情况下就将生产能力都提高到 4 万吨以上。首先,不具备条件但核定能力提高了,势必会促使小煤矿矿主超能力生产。另外,为了争取时间躲避关闭而先批准后技术改造这个程序必然使得矿主不积极地进行后期的技术改造,因此这种做法被国家主管部门否定。相比之下,2007 年年底国家元场域和省级权力场域所给予 F 市的特殊政策严格规定了"技改矿"和"扩量矿"的审批程序。"技改矿"、"扩量矿"是指,通过技术改造和储量扩大,生产能力能够达到 4 万吨以上的矿。也就是说,F 市 104 个 3 万吨以下的小煤矿为了生存必须通过以下程序:第一,先准备储量报告、开发利用方案、可行性报告等相关材料,并向省级主管部门提出立项申请;第二,这些资料经省级主管部门实地核查批准立项以后,小煤矿要按照行业标准进行矿井设计;第三,矿井设计通过省级主管部门的审批后才能进行施工建设和设备投入;第四,建设完毕要经过省级主管部门的验收,验收合格后办理各种证照。经过这样的程序后方可投入生产,另外最后的验收结果要报省级人民政府批准。总而言之,有了国家的特殊政策 F 市小煤矿生存就有了合法化的途径。

(二)管理部门:"帮助小煤矿跨过这个坎,默许一边生产一边技改"

由于 F 市地方政府的争取,省级人民政府和煤矿主管部门在国家主管部门的允许下,因地制宜地制定了适应本地区的小煤矿技改政策。2008 年 3 月,经过春节和"两会"(全国人代会和政协会)的停产后,F 市小煤矿恢复生产的同时开始按照技改政策要求一步一步进行。F 市小煤矿场域的管理部门仍然是新制度的执行者,在小煤矿的技改过程中,他们会采取什么策略呢?

现在对于我们管理部门来说,我们一方面对下面小矿监管一定要和国家保持一致,毕竟我们是吃皇粮的,跟国家对着干我们不就没饭碗了嘛,对我们管得也严了。在这个基础上,尽量帮助小煤矿跨过这个坎,能扶持就扶持,协助小煤矿准备立项所需的各种材料。(GL-1)

各区县的管理部门从2007年下半年就帮助搞各种材料,以便向市里申请立项,市里批了再向省里报。小煤矿矿主看见那么多的规定他们都懵,基本都是依赖我们的指导,一步一步告诉他们,他们也很配合。我们就是帮小矿主备齐材料,到市里的预审基本都会批下来,关键是省里,现在我们区和市的管理部门没有什么权力,权力都在省里。(问:你们为什么主动帮助小煤矿矿主?)这都是一个地区的,多少年打交道都很熟,也都有感情了,现在管得太严,他们也不容易。有的小煤矿矿主干脆就花点钱把这些事就全托付给我们了,总之我们都是齐心协力,过了这一关就好了。(GL-6)

现在做的事情主要就是技改,基层主管部门的态度都是积极的,能够帮助我们达到标准的都能积极帮忙,但是政策要求得死,他们也无能为力,基层主管部门的人都知道我们地方小煤矿目前生存很艰难,比较同情我们。(是不是因为你们已经建立了很好的关系了?)那也是一个方面,不过对于一个企业来讲,为了更好的企业外部环境这也是应该的,所以我们和基层主管部门之间的关系非常融洽。现在他们的权力很小,因为政策变化比较大,他们也不好把握。(KZ-5)

各种材料办起来很繁琐,程序相当复杂,立项—设计—施工—验收,到最后办证,这些手续要花上半年到一年。按照正规的就是"停产待建",啥时候建好了,才能发证,才能生产。但是实际情况不是这样的。现在审批一部分是下来了,好比是允许你盖房子了,但是这房子盖起来那是需要时间的,从建设到最后装修,装修好了人家验收,合格了,给你发房产证,才能让你居住。就这意思。不过,这过程要半年一年,这么长时间不生产那也不可能啊。那手续一环套一环的,运作起来非常慢。所以我们当地主管部门也没有按照严格的规定去要求小煤矿必须"停产待建",现在权力都在上面,我们

没权力了责任自然也小了,基本默认"一边生产一边技改",反正省里没说什么。(GL-9)

F市小煤矿整顿关闭制度实践进入了一个新的阶段即技术改造阶段,有了具有合法性的特殊的正式制度,F市小煤矿主管部门以"不丢饭碗"为底线,只要上级没再给施加其他的压力,基于和矿主多年的交往,基于矿主对主管部门的强烈依赖,为了小煤矿能够通过技改这一关,名正言顺地帮助矿主准备各种材料。F市煤矿主管部门明知道按照规定应该"停产待建",但是由于省级主管部门尚未严格要求,因此他们也没有作出禁止的决定。虽然主管部门是正式制度的执行者,是小煤矿生产经营的监管者,但是受到F市小煤矿场内这两类行动者的场域关系的影响,受到两类行动者长期形成的惯习的作用,主管部门和小煤矿矿主之间依然保持着扶持和依赖的关系。国家虽然制定了诸多法规制约管理部门的行政行为,管理部门也清楚法规对其行为的约束,但是由于惩罚的可能性很低,相反因帮助小煤矿矿主而获得的货币资本及社会资本的确定性很强,因此管理部门在行为处罚的可能性和个人利益获得的确定性之间进行衡量的结果依然是选择对小煤矿矿主进行帮助和保护。

(三) 矿主:"一边生产,一边申请技改"

国家持续不断地出台整顿关闭政策,这些正式制度是约束和调整小煤矿矿主行为的重要因素,新一轮整顿关闭进行两年多以来,F市小煤矿矿主一直在被动地应对正式制度的约束。在持续应对正式制度约束之后,小煤矿矿主再作出策略选择的时候,首先解读正式制度的真正用意。

原打算有储量就申请扩量,办下来采矿证以后进行改造,只要设备跟上就行,没想到规定变了,要求我们什么都做好了才给办证。就好像批了地,接着要盖房子,然后装修,一直到装修好了,合格了,最后才给办房产证。原来那种想"混过去"的想法现在不行了。国家为什么呢？就是为了把一些小矿"逼黄"了。意思是说如果你没有实力盖房子、装修，那就趁早放弃。这么规定一定会有个别小煤矿撑不下去的。（KZ-8）

这两年多，出台太多的政策了。我们矿主也在"品"（意指分析，笔者注）国家的政策，国家就是层层加压，让比较落后的小煤矿自动退出。最初制定的安全生产许可证条例在设备和生产条件上的要求比原来要高很多，然后是4万吨以下必须关闭的规定，接着小煤矿安全规程又修改了，这么一改给我们提出了更高标准，原来能够按照储量定生产能力，现在又变了，直到矿井建设和设备投入全合格了以后才给办证。现在的制度大环境不利于小煤矿了。（KZ-5）

现在的政策真的是拿它没办法，越来越苛刻了，基本打破了原来正式法规的规定。原来是依储量定能力，以能力上设备。原来批储量需储量报告、开发利用方案、可行性报告就行了，这都是正经行业法规。所有的建设和设备投入都到位了人家才给你定能力办手续，除了这个批储量时要的报告又多了，多了环境评估、勘查评估、储量核实、地址审核、复垦审核，政策想怎么变就怎么变，那原来的法规都失效了吗？不明白，做得有点过分了。我们也知道，上面对煤炭总量和煤矿数量有控制，小煤矿能力都提高了，但数量没减多少，那未来的煤炭总产量不就超了嘛。所以国家政策也是跟着实际情况在变，只要剩下的煤矿多了，就马上提高门槛。（KZ-2）

通过实地调查可以看出，F市小煤矿场域内形成了一个共识，即国家政策不再支持小煤矿，国家通过出台制度，提高办矿水平，抬高准入门槛，使达不到制度要求的煤矿自动关闭，未来对小煤矿的管理一定越来越严格，安全准入门槛将越来越高。

解读了国家政策的根本意图，小煤矿矿主会因此而选择自动放弃还是继续坚守呢？经过调查发现，极个别煤矿在政策高压下选择放弃技改，而多数煤矿仍然坚持通过技改保留煤矿。

原来国家也整顿关闭小煤矿,但是拖一拖,过了那阵风都能混过去。可是这一次一步一步的政策出台,快让我们招架不住了。我们市有105个小煤矿希望能够保留小来,现在唯一的办法就是申请技改,我的矿是这105个矿里比较靠后的,去年没被关闭就挺幸运。不过现在情况不太好,虽然我的储量不太多了,但我也想申请技改,可是后来听说每一步程序要求都很严格,而且省里还会来实地核查,所以我暂时没有申请,像我这样没有申请的是极个别的,多数都申请了。(问:为什么不申请?)一个是申请怕批不下来,申请就得准备很多报告材料,这些都是要花上几十万的,申请不下来就白花了;另外就算立项申请批下来了,下一步的矿井改造也要投入很多。我的矿储量不多,最多就能干两年,两年怕投入都收不回来,即便赚也赚不了多少。(问:为什么在关闭阶段没有主动提出关闭呢?)那时不想关,储量不多但是仍有储量,况且证照还没有到期,能生产干吗要主动退出啊,并且主动退出后的损失政府也不会给太多经济赔偿,政府没钱,地方经济还都指望这些小煤矿呢。另外,觉得剩下的100多个煤矿,到了整顿关闭这阵风过去就能正常开了,可是没想到,现在虽然是有特殊政策了,但是这里面的要求也太严格了。(问:那你现在怎么办?)先开着吧,对没有申请技改的矿啥政策还没提出来呢,等着吧。(KZ-8)

这个矿主是未申请技改的代表,他之所以作出这样的策略选择是因为,一,受到储量的限制,现有的储量只能再开采两年;二,技改所需投入的资金很大,技改的成本基本与未来的收益持平;三,担心未来国家对小煤矿的管理政策将越来越严格。因此这三方面的原因使得该矿主未申请技改,而边生产边等待未来的政策。

未申请技改是极个别的煤矿,大多数申请或正在进行技改的矿又是在怎样的资本运作的基础上作出这个选择的呢?

(问:你的矿一年收入有多少?)我原来是2万吨的生产能力,一年如果年景好的话,一年能收入100—200万元。我的矿有很多储量,我现在正在申请技改,生产能力要提升到 6 万吨,收入会增加,但是投入也多了,到了 6 万吨水平,要求标准也提高了。现在煤价一直在涨,刚刚看新闻,今年电煤依然紧张,所以效益一定不错。虽然因为技改投入很多钱,但是只要是市场好,还能赚回来。(问:这次技改投入多少钱了?)技改投入包括三方面:办理储量审批、办理矿井设计审批还有进行矿井建设和设备投入。现在第一步进行完了,光办储量审批就设计八项图文资料,这个就花了几十万,必须到管理部门所属的中介机构做图文资料,明码标价都是上万的。如果再包括下两步的费用,这次技改准备 100 多万吧。(问:你认为这些和未来收益比,值得吗?)因为能力提升到 6 万吨了,加上煤价在涨,赚钱还是能赚的。(KZ-9)

由此可见,即便国家政策不断提高办矿标准,即便技改的程序非常复杂,即便审批和材料准备所用费用很高,只要有储量,有资金实力,小煤矿矿主都不会轻易放弃。原因是煤价的持续上涨,未来的收益仍然可观。因此基于这样的权衡,大多数小煤矿矿主选择了通过技改的途径继续生存下来。

在调查访问中了解到,申请技术改造的小煤矿矿主虽然每一个程序要满足国家政策的要求,但是他们并没有仅仅被动地等待每一环节的审批结果,他们在储量审批和设计审批的同时主动地通过两种途径在争取时间。一是到省级主管部门那里"沟通",二是在审批前提前进行矿井建设和设备投入。

手续太多了,而且管理部门的运作比较慢,这些手续快也要半年,慢就得一年才能办完,我们哪里能耗得起啊,所以我们自己要努力啊,和市里主管部门多"沟通",省里面我们也得跑(意指"沟通")全指望市里是不行的,现在权力都在省里呢。小煤矿矿主在省里都有认识人。沟通就是为了让他们审批的速度快一点,要求松一点,要不全省那么多小煤矿申请技改,材料一大堆,我们总得想办法让他们早一点审批自己的矿吧。另外,我们也提前投入一些好设备,不等审批下来就先动工,进行矿井建设,等审批不知道啥时候呢。原则上是不允许审批前先建设的,但是这也是客观理由,市里主管部门理解我们,不怎么管,其实也不会有什么安全问题。(问:在进行矿井建设和设备投入时,你们是完全按照新标准进行的吗?)能力提高了,为了保证安全,设备一定得上好一点的。而且像现在这个形势,重要的硬件别想蒙混过关了,以后管得一定挺严。但是并不是完全都是达标的,事实上还是"局部达标",过得去就行。煤矿的这些设备都太贵了,上不起。所以挑重点的上,不重要的就用其他的代替。另外经常有评估单位来检查,你总得把会议室,接待室啥的搞好吧,这是标准要求的,也是人家一来就能感觉到的,至于厨房什么的,就差一点,他们也不去检查。所以要挑重点的。我们心里也有杆秤,真涉及安全的,我们不会马虎,但是不疼不痒的没啥必要的,基本就差一点。我们也不愿意出事,该花的就花,但是没必要的该省的还得省。(KZ-5)

从以上访谈中可以看出,虽然国家正式制度的约束力不断加强,但是参与制度实践的行动者都不是机械而被动地完全按照正式制度的规定行事,而是主动通过各种策略应对正式制度,将正式制度的约束降低到最低。F市小煤矿矿主申请技改的同时仍然在进行资本运作争取个人利益,通过与省里主管部门沟通的方式争取审批的速度,争取验收时不要太严格,可见侥幸心理仍然存在。

(四) 矿工:"我们不希望关闭,只要安全提高了就行"

国家持续不断地出台正式制度整顿小煤矿安全生产秩序,制度制定的意义是多方面的,包括防治国有资源流失、预防环境污染、保护矿工生命安全和维护国家形象等等。其中最为关键的也是制度制定的直接原因就是为了小煤矿减少事故发生,保护最底层劳动者矿工的生命安全。在国家关闭矿井和强制进行技术改造的制度实践过程中,矿工受到场域位置的限制,资本存量少,因此基本采取无为的策略。行动上表现为"无为"，但是探求矿工对国家整顿关闭小煤矿的政策态度，仍可以发现"无为"也是基于资本运作后的策略选择。

　　（问：您觉得当地大多数小煤矿会被关闭吗？）不会的，整顿关闭小煤矿都嚷嚷好长时间了，但是这些矿不是还在开嘛，不能都关，关不了。（问：为什么关不了）不说都关，就算大多数关了，那当地煤矿不就乱了嘛，只要地下有煤，这小矿主和主管部门一定能想办法让矿开下去。（问：现在国家管得这么严，好吗？）管得严当然好，那不是为了我们的安全嘛，国家现在很重视，我们矿工就是希望国家管，我们在井下也发现很多违法生产的事但我们不敢说，全指望国家管，不仅管矿主还得管那些主管部门，要不管他们有啥好政策都没用。（问：国家管得严，让多数小煤矿关闭，你觉得好吗？）国家政策管安全，让矿主不能胡来，安全上来就行，关闭，没必要，也关不了，关闭煤矿对我们没有好处，农民离家不远就有矿，下井赚钱能多收入点。矿要是没了那当地那么多下井的农民生活就困难了，我们不希望关，只要安全提高了就行。（问：你没想过通过别的途径增加收入吗？）除了下井还能干啥？要不就是到城里打工，我们也只能出力气，到建筑工地干。那离家远，活也累，工资还不能按时发，遭城里人白眼儿。下井是有危险，但是赚得比那个多，在家门口，还能照顾家里。（KG-1）

　　访谈了几位矿工，基本和这位矿工的想法一致。矿工仅具有劳动力资本，而且当地小煤矿长期存在，形成了他们收入上依赖下井挖煤的惯习。在资本存量和惯习的作用下，他们希望国家管得严，但不希望国家使更多煤矿关闭。煤矿安全条件差会威胁他们的生命，煤矿存在能够保证农民矿工的收入，而在二者间衡量，矿工的期望是小煤矿依然存在，但是安全条件要提高。由此可见，小煤矿能够解决当地农民剩余劳动力的就业，能够提高农民的家庭收入，这恰恰是地方政府与权力场域对话，争取特殊政策时的筹码。

　　从上述四类行动者的资本运作和策略选择中看出，四类行动者出于各自不同的利益衡量，作出了基本一致的选择，就是要是使105个小煤矿尽可能多地保留下来。虽然四类行动者期望获得的利益不同，但是尽可能地保留小煤矿能够同时满足四类行动者的利益需求。于是在这样一个利益均衡下，四类行动者做出各自的行动策略：地方政府努力争取技术改造的政策；管理部门协助技术改造的手续准备；小煤矿矿主主动加快技术改造的进程；小煤矿矿工对矿主技改过程中的不规范的生产行为不举报，"配合"矿主接受管理部门的检查。直到2008年4月上旬，F市已先后有30处小煤矿得到省级主管部门的立项批准，一边生产一边进行矿井改造。其他矿井也没有停止生产，有的矿一边生产一边在等待审批结果，私下里进行矿井改造，有的矿边生产边准备审批材料。

三、"继续整顿"过程中行动者的资本运作与策略选择

本章第一部分和第二部分分析了整合技改阶段关于整合和技改的制度实践过程，其实在这个阶段除了整合技改，同时整顿关闭仍在进行，如果转用国家正式制度的词汇来表达就是"一手抓整顿关闭，一手抓整合技改"。因此国家持续地出台了整顿煤矿安全生产秩序的正式制度，笔者认为继续整顿小煤矿的正式制度的出台是实现"三年解决小煤矿问题"政策目标的具体制度约束和制度保障，也是广义上整顿关闭小煤矿的制度安排之一，因此，这些正式制度的具体执行过程和约束作用是本文分析整顿关闭小煤矿制度实践中不可缺少的部分。本文将在此分析"继续整顿"过程中行动者的资本运作与策略选择。

(一)国家出台"继续整顿"小煤矿的正式制度

2007年国家煤矿主管部门除了要求各地方煤矿进行整合和技改以外，也继续加强对小煤矿安全生产的监督和管理，整顿小煤矿安全生产秩序。第一，2006年底出台的《关于修改〈煤矿安全规〉的规定》在2007年开始执行，要求按照修改后的要求对矿井的顶板和支

柱等进行改善,并且全部安装矿井安全监控系统。第二,为了防止和减少生产安全事故,严格追究生产安全事故单位有关责任人员和行政主管部门人员的法律责任,国家于 2007 年六、七月,先后出台了《生产安全事故报告和调查处理条例》和《〈生产安全事故报告和调查处理条例〉罚款处罚暂行规定》以及《行政机关公务员处分条例》。第三,国家发布《关于加强煤矿劳动定员管理严格控制井下作业人数的通知》,目的是为了控制井下作业人员,保证煤矿生产安全。由此可见,国家对小煤矿安全秩序的整顿是一种持续性的、不间断的过程,或者可以直接说,国家对小煤矿的要求越来越严格。

图表 16　继续整顿阶段的正式制度

实施日期	成文法及政策	颁发部门
2007 - 6 - 1	生产安全事故报告和调查处理条例	国务院
2007 - 6 - 1	行政机关公务员处分条例	国务院
2007 - 7 - 12	《生产安全事故报告和调查处理条例》罚款处罚暂行规定〉	国家安监总局
2007 - 10 - 27	关于加强煤矿劳动定员管理严格控制井下作业人数的通知	国家安监总局

本文在此仅以安全监控系统的安装和事故报告为例,对国家继续整顿小煤矿的正式制度的实践过程进行分析,探讨行动者的资本运作与策略选择。

(二)"安全监控系统"的安装和使用过程中行动者的资本运作与策略选择

由于修改后的《煤矿安全规程》要求所有的煤矿必须安装安全监控系统,因此,从 2007 年下半年,F 市各小煤矿普遍开始启用煤矿安全监控系统。这一系统包括出井量的监控系统和瓦斯检测系统。其中出井量监控系统是安装在煤矿的井口,通过联网,管理部门对其进行监控;瓦斯检测系统是安装在矿井内,自动测量井内瓦斯浓度的,一旦井内瓦斯浓度超标,系统会自动报警,该系统也是通过联网受到管理部门的监控。国家元场域要求小煤矿安全监控系统一方面是为了控制小煤矿的产量,防止超能力生产;另一方面是准确检测瓦斯浓度,预防煤矿事故发生。修改前的《煤矿安全规程》仅要求高瓦斯矿井必须安装,如今正式制度更改后,F市小煤矿就要按照规定进行安装和使用。笔者针对这一正式制度的执行情况进行了访谈,在此对F市小煤矿场域行动者在安装和使用安全监控系统国称各种的资本运作和策略选择。

1. 矿主:"另开巷道、另设出口、损坏探头"

国家提出来新规定了,上面就要求我们必须办。首先是购买、安装这些系统,出井量的监控就要几万,瓦斯探头一个就是几万,装上几个就得十几万,管理部门统一购买,价格是由人家定的,要多少钱我们就出多少。没有办法,一旦是正式的政策硬性规定的,而且是硬件设备,来检查都能看得见,逃也逃不过,所以就装吧,因此本市小煤矿都装了,除了那些要关闭的矿。(KZ-6)

机器是死的人是活的,上面要求我们必须要安装探头,统一购买,要是坏了他们就得上门修吧,于是有的矿就故意把探头整坏,等到管理部门找人来修,再到修好那得用上好长时间呢,利用这个时间就可以多采点煤,上面也没法知道。现在这样的事不少呢。管理部门也拿这些矿主没办法,自然坏还是故意整坏他们也判断不出来。(KZ-7)

开采量的监控都在井口,就是煤从地下出来的口。可以这么说吧,每个小矿都会超能力生产,尤其是到了冬天,现在有监控了,矿上还是有办法对付的。比如说矿井底下除了规定的巷道,再开几个巷道,私下里多搞掘进面,从这些地方开采出来的煤就不能从规定的井口出了,有的矿都会另开一个口,把这些超量开采的煤运出去。每个矿都有办法。(KZ-2)

另开巷道、另设出口、损坏探头这是矿主应对安全监控系统所采取的策略。通过对矿主的访谈，笔者感到任何正式制度的制定以及任何硬件设备的配备，只要对矿主不利，他们都会想出对策减少制度约束。

2. 管理部门："发现超量，是否要提醒还要向领导请示"

国家要求都安装监控系统，我们市基本都做到了，这个从一定程度上的确是控制了超能力生产和瓦斯事故发生，这一点必须得承认。当然最近，本市也出现了很多"怪"现象，矿主在想办法对付监控探头。矿主和探头捉迷藏，就是在和我们捉迷藏，他们把探头整坏我们也都知道，那就给换吧，尽量快点换。矿主这种投机行为从来就没有停止过，任何制度出台他们都是想办法逃避约束，我们能解决的就解决，解决不了等到成为普遍现象的时候，省里和国家自然就该想办法了。（GL－4）

我是做出井量监控的，我的办公室有很多电脑，显示的都是我们区里各个小煤矿出井量情况。有时会发现有的矿开采量过大，我们就会打电话过去，提醒他们。但是我们没有惩罚权力，到了那个程度必须要向领导请示，领导有时不一定会同意下发书面提醒，他也会看情况，有时他说没事，我们就不提醒小煤矿了。这里面可能就是矿主和我们领导之间的私人关系了。总之管理权力在我们领导那里。（GL－10）

对监控系统的安装和使用上，看似矿主和管理部门是一对争斗的关系，后者监督前者使用，而通过对管理部门人员的访谈可以看出，二者其实是一种默认的妥协关系。监控记录并不是向矿主发出整改命令的唯一标准，更重要的是得到领导的批准。因此"机——人"关系又变成了"人——人"互动，而"人——人"互动必然会受到场域位置和行动者惯习的影响。由此可见，对小煤矿的安全生产监控无法完全依赖机器系统，其中人为因素依然发挥作用。

(三) 在"事故报告"中行动者的资本运作与策略选择

《生产安全事故报告和调查处理条例》界定了迟报、漏报、谎报和瞒报不同情况,而《处罚暂行规定》对违反《条例》规定而发生迟报、漏报、谎报和瞒报行为而给予的罚款进行了详细的规定。F市小煤矿场域的行动者在面对安全生产事故的发生,会采取怎样的策略呢?

1. 矿主:"能不报就不报"

> 矿上的小事故太频繁了,伤一个、死一个的。一般处理办法是找一个中介方进行调节。06年一年,全市小矿小事故不下10起。要是每一个事故都往上报,那政府受牵连、矿主法人受损失、矿工也没得到实惠。所以三人以下都不报,法规要求死一个人赔偿20万,矿主就多掏点,能出30万,事情就算解决了,也做到"多赢"了(问:政府受到什么牵连呢?)现在煤矿事故和地方政府负责安全生产的副市长都是有关系的,全国都在整顿关闭小煤矿,哪里煤矿出事了,地方政府都紧张,小事故还行,事故要是大了,都会影响地方政府官员的政绩,所以出了事故如果能自己解决的,千万别给领导添麻烦。另外现在行政处分也多了,真的出事了,查出来问题涉及到主管部门没有监管好,那也会牵连主管部门领导。作为主管部门他们不愿意自己所管的煤矿出事。(问:矿主受到什么损失呢?)出事了,要是向上面报,这个不光是国家政策规定的罚款,除了这些还有更多的花销。如果上报,煤炭局、安监局、工会、公安局,市里的、省里的,有时甚至还有国家级的各个管理部门来调查,一凑就是三五十人,还有死亡者的家属,这些人所有的宾馆消费、吃住、调查费用、补偿费用、息事宁人的费用,再加上因为停产而带来的巨大损失,这些钱最终都落在我们身上,一下子就会耗费很多钱。不但花钱多,还会一并查出来一大堆的问题,处罚会更多。最严重的是被停产,停产就没有钱赚了,那损失就更大了。但是如果不报,我们就私了。如果私了,伤亡家属就会得到实惠,政策上要求赔偿20万,我们私下里给他30到40万,伤亡家属得到的多,我们矿主也划算,总体来讲损失小,而且这样也不会伤及上面的领导。(KZ-2)

（问：如果矿上出了事故，而自己没有上报，不会有其他人举报吗？）你说谁举报啊？幸存矿工举报？他图啥呀，都是本地人，举报了他也得不到啥好处。（问：死亡矿工家属不会举报吗？）不会的，我们都会尽量满足伤亡家属的要求，他们不报告，我会多赔给他们10万或20万，如果他们上报了，那只能按照政策规定赔他20万了，所以他们也会衡量轻重的，一般得到钱了就都没啥说法了。（问：其他矿主觉得你逃过了惩罚，出于对你的嫉妒不会举报吗？）我们都是一条船上的人，煤矿出点小事，死一个两个的都是正常的，互相都理解。如果哪个矿出事死亡超过三个，那谁都别想好，多少年了，治理小煤矿一直是"一人感冒，大家吃药"。不管哪个矿一出了事，上面就命令全市所有的小煤矿全部"停产整顿"，这一停产，举报的那个矿也会受到损失的。指望在井下赚钱的矿工如果举报，结果也是全市停产整顿，一停产就不知道啥时候恢复。停产时间长了，矿工就得回家，赚不到钱，他们也受损失。（问：你能保证事情一定能瞒下来吗？）只要事情不大，不是重大事故，各方面都摆平了，多数情况下都不会有问题，被举报的情况是极少数。（KZ-10）

从这两个矿主的访谈记录中可以总结，小煤矿矿主对于事故报告一般采取"不报"。选择"不报"，矿主能够降低损失，包括逃避罚款、不必支付调查费用、不会在本煤矿安全生产的历史上记下不良记录；选择"不报"，还能够维护地方政府和管理部门人员的利益，不会给曾经照顾和帮助过他的主管部门及地方政府官员添麻烦；选择"不报"，将减少损失的一部分添加给死亡矿主的家属，20万的补偿增加到30万或40万，家属能够得到更多的实惠。《生产安全事故报告和调查处理条例》对瞒报事故提出了"处上一年年收入的60％至80％"的处罚，而如果因未履行安全生产职责而发生的一般事故且及时报告的"处以一年年收入的30％的罚款"。虽然如实报告所承担的罚款要小于事故瞒报而承担的罚款，但是矿主所衡量的不仅是这两个罚款的差距，而是除了罚款以外的更多的损失，例如被调查出来其他生产问题而支付更多的罚款，被关闭而带来的未来收入上的损失,如果牵连到管理部门和地方政府则会大大损失原来辛苦积累起来的社会资本。这些潜在的损失大大高于因瞒报而承担的惩罚,况且被知情者举报的可能性非常小,因此在衡量被举报的几率和主动上报生产事故所承受的损失后,小煤矿矿主必然会选择"能不报就不报"。

2. 管理部门:"能压就压下去"、"该报的一定要报"

笔者在 2007 年 7 月进行实地调查时,B 区的某个小煤矿发生事故,一人死亡,第二天笔者访谈了市级管理部门的一位工作人员。

> 昨天早上 B 区一个矿出事了,死了一个人,这属于一般事故,各个管理部门的人基本都知道了,这个矿是被列为关闭的矿,但是还在生产。如果这个事让上面知道了,很严重,毕竟是关闭矿嘛,不仅马上让这个矿彻底关闭,而且还可能会命令所有的小煤矿停产整顿,所有被列入关闭的矿立即彻底关闭,这样会牵扯很多小煤矿。这事大家私下里都知道,但是没有人张扬,这个事情就这样隐瞒下去了。不过这是一般事故,如果是较大事故和重大事故我们知道了都不会隐瞒的,会马上告知矿主及时报告。(问:上报不是会牵扯到你们管理部门的责任吗?)出了事故我们是有责任的,但是基本上原因都会在矿主身上。但是出了大事矿主还不上报,我们主管部门还装作不知情,那更是失职了。现在国家对我们主管部门的行政行为管理得比过去严多了,因此领导在处理上报与否的事情上考虑得更多了。出现一般事故的起数比较多,只要事情不张扬,补偿工作没有问题,我们对一般事故能压就压。重大事故出现得少,只要有就一定督促矿主向上报告,否则一旦被举报我们也要承担责任。(GL-10)

笔者在访谈另一位区级管理部门的领导时,他对事故的报告所采取的策略基本与前者相同。

> 前一段时间这里也发生了一个煤矿事故,死了三个矿工,这就

不算是小事了，死亡三人就算是较大事故了。大家也都知道，但是因为这个矿主人缘特别好，一直以来也都是比较守法的，可以说是小煤矿矿主中的优秀代表吧，上上下下关系处理得都比较好。虽然事故不小，但是下面没有人举报，各部门的领导也没找他麻烦，他对死亡家属的赔偿也比较多，40万，各方面都摆平了，这事就过去了，就是没有走正规程序。怎么说呢，出了事要看事情是多大，还要看矿主怎么样，事故不大，矿主很会把善后的事情做好，方方面面都能摆平，我们主管部门也不会非要把他揪出来。但是事情大，六人以上的重大事故那就要重视了，不能视而不见。(GL-3)

F市小煤矿场域的管理部门对待事故的报告与否并不是以事故知情为依据，而是要从各方面衡量，首先要衡量的是事故的大小，因为《行政机关公务员处分条例》中规定"发生重大事故、灾害、事件或者重大刑事案件、治安案件，不按规定报告、处理的，给予记过、记大过；情节较重的，给予降级或者撤职处分；情节严重的，给予开除处分"，因此事故的轻重直接关系到主管部门是否要受到处分，F市小煤矿场域中的管理部门人员会据此选择是否督促矿主上报，只要是重大事故那么决不会允许矿主延迟上报；其次是矿主的一贯表现和对事故时候处理的情况，对以往煤矿管理有序，事故发生后处理得当的矿主，只要不会因事故发生而扰乱当地社会秩序，管理部门也不会督促小煤矿矿主上报。虽然一般事故和较大事故的瞒报不会直接涉及到管理部门人员的责任，但是如果屡见不鲜的事故发生必然会影响到管理部门和地方政府的政绩。总之管理部门对事故的报告所采取的策略是"能压的就压下去"，"该报告的一定要报"。

第二节　局部秩序的形成及正式制度的再生产

本章的第一节叙述了F市小煤矿在整合技改阶段所进行的制度实践，并分析了制度实践过程中行动者的资本运作和策略选择。

虽然整顿关闭的制度实践还没有结束,但是 2008 年 4 月初 F 市小煤矿场域基本形成了一个暂时性的局部秩序。本文将在本节中叙述这一局部秩序,并且论述权力场域基于这个局部秩序基础上所出台的新的正式制度,分析正式制度再生产之后行动者所做出的策略调整。

一、局部秩序的形成

自从 2007 年的 7 月开始,F 市小煤矿整顿关闭进程进入了整合技改和继续整顿同时进行的阶段,到 2008 年的 4 月初基本形成了相对稳定的局部秩序。这种局部秩序体现在以下三个方面:

第一,资源整合以四处小煤矿参与而告终

国家煤炭主管部门为了优化煤矿结构,减少煤矿数量,提高煤矿产能,要求各地方煤矿进行资源整合。F 市小煤矿场域的矿主在自身惯习的限制下,为了维持个人的眼前利益,拒绝参与整合;煤矿主管部门和地方政府强调本市煤炭资源的分布情况不适合资源整合,不希望改变 F 市现有的小煤矿格局,因此没有强制执行资源整合。结果 F 市 152 处小煤矿只有四处小煤矿进行了整合。整合后,F 市小煤矿的数量由原来的 152 处减少到 150 处,小煤矿数量基本没有改变。

第二,技术改造在同时生产中缓慢进行

经过 F 市地方政府的争取,F 市没有被关闭的、生产能力 3 万吨以下、还有一定资源储量的煤矿通过"技术改造"的途径保留下来。103 处小煤矿绝中大多数申请了技术改造,截止到 2008 年 4 月已经有 30 处煤矿得到进行技改的批准,其他煤矿正在申请中。得到批准和正在申请中的煤矿一边生产,一边提前进行矿井改造工程,以缩短技改时间。煤矿管理部门为了 F 市小煤矿能够生存下来,协助矿主准备申请技改的各种材料,尽力帮助小煤矿完成技术改造,虽然明知道"边生产边技改"不符合正式制度的规定,但是在上级权力场域未禁止前,默许这种状态存在。总之,至此 F 市小煤矿场域形成一个

"生产——申请技改——批准技改——私自提前技改并存"的状态，这样的状态使得 F 市小煤矿绝大多数矿主认为"今后只要一边生产一边技改"就可以了，深信都能够渡过技改这一关。

第三，整顿标准没有完全达到

在整顿关闭小煤矿的过程中，国家元场域一方面严格把关煤矿关闭和资源整合两个重要环节，另一方面持续性地出台正式制度以整顿煤矿安全生产秩序。从要求劳动防护用品的配备到规范培训制度；从要求安装安全监控系统到规定事故报告和调查处理的处罚办法；从规定违法违纪行政处分到出台公务员处分条例，为了约束小煤矿领域的各个行动主体的行为，出台了一系列的制度安排。这些制度安排对小煤矿场域中的行动者起到一定的约束作用，稳定了小煤矿安全生产秩序，在某种程度上预防了事故的发生。然而从访谈中了解到，F 市小煤矿场域的矿主和管理部门由于受到历史行动中长期建构而成的心智结构的影响，在为追求个人利益而进行的资本运作的推动下没有完全依照正式制度的要求使用安全监控系统和对事故发生进行报告，而是通过各种手段避开硬件设备对生产情况的监控，视事故的轻重而选择是否向上级报告。总而言之，虽然国家出台了相对严密的正式制度安排，但是行动者在原有的关系结构中，在各自的场域位置上，为了回避正式制度的约束，始终没有停止过与权力场域进行博弈。

二、正式制度的再生产

（一）国家元场域出台的正式制度

2007 年到 2008 年国家出台多项正式制度督促小煤矿进行资源整合和技术改造，并通过提高小煤矿的安全准入制度淘汰落后小煤矿，预防煤矿事故的发生。但是从全国来看，煤矿事故总量仍然偏大，重特大事故尚未得到有效遏制，如果引用官方语言描述的话，即"一些地方和煤矿企业安全生产责任制不落实，安全生产管理不扎实，非法违法生产现象时有发生，安全生产隐患性问题十分突出，煤矿安全生产的基础仍十分薄弱，形势依然十分严峻"①。因此，国家发出了关于隐患排查和安全督查的通知，(见图表17)这也标志着从国家主管部门的角度，整顿关闭小煤矿已经进入第三个阶段，即"管理强矿"阶段。"安全隐患排查治理"的重点内容共15项，其中与本文前面论述相关的规定有"新建煤矿、改扩建、整合技改项目杜绝边施工边生产现象"；"按规定配备劳动防护用品，全部佩戴有效自救器"。

图表17　管理强矿阶段的正式制度

发布日期	正式制度	发布部门
2008 - 2 - 19	《关于印发煤矿企业2008年安全生产隐患排查治理工作实施意见的通知》	国家安监总局国家煤矿安监局
2008 - 4 - 17	《关于开展煤矿安全生产百日督查专项行动的通知》	国家安监总局国家煤矿安监局

"百日安全督查专项行动"是指国家煤矿主管部门指导各地方煤矿主管部门从4月下旬至7月底对全国煤矿开展百日安全督查专项行动。这些督查的内容共15项，囊括2006年以来各地小煤矿整顿关闭全过程的落实情况，以及安全准入制度的执行情况。督查的内容中与本文前面分析的相关的有：煤矿事故责任者追究处理的落实情况；新建、改扩建、资源整合项目按批准的安全设施设计组织施工情况；从业人员按规定参加安全培训情况；实现安全监控系统县域联网情况；放顶煤开采符合《煤矿安全规程》的规定情况。由此看来，国家要对整顿关闭小煤矿以来所出台的所有正式制度的执行、落实情况要进行全面的督查。

(二) 省级权力场域出台的正式制度

2008年4月中旬，F市所属的省内一乡镇小煤矿发生一起因非

---

① 摘自国家煤矿安全监察局发出的《国家煤矿安全监察局关于进一步加强煤矿安全生产工作的紧急通知》，信息源自国家煤矿安全监察局官方网站：www. chinacoal－safety. gov. cn

法违规生产而造成的重大煤矿事故,死亡 14 人,失踪两人。事故发生后该市小煤矿全部停产整顿,相关责任人受到处罚,主管部门的领导受到处分。这起重大事故的发生,促使了省级煤矿主管部门对全省小煤矿安全生产进行严格监管,省级权力场域内召开了紧急会议,会议决定从 4 月 28 日开始全省所有的小煤矿全部停产整顿。之后省级权力场域又以正式文件的形式发布了"十不准"的规定,规定全省小煤矿严格遵守按照技改程序,凡是达不到十条标准的均不能恢复生产,加强了对火工品的管理,只要不符合十条标准就不提供火工品。

促使省级权力场域突然作出以上决定还有与国家元场域要在各地进行的百日督查专项行动有关。

> 这次省里的通知之所以很突然,是因为 4 月底国家煤矿监察局要来人督查,5 月初国家安监总局重要领导要来省里视察,这么大的领导要来,省里当然紧张了,所以突然下达了停产的通知。(ZF-5)

由此可见,国家元场域的正式制度再生产是因为全国小煤矿虽然经过了整顿关闭和整合技改,但是事故数量仍然偏大,违规违法生产依然大量存在,所以为了促使全国小煤矿真正落实整顿关闭正式制度而作出了对小煤矿进行隐患排查和安全督查的决定。

而促使省级权力场域进行正式制度的再生产的直接原因是本省小煤矿事故的发生、相关领导被处分和国家督查组即将到来。虽然本文对权力场域内的争斗不做介绍,但是由此可见正如布迪厄所言,权力场域内的行动者之间也是进行复杂的利益博弈后产生立法、规章。

总之,对于 F 市小煤矿场域来说,经过各方争取终于获得了"技改"这条合法生存的途径,并且小煤矿矿主和管理部门认为只要不差正式制度规定的硬件要求,"边生产边技改"最终技改结束就能够"跨过整顿关闭这个坎"了。可是这种刚刚形成的局部秩序又因国家元场域和省级权力场域出台的监督监管政策而被打破,省级主管部门禁止"边生产边技改",国家主管部门要对整顿关闭以来所有的正式制度的执行情况进行督查。

三、行动者策略的调整

省级权力场域和国家元场域所制定的正式制度必然会影响 F 市小煤矿场域内各类行动者的策略选择。

(一) 地方政府:"不达标绝对不允许恢复生产"

四月底五月初省里要求全停产。这次决定比较突然。但是这样做也很有必要,前一段时间我省某市发生了死亡 14 人的矿难,影响很严重,这说明我们对小煤矿的管理一旦放松必然会有事故发生。最近全国对安全的话题很敏感,毕竟要开奥运会了嘛。前一段时间我们省出了事,领导受到处分了。这几天山东那边也出了事①,国家还撤了山东一个重要官员的职,所以我们不敢对生产安全有半点马虎。我们地方政府比较理解也绝对服从省里的决定。现在停产快两个星期了,全省停产整顿以后,我们 F 市煤炭局到省里争取了,省里煤炭局也在探讨近期经过验收之后逐步开始恢复生产。不管省里是否允许马上恢复生产,我们市政府和主管生产安全的副市长这次非常谨慎,已经决定绝对不允许马上恢复生产,一定要让下面的小煤矿落实安全制度的要求,排查隐患,解决问题,技术改造完成以后,等到逐一核查验收,没有问题了才能恢复生产。现在是非常时期,一定要严格按照规定办。(ZF-3)

从小煤矿整顿关闭以来,F 市地方政府所采取的策略第一次

---

① 指 2008 年 4 月 28 日,山东发生旅客列车相撞事故。

没有照顾小煤矿矿主的利益，第一次与省级管理部门保持一致。之所以有这样的变化笔者分析如下：第一，F 市地方政府已经争取到了小煤矿继续生存的优惠政策，小煤矿的存在能够确保地方经济不受影响，那么 F 市地方政府主动争取到了技改的特殊政策，如果小煤矿在技改过程中一旦出现安全事故，F 市地方政府必然要承担责任；第二，虽然地方保护主义是 F 市地方政府一直以来的惯习，但是在对生产安全十分敏感的社会大环境下，F 市地方政府认为保证安全比保护地方经济更重要；第三，山东省政府官员因当地安全事故的发生而被撤职的例子，改变了 F 市地方政府官员以往的利弊衡量，促使重新调整了以往的策略，决定决不匆忙恢复生产。由此可见，虽然惯习是行动者作出策略的原则，但是同时资本的运作和转换是作出策略选择的动力，不管怎样的策略选择，行动者最终的目的是维持有利于行动者自身的场域位置，因此 F 市地方政府在保证地方经济和保证个人职位之间一定是首选后者。

（二）管理部门：从"争取恢复生产"到"严格控制小煤矿技术改造的进程"

> 4 月份某市发生瓦斯事故，死亡 14 人，山东铁路又发生事故，于是省里在 4 月底五月初就发出命令，全省小煤矿一律停产，现在已经停产快两个礼拜了。这不正常啊，而且何时是个头儿啊，听说山东一些矿主都到北京去告了，上访呢。所以昨天我们开了个会，把本市情况和想法提到省里了，争取逐步松口吧，可是市长不同意，坚持要停产整顿，决不放松。（GL-9）

> 现在还停着呢。市长考虑的是全市的社会经济状况，是他个人的责任，他不会像我们主管部门那样用心为小煤矿着想。而且现在整个社会大环境比较紧张，市长还是不允许生产。我们现在就是帮助小煤矿把技改的事情办好，至于提前恢复生产看来是不可能了。

(GL-5)

国家督查行动长达三个多月,这次督查查得比较细,原来轻描淡写的地方现在都不敢含糊了,我们地方管理部门也怕督查组来查出问题来,我们都有责任,所以已经要求矿主最近一定要注意了。

(GL-1)

管理部门最初试图争取省级主管部门的"松口",但是没有得到F市政府的批准。国家的督查加强了管理部门对小煤矿的监管。由此看来,国家主管部门的严格检查和地方政府的严格把关下,主管部门失去了帮助小煤矿恢复生产的政策支持,失去了自由裁量的空间,因此也失去了正式制度执行过程中的权力。管理部门一直以来所拥有的制度资本来源于在执行正式制度时所拥有的自由裁量空间,只要国家管得不严,F市小煤矿主管部门就可以在监管时"松一松"、"活一活",自由裁量成为管理部门所拥有的制度资本,以制度资本和小煤矿矿主换取货币资本。然而一旦国家管得严,地方政府定得死,管理部门就只能严格按照正式制度的规定要求小煤矿矿主,失去自由裁量的空间和可能,或者可以说增大了因自由裁量而带来的风险。正是因为风险大于权力,因此管理部门选择了"严格控制小煤矿进行技术改造的进程"。

(三) 矿主："为尽快恢复生产,全力进行技术改造"

我们市大多数小煤矿都申请了技改,其中包括像我这样实力薄弱、资源储量不多的几个小煤矿。我去年躲过了关闭,到了这个份上,我还想"混"过技改。但是技改的要求太高了,必须有和生产能力相适应的生产系统,我不想投入太多,前一阵子边生产边技改,我以为管得会松了呢,还挺高兴的。可是没成想,不但技改程序要求严了,达不到标准的还给停产了。我现在很难,不能生产,眼看着为技改在投入,做材料就花了十几万了。照现在这么管理,我看我下

一步可能有危险。即便理论上、材料上审批了,到验收的时候都难说,我再等等。(KZ-8)

像以上这位矿主就是 F 市小煤矿队伍中最后的几个,躲过了关闭又想混过技改。这就是国家正式制度不断加压要淘汰出局的煤矿,他们是在见机行事、投机生存。大多数进行技改和准备技改的煤矿矿主又会采取怎样的策略呢?

前一段时间刚刚松一口气,打算一边生产一边技改,两不耽误,现在不行了。我们最烦的就是政策的变化,最招架不住的就是突然的政策。4 月 28 日下来"十条规定",要求只要不符合十条规定的都停产,结果基本都停下来了。(问:这说明你们真的不符合条件?)那些条条框框的复杂着呢,另外不是我们不想符合条件,手续办得太慢、太复杂。因为我的储量很大,而且我这次直接将产量提到 6 万吨。这样我尽可能上设备,进行巷道改造。可能投资要 200 万到 300 万这样吧。光办手续就要花几十万。(问:这中间的人情费呢?)那都是好沟通的,那都不算什么,这些都是有思想准备的。现在我们希望能尽快办下来,开始生产。政府就是为了阻止某些没有实力的小煤矿的发展,重新设置障碍。这对于能够生存并有能力有实力的小矿来说比较不公平,我们就得陪着他们在这耗着时间。(KZ-10)

我原来跟你说过我们对付安全监控系统的办法,现在不行了,那也就是整顿最初的时候。现在政策层层加压,要求的硬件太多了,我们已经没必要对付那个探头了,对付也不会给我们太多利润。现在一个技术改造就能把我们折腾个"底朝上",要求的细节太多了,我们不得不进行大手笔投入了。原来还以为一边生产一边技改,等到过一阵管得不严了,缺点啥,差点啥都没事,混过验收就行了。现在看来,哪一步都"混"不过去了。(KZ-2)

管理部门给我们开会了,通知我们国家要来督查。所以我们想办法按照原来的规定和这两年的新规定把硬件都配备上,什么培训计划、培训记录、下井定员记录、各种防护用品、矿井顶板等等都准备好。最近从市里到国家随时都有可能来检查。现在等着技改审批结果呢,差什么材料赶紧补上。我们也看明白了国家是真的要整小煤矿了,我们市里都不替我们说话了,我们目前只能是按照政策规定去做了。(KZ-7)

由此可见,国家元场域发布的隐患排查和安全督查通知;省级权力场域突然作出的停产整顿决定;F市地方政府不放松恢复生产的条件立场;管理部门失去自由裁量空间的状况这四者让小煤矿矿主侥幸生存、侥幸过关的心理预期逐渐减弱。以往有地方政府保护,有管理部门帮助都能"混过"省级主管部门的检查,而这一次小煤矿整顿关闭进行到了第三年,"这阵风"不但没有过去,反而"刮"得越来越强。每一层行政主管部门因为要为执法不严而承担责任、付出代价而改变了以往的利弊衡量和资本交换的原则,因此,在F市小煤矿场域内,小煤矿矿主以原有的惯例用自身拥有的大量货币资本无法换取社会资本和对己最为有利的制度宽容,资本交换的规则发生了变化,他们所采取的策略必然也发生变化。原来打算"应对技改制度,尽量减少技改投入,混过技改验收"。可是现在正式制度再一次强调只要达不到标准就要停产,停产就等于没有任何收入,因此矿主在当下投入和长远收入之间衡量之后选择了"为尽快恢复生产,全力进行技术改造"。为什么策略会有所变化? 正是因为原来的"策略在原来的制度体系中,包括在正式或非正式的结构关系中它是比较有效的",[1]而当正式和非正式的结构关系发生变化时,原来的策略已经无法获得预期效果。因此我们可以说"不同的制度运作体系会影响行动者的策略选择"。[2]

---

[1] 张静:《基层政权:乡村制度诸问题》,上海人民出版社,2006年,第12页。

[2] 同上。

第三节　非正式制度与惯习的再生产

一、形成相对稳定的游戏规则

　　F市小煤矿在 2008 年 4 月底开始，因为绝大多数煤矿都不符合"十条规定"，因此基本处于停产整顿状态。停产是对矿主致命的惩罚，这一规定严格控制了小煤矿技改的标准和进程，也促使了小煤矿真正落实各项安全生产制度。2008 年 6 月底笔者结束了对 F 市小煤矿的实地跟踪调查，当笔者离开 F 市时，F 市小煤矿的技改状况进行到了这样一个阶段：

　　准备通过技改方式生存下来的小煤矿共 103 处，其中除了 3 处没有提出申请，其余 100 处小煤矿都提交了申请材料，管理部门将 100 处小煤矿的申请将分为三批递交到省级主管部门。2008 年 4 月，第一批 30 处小煤矿的申请全部通过审批，允许进行技改，到 6 月底技改已经完成并经过验收符合"十条规定"，因此已经恢复生产。第二批 30 处小煤矿的申请于 5 月底全部通过审批，到 6 月底技改尚未完成，没有进行生产。第三批 40 处小煤矿的申请还没有得到审批，根据对管理部门人员的访谈了解到，根据第三批小煤矿的资金实力和资源储量，大约有 7、8 处小煤矿不会全部通过审批。有几处小煤矿即便能在材料审核上勉强通过，但是到了真正验收技改的实际情况时一定因达不到标准而被淘汰出局。因此，管理部门预测 100 处申请技改的小煤矿最终能有 91 处能够顺利通过技改。

　　笔者在 F 市进行了跨时三年的实地访谈和跟踪调查，F 市小煤矿整顿关闭工作基本接近尾声[①]。F 市小煤矿由 2005 年上半年的

[①] 按照国家整顿关闭小煤矿的三年规划，到 2008 年 6 月包括整顿关闭——整合技改——管理强矿三个阶段的整顿关闭工作基本结束。国家主管部门在管理制度的主题上已经不再提"整顿关闭"，但是在全国各个省市小煤矿整合技改和管理强矿仍同时进行者中。F 市小煤矿总体整顿关闭过程中由于技改起步较晚、进行缓慢，因此整合技改（转下页）

179 处,通过关闭、整顿、整合、技改,到了 2006 年下半年减少为 138 处,共减少 41 处小煤矿,约占 2005 上半年小煤矿总数的 23%,提升了小煤矿的生产能力和安全水平,淘汰了落后小煤矿。在此引用一位主管部门领导的话来对这一轮整顿关闭的结果做以描述:

> 我们市近三年的整顿关闭,消灭了一些低劣矿井,减少了约 20% 的小矿,但从经济总量上看,实际上发展了地方小煤矿,这可能是与国家最初整顿小煤矿的想法相悖,国家的目的是借整顿关闭来减少小煤矿数量,调整煤矿总体结构。但是实际上,地方小煤矿看到煤矿市场前景很好,怕被关闭,一定要坚持生存下来,最初想蒙混过关,但是国家管得严,实在混过不去,于是矿主们也就死心塌地、争先恐后地进行技改,借以提高生产能力,同时也大手笔的进行安全投入,提高办矿标准。目前就全市来看,小矿的数量虽然减少了,但煤炭总产量提高了,小煤矿仍然是全市煤炭供应中不可缺少的部分,我估计全国情况可能也差不多,总之小煤矿多数还是挺过来了。(GL-5)

这一段话基本描述了国家整顿关闭小煤矿的正式制度在 F 市的实践结果。从 2008 年年初到 2008 年的 6 月国家所出台的正式制度基本是为了监督各地小煤矿真正落实整顿关闭期间所制定的正式制度,提高小煤矿的管理水平,巩固整顿关闭的成果,并没有提出新的整顿关闭的指标。F 市所属省的权力场域在该市发生小煤矿安全事故以后,更加严格监管省内小煤矿技改的各个程序。F 市地方政府也担心出事故被问责,所以比省级权力场域的监管力度还要严格,不允许不符合条件的小煤矿进行生产。随着小煤矿整顿关闭政策一步步出台,F 市小煤矿矿主逐渐深感地方政府和管理部门害怕承担责

---

* (接上页)阶段结束和管理强矿阶段开始之间没有明显的界限。但是 F 市在整合技改阶段的后期基本同时在加强小煤矿的管理。所以,本文没有将第三阶段管理强矿单独进行分析,在此作以解释。

任，无法对其过度保护。当面对煤价不断高涨的市场形势，小煤矿矿主为了获取更多、更长远的利益，按照国家正式制度的规定进行技术改造以求尽快恢复生产。

总之，在整顿关闭、整合技改和管理强矿的不同阶段，国家元场域和省级权力场域不断出台新的正式制度，F市小煤矿场域的行动者借以场域内所形成的非正式制度作以回应，在场域位置上受到自身惯习和资本存量的推动为了实现各自的利益，在动态的博弈关系中不断地调整策略选择。正式制度的出台——F市小煤矿场域内行动者的制度变通——权力场域正式制度的再生产——行动者的策略调整——正式制度的继续加压，在这样循环反复的复杂过程中，从权力场域到F市小煤矿场域内的行动者，彼此经过多次博弈最终形成一个比较稳定的游戏规则，虽然它仍然与国家正式制度有所出入，但是基本得到元场域的认可和小煤矿场域内行动者的接受。

二、非正式制度的再生产

F市小煤矿场域整顿关闭的反复博弈过程，国家元场域不断对原有正式制度进行修正或出台新的正式制度，促进了正式制度不断再生产。经过数次博弈，逐渐形成了相对稳定的游戏规则，至此，非正式制度也在发生变化，即便它们的变化相对正式制度来说缓慢且微小。

非正式制度包括两个层面内容，其中特定领域的内部规则是领域内行动者博弈互动的结果，体现特定领域内的规则和共识，因此它与社会长期演化而来的文化传统相比容易发生改变。小煤矿场域在整顿关闭过程中发生了数次博弈，并形成了相对稳定的新的游戏规则，因此小煤矿领域的非正式制度之内部规则必然发生了变化。

F市小煤矿领域整顿关闭前，行动者之间已经形成了一种内部规则：包括地方政府过度保护小煤矿；管理部门对小煤矿采取折衷的管理；小煤矿矿主很容易通过人际关系降低正式制度的约束；矿主给矿工的死亡补偿金只有 3、5 万等等。经过数次博弈，原有的内部规则被新的游戏规则所代替:地方政府为了保住自己的职位不敢再过分保护地方小煤矿;管理部门因为国家严格的问责制度而无法对小煤矿放纵管理;矿主仅仅通过人际关系已经无法逃避严格的正式制度的规定;事故发生赔偿死亡矿工家属 20 到 30 万,事故隐瞒要受到严厉惩罚等等。

> (问:经过三年整顿关闭,你们的工作习惯有什么变化吗?)现在官商勾结的现象也好转了,因为责任和权力结合在一起了,管理部门也不敢松口了,原来的'网开一面'现在也不可能了,矿长想蒙混过关也不容易了。你想违规获取火工品那更是不可能了,上面都怕担责任了。当然,我们也死不起人了。(GL-1)

总之,小煤矿领域的非正式制度之内部规则实现了再生产。

但是非正式制度之传统文化的演变是缓慢的,社会历史长期演化而来非正式制度并没有因为三年整顿关闭小煤矿,"面子"、"人情"、"官本位"的思想意识依然深深内化于人们的内心,影响其当下及未来的行动策略。正如 F 市小煤矿场域内的一位主管部门的人所说:

> (问:经过这三年的整顿关闭,你们的思想意识有什么变化吗?)现在对小煤矿矿主也好,对我们主管部门也好,制度都更严了,小煤矿矿主也不敢胡来了,像过去那么混,是混不过去了。从这一点上看,这次整顿关闭还是比较有效果的,我们这个领域的确有了变化。但并不是说我们一点权力都没有,以后形势不这么紧张了,国家管得松了,有些日常监管还要靠我们去执行,那时候还会掌握一些权力的。中国的传统思想观念有几千年历史了,那不是说一年两年就能发生变化的,那是根深蒂固的,所以小煤矿领域以权谋私、腐败现象仍然存在,这个是传统思想问题,一时改不了的。(GL-8)

三、行动者惯习的再生产

惯习是一种心智结构，而非正式制度是一种规则，这种规则体现着一种客观关系结构。惯习正是客观结构的主观化，因此非正式制度的变化必然会促使惯习的再生产，行动者依据新的惯习进行当下的实践。另外，场域内行动者不仅具有建构规则的能力，他也是主动学习、接受规则的主体。当新的游戏规则形成，行动者会慢慢接受，并通过社会化过程使游戏规则变化为新的心智结构，惯习得以再生产。

F市小煤矿场域在元场域正式制度的压力下，经过数次博弈形成了新的游戏规则，行动者逐渐接受这一规则，在内心形成了新的理念。

（一）地方政府惯习的再生产："保住乌纱帽最重要"

在F市小煤矿场域中，在新一轮整顿关闭之前，地方政府官员受限于F市煤矿城市中规则性的结构，在小煤矿领域内非正式制度的影响下在内心积淀一种"靠煤吃煤、争取国家政策照顾"的心智结构即惯习。然而，经历了三年的整顿关闭，通过应对不断出台的正式制度，经过行动者之间的利益博弈，传统惯习被再生产为"保住乌纱帽最重要"，如果依然按照原有的惯习作出策略，那必然会有因发生煤矿事故而被撤职的危险，这样不但没有带来利益的增加，反而失去了原有的场域位置。因此新的惯习推动地方官员作出"不符合规定绝对不允许恢复生产"的决定。

（二）管理部门惯习的再生产："怕被问责变得谨慎小心了"

长期以来，我国小煤矿的监管比较混乱，F市小煤矿管理部门受到中国的社会结构尤其是东北的社会结构影响在内心积淀了"开门需要敲门砖"和"上符合政策、下也有对策"的惯习。经过三年小煤矿整顿关闭，虽然这种惯习不可能彻底消失，但是由于一系列正式制度的出台严格规定了小煤矿安全生产的各项数量化的标准,更明确了管理部门的责任和违法行政行为的处罚。数量化的执法标准减小了自由裁量的空间,违法行政的惩罚增大了管理部门资本转换的成本。虽然场域位置没有变化,行动者持有的资本类型没有改变,但是资本在数量上的减少势必会使管理部门与小煤矿矿主之间原来那种权钱交换的紧密的关系结构发生松动。这一客观结构的变化会带来管理部门主观心智结构的变化,即惯习的再生产,管理部门"因怕问责变得谨慎小心了",惯习的再生产也使管理部门能动性地、创造性地调整下一步的行动策略。

> 通过"治理运动",尤其是通过全国几个重大事故对管理人员的追究处理,管理部门官员的监管态度变得慎重小心了,怕因煤矿事故而被问责。以后帮小煤矿矿主也要把握好分寸,不好像过去那样随意了。(GL－7)

> (问:现在管理部门还能帮助你们躲避正式制度的约束吗?)现在不行了,新政策多了,要求更细了,国家管得太严了,他们(指管理部门,笔者注)上面也有监督他们的,安全也成了管理部门工作考核的指标,出事了,他们也受牵连。所以不像原来那么好办事了。现在我们仍然需要他们帮忙,他们帮我们做的是怎样能够符合政策要求,而不像过去,尽量帮我们少投入。(KZ－10)

(三) 矿主惯习的再生产:"不好好干实在是混不下去了"

如前文所叙述,F 市小煤矿场域矿主的传统惯习是"撑死胆大的、饿死胆小的"、"只要通过人际关系就能办成事"。在整顿关闭小煤矿初期矿主根据以往的传统惯习要"虚报产能、混过关闭","损害探头、超量生产",在中期要"边生产,边混过技改",到了整顿关闭的后期,层层加压的正式制度不仅提高了小煤矿安全准入的门槛,而且使地方政府和管理部门改变了策略,原来地方政府——管理部门——小煤矿矿主之间的"潜关系结构"发生了松动,货币资本不能换取更多的保护和帮助了，矿主的主观心智结构因客观关系结构的变化而发生了变化。

> 原来干这一行挺好，管得不严，只要方方面面关系处理好了，就能赚钱。现在不好干了，开矿的各种要求都具体化了，有的量化指标到小数点后面了，原来没有这些具体化的规定。现在罚得也比原来狠多了，原来罚个3、5万，现在违法生产出了事故能发百八十万的。我们矿主的安全意识也的确提高了，当然这不是自觉的，也是被管出来的。（KZ-2）

> 这次整顿后，小煤矿真的上设备了，因为能力和储量都提高了，设备必须要匹配。总体来说这次整顿以后，小煤矿生产秩序好转了，矿长的安全意识也提高了，因为要求也提高了嘛。其实国家的政策终归就是要让小煤矿好好干，干不好，无法符合要求规定就自己投降，别干了。就别想有啥侥幸心理了，把煤矿当成现代化企业好好经营吧。（KZ-9）

（四）矿工惯习的再生产："国家重视我们矿工的价值了"

矿工在 F 市小煤矿场域中处于弱势位置，仅拥有弱势资本。东北有史以来发达的农业和寒冷的气候形成了他们"死守土地、不离家乡"的传统惯习，于是想赚钱时就选择下井采煤。由于受到所拥有的资本数量的限制和传统惯习的影响，矿工对矿主违法经营生产作出"漠视"或"离开"的选择。虽然国家出台正式制度的意图之一是保护矿工生命安全，矿工也意识到了国家对矿工权力的维护，但是相比场域内其他行动者他们传统惯习的变化是最微小的。

> 国家的政策都是为了我们矿工好，现在管得严了，说明重视我们的价值了。我们最终还得靠国家替我们说话，国家管得严了，我们就得到好处。（KG-1）

> 不过，面对矿主另开巷道、越界开采，矿工仍然保持沉默，以主观判断是否危险，危险则选择离开，而不是举报或找矿主理论。

(KG-4)

　　我们还是指望国家,国家管得严了,下面管理部门和矿主就不敢胡来了,我们就受益了。不过官煤勾结总会是有的,到啥时候都有,但是目前毕竟比过去好了。(问:你们没有想过别的赚钱的办法吗?)家门口有矿,而且矿上的安全越来越好了,那当然还是下井好啊,赚得多。(问:你们只依靠国家管理,那么发现井下有违法开采你们不会去举报吗?)原来不是跟你说过嘛,一个村住着不好去告,而且主管部门和矿主的关系还是挺好的,我们指望不上市里的管理部门去管矿主,还是靠国家管这些市里管理部门的人。皇帝管得严了,老百姓才受益。(KG-10)

　　可见经过三年的整顿关闭,虽然矿工是国家正式制度的最大的受益者,但是他们的传统惯习还是没有发生变化。

　　惯习虽然是稳定持久的,但并不是永久不变的,行动者的惯习会随着经验而变。F市小煤矿场域的行动者经历了连续三年的整顿关闭,在应对持续性的正式制度的过程中,依据原有的一套惯习而作出的策略并不能增加自身的资本甚至可能会无法保证自身原有的场域位置。于是在连续的制度博弈过程中,行动者策略做了适当的调整。行动者原有的惯习在经验的影响下不断的变化、调整、巩固和强化,这样的过程就是行动者惯习的再生产过程。惯习的变化和调整会直接反映到未来的策略选择上,例如矿工不能再像过去那样对国家的正式制度置之不理;管理部门也不敢像原来那样利用自由裁量的权力纵容矿主的非法生产;地方政府为了保住职位加强了对小煤矿安全生产秩序的监管。当然值得说明的是,再生产出来的惯习未来仍不是一成不变的,随着客观结构的变化,惯习这一心智结构也会发生变化。这种"运动式的治理"如果不能转化成一种小煤矿监管的长效机制,那么运动结束以后,形势一旦不太紧张了,小煤矿场域的行动者还会根据场域结构的变化而调整其惯习。因此,持续强化小煤矿的监管将强化惯习再生产的结果,相反,如果监管松懈下来,行动者的传统惯习就会被重新激发出来。

四、本章小节

本章叙述了"整合技改"阶段制度实践的过程,这是一个复杂的博弈过程。

最初,国家为了减少煤矿数量,合理利用煤炭资源,出台了有关"资源整合"的正式制度,提出了资源整合的范围和步骤。可是F市小煤矿矿主"拒绝整合",管理部门"不强制整合",于是F市小煤矿场域以4处煤矿整合为2处,资源整合就算告终。

其次,F市地方政府争取到了特殊政策,即国家元场域根据全国性的普遍情况对正式制度作出调整,允许有能力的小煤矿申请技术改造,得到批准后进行矿井建设,合格后恢复生产。虽然国家元场域已经通过修改正式制度作出让步,但是小煤矿矿主仍然没有完全按照正式制度规定先停产再技改,而是继续生产的同时缓慢地申请技术改造。管理部门对此视而不见,没有禁止。与此同时,产量监控、事故举报等规定也并没有完全得到落实。此时,小煤矿场域形成了"边生产边技改"、"躲避监控另开巷道"、"事故发生能压则压"的局部秩序。

此后不久,F市所在省的另一座城市发生了一场重大煤矿事故,省级权力场域的领导者唯恐矿难发生影响其政绩,立即制定"十条规定"等地方性政策,命令全省小煤矿停产技改,严格监控煤矿技改过程。国家元场域也出台了关于隐患排查和追究行政管理人员责任的正式制度。

最后,F市小煤矿场域的行动者,在权力场域和国家元场域层层加压下,作出策略调整。地方政府规定不达标准不允许恢复生产;管理部门偏向于按规定办事;矿主看到原来的关系发生了变化,地方政府更重要的是为了保住领导位置,而对小煤矿的经济依赖减弱了,货币资本也无法从管理部门那里获得更多的"默许",于是矿主改变了策略,为了降低因停产而受到的损失,积极主动地进行矿井改造。在连续性的正式制度的约束下,F市小煤矿场域逐渐形成了相对稳定的游戏规则。这一规则被行动者的接受、学习,内化为新的惯习。

　　由此看出,制度实践是在行动者复杂策略互动中展开的,行动者之间的力量关系在策略互动中发生着变化。行动者的利益除了获取更多资本,更基本的是要维护有利于自己的场域位置,使场域规则按照有利于自己的方式运行。在制度实践过程中,不仅正式制度被修改或重新制定,非正式制度也发生了变化。

第六章

结论与讨论

　　■　社会学家和历史学家的职责在于对社会的运行进行科学的分析,法国一位科学哲学家斯东·巴什拉说过:"科学必须发现隐秘"。这就是说既然有一个研究社会的科学,它就不可避免地要发觉隐秘,特别是统治者不愿看到被揭露的隐秘。

——布迪厄

　　国家设计出台的正式制度经过基层社会实践之后,最终其文本表达与实践结果之间发生了背离,这种背离引发了笔者的提问:制度实践是怎样进行的? 行动者制度实践的行动逻辑是什么? 笔者带着这样的问题开始了本文的研究。笔者以 F 市小煤矿整顿关闭正式制度的实践过程为例,运用布迪厄的社会实践理论对这一制度实践过程进行了分析。行文至此,笔者对最初提出的问题得到了初步的答案,在本章对此做以详细叙述,并在此基础上简单地探讨如何使中国制度变迁朝着良性循环的方向进行。

第一节　结　　论

一、制度实践是在某个场域中进行的实践

　　制度是一种游戏规则,它约束着行动者的行为策略,同时制度也是行动者各种力量之间不断博弈的结果。制度不是国家权力机构制定的文本,制度也不是单纯依靠科层体系的权力部门自上而下机械执行的规则,制度是行动者实践的结果,制度实践是在社会场域中进

行的实践。

　　制度实践的社会空间即场域是构成社会世界的相对自主的小世界，是各种力量构成的关系系统。场域是关系的场域、斗争的场域、具有历史性的场域。场域中的行动者不是生物性的个体，不是被外力机械地扯来扯去的"粒子"，他们是被各种社会因素和历史因素构成的积极而有所作为的资本的承载者，他们基于自身的生活轨迹和所拥有的资本，为了让场域规则趋向有利于自己的方式运作而不断竞争、协商。因此场域的行动者不可能机械地服从正式制度的规定，正式制度必然是要经过行动者实践的。

二、正式制度是国家元场域促使社会场域制度变迁并实现对其控制的外部压力

　　正式制度是以宪法、法律、规章等成文法和公共政策形式存在，一般简单地认为，国家制定的正式制度就是社会必须遵守而且正在执行的规则，其实事实并非如此，社会是"双线运行"的，国家出台的正式制度是一条明线，是官方的、公开的、官僚化的规则，通俗地讲是"能够摆在桌面上"的规则，基层社会的实际运作是根据另一条暗线进行的。也就是说，官方制定的制度并不一定在地方真正发挥作用。当然需要说明的是，这种观点并不是说国家正式制度毫无作用，本文认为促使某个场域内行动者进行博弈的因素有很多，包括技术进步、人口增长、环境变化、突发事件等，除此之外最重要、最直接、最具强制性的因素仍是国家制定的正式制度。笔者认为正式制度不是社会场域完全遵守的规则，但它是促使社会场域进行制度实践并发生制度变迁的外部压力，是国家元场域确保其统治地位的合法手段。

　　第一，正式制度是国家元场域促使社会场域进行制度变迁的外部压力

　　国家元场域出台的正式制度并非是社会场域成员原封不动地、机械遵守的规则，它只是促使社会场域进行制度实践，进而发生制度

变迁的外部压力。国家元场域通过出台正式制度力图使社会场域的规则朝着他们希望的状态变化。在这一外部压力的影响下，社会场域内的利益获得者首选策略则是为了"竭力维持"原有博弈状态，为了维护原有的关系结构，与元场域进行博弈。博弈的结果或者是通过"变通"和"修正"手段使社会场域的规则同原有规则基本保持不变，或者在正式制度更加强制的约束下，通过多次博弈形成一种新的游戏规则。

第二，正式制度是国家元场域确保其统治地位的合法手段

正式制度不仅仅是元场域促使社会场域进行制度变迁的外部压力，更重要的它是国家元场域调整社会秩序、维持统治地位、维护统治权威的重要途径和手段。例如小煤矿生产秩序混乱导致矿难频发，不仅损害了矿工的生命，浪费了国家资源，破坏了自然环境，而且也损害了国家元场域政治家的执政形象，降低了中央政府在国民心中的威望，损害了中国政府在世界的国际形象，这样可能动摇国民对国家的信任，威胁政治家或领导者的场域位置。为了维持国家权威形象，为了保持各自的场域位置，政治家或领导者就会制定正式制度，通过掌握和出台法律、政策、措施等合法性权威，促使社会场域制度变迁，以此途径治理社会场域的失序现象，加强对社会场域的控制和支配。

三、非正式制度通过决定行动者关系结构和型塑行动者惯习对制度实践施加影响

本文将非正式制度划分为两个层面，一个是人们在长期的社会发展和历史演进中自发形成且代代传承的理念，如价值观念、伦理规范、文化传统、习惯习俗和意识形态等无形的约束规则。另一层面则是特定领域内，人们适应于某一时期的特定环境，在成文法和文化传统的影响下，结合当下的特定环境，经过行动主体相互之间利益权衡而多次博弈后形成的，被人们默认的一种内部规则，这一规则一旦稳定下来就会客观地制约行动者的行为，它是某个特定场域内真实规

则的体现。非正式制度客观地决定了场域内行动者之间的关系结构,决定了行动者的场域位置,同时非正式制度内化为行动者的惯习,通过惯习这一中介左右行动者策略。总之,非正式制度是影响制度实践的重要因素,但是非正式制度本身不具有行动力,它之所以能够影响制度实践,是通过决定行动者关系结构和型塑行动者惯习这一作用机制得以实现的。

第一,非正式制度决定了行动者的关系结构

非正式制度是一种规范性的结构因素,它的实质体现在它规定了行动者之间的关系结构。尤其是特定领域内的非正式制度,它是在某种均衡博弈下形成的规则,这种规则决定了行动者之间当下的关系结构,在这一关系结构中,行动者之间相互进行着资本交换,争夺并稳固有利于自己的场域位置。非正式制度决定下的关系结构和正式制度所表达的关系结构是不同的,非正式制度尤其是特定领域的内部规则所决定的是真实的关系结构。

总之,参与制度实践的行动者并不是机械地服从正式制度安排的一个游离的"粒子",而是非正式制度所规定的关系结构中的一个联接点。非正式制度通过规定行动者的关系而影响行动者的博弈策略。

第二,非正式制度型塑了行动者的惯习

惯习是行动者的性情倾向系统,它是外在结构内化的结果,是社会化了的主观性。一方面,惯习是"被结构的",是社会客观结构内化于行动者内心的心智结构,通过社会化过程使外在结构有了内化的倾向,从而行动者行为受到约束和限制。另一方面惯习是一种实践,具有"结构能力",作为社会化了的主观性它具有创造性,它反过来倾向于再生产出客观结构。

制度实践中,非正式制度这个结构性因素是型塑行动者惯习的重要来源。两个层面的非正式制度分别是社会历史和场域历史的规则,社会大场域的非正式制度(传统文化、伦理道德、风俗习惯、意识形态等)和特定子场域的内部规则通过社会化内化于行动者的身体里，成为行动者的心智结构，以性情倾向系统的形式表现出来，从而成为行动者参与制度实践时作出的策略选择的依据和原则。

正如制度经济学家诺斯所言"历史是至关重要的"，[1]历史的重要性[2]正是通过行动者惯习表现的，惯习把历史带进了现实生活当中，指导当下的实践。总之，非正式制度通过型塑行动者惯习这一环节作用于制度实践。

四、制度实践是场域内行动者资本运作与策略选择的过程

本文认为制度实践就是场域内行动者在正式制度的压力下，在某种关系结构中，受到惯习的推动而进行资本运作和策略选择的博弈过程。面对正式制度的约束，社会场域内的行动者必然要作出回应，行动者的回应表现在他们的策略选择上，制度实践就是行动者之间策略互动的过程。

第一，行动者策略选择的目标是维护其自身利益

行动者发出策略的目标就是争取自身利益。"利益"并不是受完全经济理性所驱使的单纯的经济利益，利益是历史的建构，是经济理性和社会理性共同作用的结果。场域内参与制度实践的行动者所维护和追求的利益体现在维持或增加个人资本存量，优化资本结构，维持或改变自身在场域中的有利位置，促使场域规则朝着有利于自己的方向运行。行动者追求的资本除了经济资本以外还包括文化资本、社会资本、符号资本等。

第二，惯习是参与制度实践的行动者策略选择的依据

行动者策略选择与其惯习有关。历史长期积淀下来的非正式制

---

[1] 道格拉斯·C·诺斯：《制度，制度变迁与经济绩效》，上海三联书店，1994年，第1页。

[2] 米尔斯也持有同样的观点，他认为"人究其根本是社会和历史中的行动者，必须通过他与社会与历史结构间的密切的、错综复杂的联系来理解他。历史变迁不仅对个人的生活方式有意义，而且对人们的品格，即人类的种种限制性和可能性有意义。"参见米尔斯专著《社会学的想象力》，生活·读书·新知三联书店，2005年，第17页。

度以及所在场域的内部规则经过社会化内化到行动者的身体里,以行动者性情倾向系统的形式表现出来,主动外在化为行动者当下的实践。策略就是惯习的外在化,惯习是策略选择的依据。惯习这一特殊因素说明了行动者的制度实践不一定是完全按照法律规章机械行动的,也不一定是完全遵循经济理性行事的,但一定是在当下社会中"合情合理"的。这种被客观化了的主观性将指导行动者参与当下的实践,推动行动者采取"合适"的策略。

第三,资本是参与制度实践中的行动者策略选择的工具

策略选择的工具是行动者所持有的资本存量,行动者所拥有的资本类型是不同的,他们通过资本的交换来实现各自的目的。行动者策略选择的目的不是仅仅为了拥有和储存资本,更是为了在社会斗争中显示其权力威力,并通过资本的交换和运作而进一步将它们再生产和不断增值。正如布迪厄所言,"资本赋予了某种支配场域的权力"[1],他将资本规定为谋取权力的资源,资本的数量和结构决定了行动者在场域的位置,决定了权力的大小,构成了行动者策略的基础。

第四,参与制度实践的行动者策略选择与场域内行动者之间关系结构的变化有关

行动者不是孤立地单纯依据自己手中资本的状况作出策略,更重要的是要把自己的位置以及造成这种位置的整个场域的资本状况,同参与场域的其他行动者的资本状况和位置加以比较,也就是在动态的相互关系中,在生成性的关系中,全面地观察和移动自己的位置。[2] 参与制度实践的行动者每个人都在惯习的推动下利用手中的资本试图作出利益最大化的策略选择。但是,博弈的结果并不是由单个人的行动策略惟一决定的,每个行动者的最优策略还取决于其他行动者的决策。简言之,游戏规则是由策略互动

[1] 布迪厄、华康德:《实践与反思:反思社会学导引》,李猛译,中央编译出版社,2002年,第135页。
[2] 宫留记:博士论文《布迪厄的社会实践理论》,南京师范大学,2007年。

决定的。

五、策略互动的结果所形成的局部秩序促进正式制度和非正式制度的再生产

第一,局部秩序是制度实践过程中行动者策略互动形成的暂时性的状态

局部秩序是某个特定场域内行动者围绕具体问题而展开行动后形成的阶段性的秩序,是介于混乱和有序之间的中间状态,它是某个社会场域内行动者进行策略互动后形成的暂时性的整合状态。局部秩序并不完全符合国家正式制度的规定,甚至与正式制度相悖,这种状态下的行动者的策略尚不稳定,具有投机性和随机性,随着情景的变化策略会发生改变。局部秩序的稳定性取决于权力场域尤其是国家元场域是否对其认可,是否会继续施加压力促使其再次调整。

第二,局部秩序促进正式制度的再生产

制度实践是行动者在国家元场域出台的正式制度的外在压力下,进行策略互动的过程。但是国家元场域并不可能仅通过某一条法规或某一个政策就能促使制度变迁达到预期的状态,而是根据阶段性的局部秩序随时调整或补充正式制度。制度实践不仅是社会场域内行动者不断"试错"的过程,也是元场域与社会子场域进行博弈的过程,这一过程中会出现数次阶段性的局部秩序。当局部秩序没有达到正式制度设计的预期目标,或者与目标完全背离,那么国家元场域就会通过强制性机构促使社会场域强制遵守,或者对原有的正式制度进行修改和完善,对局部秩序中出现的合理部分给予合法化的认可,对局部秩序中出现的不合理现象进行调整或禁止。因此,从局部秩序的积极作用来看,它有利于国家元场域了解社会场域制度实践的实际情况,有利于促使国家元场域对原有的正式制度进行修改和完善,有利于使制度向良好的方向转变。

　　第三,局部秩促进非正式制度的再生产

　　经过反复博弈,如果制度实践形成的游戏规则被场域内行动者接受,这一规则下的局部秩序得到国家元场域的基本认可,那么局部秩序将逐渐趋于稳定,如果不受其他因素的影响,博弈互动形成的游戏规则将在一段时间内得以维持。这一游戏规则就是制度实践的结果,它不同于国家最初制定的正式制度,不同于场域原有的非正式制度,也不可能完全等同于调整、完善后的正式制度,它是某社会场域真实规则的体现。如果一定将其类型学划分,它属于非正式制度的第二个层面内容,即特定领域真实的内部规则。

　　制度实践过程的考察说明了制度是行动者的社会建构,当然,行动者不仅具有博弈的特性,具有建构的功能,同时行动者也是善于学习的主体。趋于稳定的新的游戏规则被行动者接受、学习,逐渐成为场域内行动者普遍认可的新的惯例、行规,经过这样的过程,场域的非正式制度实现了再生产,与此同时,新的游戏规则即非正式制度决定的行动者关系结构也发生了变化。当然最关键的环节是,趋于稳定的非正式制度通过行动者的接受和学习,逐渐内化到行动者的身体里,成为新的心智结构,由此行动者的惯习得以再生产。新的惯习势必会指导行动者当下和未来的实践。由此看出,制度变迁并不仅指权力场域制定了几个看似科学而合理的正式制度,不仅指正式制度的再生产,其实质是经过制度实践,形成一个被行动者认可、接受并被社会化了的新的规则和理念。

　　以上结论,说明了规则与秩序的再生产"远不是什么机械过程的自动产品,它只能通过行动者的各种策略和实践来实现自身",[1]同时也回答了正式制度表达与制度实践相背离的原因。正式制度是要经过实践的,而不是单纯自上而下的机械执行,"不管在哪个社会世界里,被支配者总能行使某种确定的力量"[2]。制度实践在场域中进

---

[1] 布迪厄、华康德:《实践与反思——反思社会学导引》,中央编译出版社,2004年,第185页。

[2] 同上,第115页。

行，"场域并不是依照具有单一规章制度的准机械性的逻辑运转的机器"①，而是各种力量相互斗争、相互博弈的游戏空间。制度实践是行动者在正式制度的压力下，在某种关系结构中，受到惯习的推动而进行资本运作和策略选择的博弈过程。正因为存在这样的行动逻辑，所以出现了正式制度表达与制度实践结果之间相背离的现象。制度的表达与结果之间的背离其实是制度实践的中间状态，是局部秩序的体现。局部秩序的形成是制度实践的中间过程，是制度变迁的必经之路，是正式制度再生产的基础，它对制度变迁客观地发挥着重要功能。

综上所述，制度是社会的游戏规则，它既是约束人们行为的规则，同时也是行动者策略互动的结果，被人们的社会行动所建构。因此，制度与行动是约束与建构的关系。

第二节　讨　　论

一、局部秩序的消极功能：导致制度变迁"内卷化"的形成

如前文所述，局部秩序是国家元场域进行正式制度调整的基础，有利于促使国家元场域对原有的正式制度进行修改和完善，有利于使制度向良好的方向转变。但是，在此笔者要与读者共同讨论局部秩序的消极功能。

本文研究的是国家"三年整顿关闭小煤矿"正式制度的实践过程。2005 年 8 月提出整顿关闭的政策目标，2006 年 5 月提出三年规划，包括制度执行的具体步骤和要求。然而 2006 年 11 月到 2007 年 1 月，全国小煤矿安全生产事故仍然高居不下，频频发生，出现制度的表达与实践相背离的现象。这也是本文笔者研究制度实践过程的动机之一。通过三年的跟踪研究和实地调查，笔者发

---

① 布迪厄、华康德：《实践与反思——反思社会学导引》，中央编译出版社，2004 年，第 140 页。

现,制度实践是社会场域行动者策略互动的过程,也是社会场域与权力场域博弈的过程,这一过程中,制度的表达与结果之间相背离的局部秩序阶段性出现,权力场域根据局部秩序不断调整正式制度,截止到 2008 年 6 月,F 市小煤矿场域的形成的规则虽然没有完全符合于国家相继制定的正式制度,但是在正式制度的连续性出台、持续约束下,经过三年的治理,F 市小煤矿领域的生产秩序和管理风格的确发生了转变。可以说这次整顿治理至少在 F 市取得了一定的效果。

在此笔者要与读者讨论的是,以国家为主体的制度变迁,为了获得良好的效果,必须出台连续性的正式制度,并且保持持续性地强制约束,对不合理的正式制度及时修改,及时填补正式制度的空白,否则社会场域的行动者在制度实践过程中,会为了规避正式制度的约束采取各种"变通执行"的做法,结果形成一个不符合正式制度或与正式制度完全相背离的局部秩序。虽然说局部秩序的形成有利于国家元场域对正式制度进行修改和完善,有利于制度变迁朝着良性循环的方向进行。但是,如果反之,假如国家元场域由于信息不对称,不了解社会场域制度实践的真实情况,或者即便清楚真实情况但元场域内政治家或领导者之间博弈结果并没有作出修改或完善正式制度的决定,那么社会场域行动者的投机策略就会重复进行。这种"试错"过程如果屡次得逞,并没有受到国家元场域的控制和禁止,投机性策略便成为"理所当然"了,并被社会场域行动者所共同认可,成为一致认同的规则,结果使暂时性、阶段性的局部秩序逐渐固化。这样的结果没有使制度发生良性变迁,只是原有规则的维持甚至是强化,是一种低效率或无效率的变迁。正如孙立平所说:"渐进中的每一步并不一定意味着是有利于达到最终目的的阶梯,它在其中的每一步都可能固化下来"。① 这种局部秩序的制度化将造成正式制度的式

---

① 孙立平:《官煤政治之二:"扭曲的改革"与利益最大化》,来自社会学 BLOG http://blog. sociology. org. cn/thslping/archive/2006/01/06/。

微，降低正式制度的权威，导致"制度变迁内卷化"①的形成。因此，"在一个不能突破原有'范式'或总体性制度的制度变迁中，制度的演进就不可避免地会出现内卷化的结果，即一种不理想的制度演化形态，制度的变迁导致没有实际的发展（或效益提高）和增长"②

二、从"背离"到"互构"：为了中国的制度变迁朝着良性循环的方向进行

制度实践的行动逻辑解释了中国正式制度表达与制度实践结果之间相背离的原因，制度变迁的内在规律决定了中国制度变迁与创新的实际效果和方向。

今天有许多正式制度因为变化太快而没有留给人们调整的空间和适应的时间而失去生长的机会；有些正式制度表面上看似合理而完美，可是一经过制度实践，反倒问题百出，出现诸多"好看不中用"、"水土不服"的现象。可见，中国的制度建设，没有一蹴而就的捷径，

---

① 在英文里面，内卷化 involution 是由 involute 一词抽象化而来的名词。involute 本身既是一个形容词，有时一个动词，还是一个名词。作为形容词，它含有错综复杂的、纠缠不清的、内旋的、卷起来的和内卷为螺旋形的等涵义。作为动词，它又有卷起、恢复原状、衰退和消散等涵义。而一旦 involute 抽象化为名词而成为 involution，这个词就有了内卷、内缠、错综复杂、纠缠不清以及退化和复旧等涵义了。在社会学研究中，内卷化是指一个社会或文化模式在某一发展阶段达到一种确定的形式后，便停滞不前或无法转化为另一种高级模式的现象。最早提出并使用"内卷化"这一概念的是美国人类学家戈登威泽，但对这一概念尽心关系通话研究并引起广泛影响的是美国人类学家吉尔茨，吉尔茨研究了"农业内卷化"，美国学杜赞奇研究了"国家政权内卷化"，中国学者黄宗智研究了"小农经济内卷化"，孙远东更深刻地探讨了"文化内卷化"。经济内卷化、政权内卷化和文化内卷化是内卷化的三个层次，都是指没有实际发展的增展，经济和社会发展出现停滞的趋势。制度变迁也同样如此，三个层次的内卷化问题在制度变迁过程中如影随形、挥之不去。参考韦森，《社会秩序的经济分析导论》，上海三联书店，2001 年版，第 66—67 页；刘世定、丘泽奇，内卷化概念辨析[J]，《社会学研究》，2004 年第 5 期；黄宗智，《华北小农经济与社会变迁》[M]，中华书局，2000 年版；杜赞奇，《文虎啊、权力与国家：1900—1942 年的华北农村》[M]，江苏人民出版社，1995 年版，第 51 页。范志海，论中国制度创新中的"内卷化"问题，《社会》，2004 年第 4 期，第 4—7 页。

② 邓玮：博士论文《法律场域的行动逻辑——一项关于行政诉讼的社会学研究》，上海大学，2006 年，第 201 页。

国家在制定正式制度时，"要深入地理解中国的民情，耐心地寻找适于社会结构性环境的制度建设的条件"，[①]充分地考虑地方政府的反映，不断地听取基层民众的呼声，建立有效的信息沟通渠道，与基层社会进行重复博弈，及时修改不合理的正式制度，使正式制度安排能够同时约束复杂关系结构中的不同类型的行动主体，促使各个行动主体的策略选择有利于国家制度目标的实现。

只有掌握了人们在制度实践中的行动逻辑，明晰了制度变迁的内在规律，将参与制度博弈的每一个参与者看成是中国制度改革的积极因素，才能制定出适合中国社会实际的正式制度，才能避免"运动式治理"模式和"正式制度失效"带来的负面影响，才能促进中国的制度变迁朝着良性循环的方向进行，使正式制度表达与制度实践之间的关系从"背离"走向"互构"。

三、文章的不足及下一步的研究构想

从以上研究的过程和结果来看，基本上证实了笔者最初的研究构想，克服了结构主义和个体主义的局限，在行动者复杂的关系结构和动态的策略互动中研究制度实践的行动逻辑，但是本文仍然存在不足之处：

（1）本文虽然是一项跟踪研究，历经三年调查了 F 市小煤矿领域"整顿关闭"制度实践的过程，但是相对一个永不停息的制度实践，仅以三年时间的调查来说明制度实践的行动逻辑，实属短暂。2008年 7 月以后，受到电煤价格上涨的利益驱动，F 市小煤矿场域违规操作、超能生产的现象略有抬头。笔者有必要根据社会事实的发展动态，做进一步研究，以深刻、全面地揭示制度实践的行动逻辑。

（2）本文研究结论之一，即制度变迁并不是指权力机构出台了哪些新的正式制度，重要的是经过制度实践，社会场域真实规则发生

---

① 李汉林、渠敬东、夏传玲、陈华珊，组织和制度变迁的社会过程——一种拟议的综合分析 [J]，《中国社会科学》，2005 年第一期，第 108 页。

了哪些变化，场域内行动者关系结构发生哪些调整。客观的关系结构变化了，被其结构化的行动者惯习得以再生产，这是制度变迁的实质。但是笔者在考察 F 市小煤矿场域制度实践时，虽然行动者之间的关系结构在正式制度的持续压力下，经过行动者资本运作和策略互动发生了变化，但是这个变化不是十分明显，只是力量强弱的变化，这一点同样需要通过长时间的跟踪调查做进一步验证。

　　总之，笔者希望以此研究为基础，通过未来的跟踪调查对制度实践的行动逻辑以及正式制度表达与制度实践相背离现象做进一步探索。

参考文献

一、中文类国内学者的著作和论文

1. 包亚明：《文化资本与社会炼金术：布尔迪厄访谈录》，上海人民出版社，1997年。

2. 陈心想：《从陈村计划生育中的博弈看基层社会运作》，《社会学研究》，2004年第3期。

3. 董才生：《论制度社会学在当代的建构》，《江苏社会科学》，2006年第3期。

4. 范志海：《论中国制度创新中的"内卷化"问题》，《社会》，2004年第4期。

5. ——：《"内卷化"：一个值得重视的制度创新机制》，《社会学家茶座》，2003年第5期。

6. 樊平：《社会转型和社会失范：谁来制定规则和遵守规则》，《中国社会现象分析》，中国城市出版社，1998年。

7. 费孝通：《乡土中国 生育制度》，北京大学出版社，1998年。

8. 傅郎云、杨常：《东北民族史略》，吉林人民出版社，1983年。

9. 高宣扬：《布迪厄的社会理论》，同济大学出版社，2005年。

10. ——：《当代法国思想五十年》（下），中国人民大学出版社，2005年。

11. 高扬文：《中国小煤矿问题的来龙去脉（上篇）》，载于《煤炭经济研究》，1999年，第6期。

12. 国家煤炭工业局：《世界煤炭工业发展报告》，煤炭工业出版社，1998年。

13. 侯均生：《西方社会学理论教程》，南开大学出版社，2001年。

14. 黄宗智：《悖论社会与现代传统》，《读书》，2005 年第 2 期。

15. ——：《法典、习俗与司法实践：清代与民国的比较》，上海书店出版社，2003 年。

16. ——：《民事审判于民间调节：清代的表达与实践》，中国社会科学出版社，1998 年。

17. ——：《长江三角洲小农经济与乡村发展》，中华书局，2000 年。

18. ——：《华北的小农经济与社会变迁》，中华书局，2000 年。

19. 黄光国：《人情与面子：中国人的权力游戏》，见《面子——中国人的权力游戏》，中国人民大学出版社，2004 年。

20. 黄少安：《关于制度变迁的三个新假说及其验证》，《中国社会科学》，2000 年第 4 期。

21. 侯钧生：《西方社会学理论教程》，南开大学出版社，2001 年。

22. 李培林：《另一只看不见的手——社会结构转型》，社会科学文献出版社，2005 年。

23. 林毅夫：《诱致性变迁与强制性变迁》，载 R·科斯、AA·阿尔钦、D·诺斯等著《财产权利与制度变迁》，三联出版社，1994 年。

24. ——：《关于制度变迁的经济学理论：诱致性变迁与强制性变迁》，载《财产权利与制度变迁—产权学派与新制度学派译文集》，上海三联书店、上海人民出版社，1989。

25. 李泽才：《一个基层社区的隐性权力网络与社会结构》，《南京社会科学》，2004 年第 1 期。

26. 李全生：《布迪厄场域理论简析》，《烟台大学学报》，2002 年第 2 期。

27. 梁治平：《清代习惯法：国家与社会》，中国政法大学出版社，1996 年。

28. 刘捷超、汤道路：《论我国煤矿安全立法的不足及完善》，《煤矿安全》，第 36 卷第 6 期，2005 年 6 月。

29. 刘英杰：《从地域文化看价值观念更新》，《振兴东北老工业基地论坛》。

30. 刘世定:《制度变迁的机制研究》,2005 年。

31. ——、孙立平等:《作为制度运作和制度变迁方式的变通》,《中国社会科学季刊》(香港),1997 年冬季卷。

32. ——、丘泽奇:《内卷化概念辨析》,《社会学研究》,2004 年第 5 期。

33. 刘少杰:《后现代西方社会学理论》,社会科学文献出版社,2002 年。

34. 龙冠海:《社会学》,台湾三民书局,1958 年。

35. 卢现祥:《新制度经济学》,武汉大学出版社,2004 年。

36. 马长山:《法治的社会根基》,中国社会科学出版社,2003 年。

37. 宁一、冬宁:《东北咋整——东北问题报告》,当代世界出版社。

38. 潘伟尔:《中国需要适当数量的小煤矿》,《中国能源》,2003 年第 8 期。

39. 漆思、刘岩:《东北振兴的文化推理》,《中国经济时报》,2003 年 11 月 10 日。

40. 苏力:《制度是如何形成的》,中山大学出版社,1999 年。

41. 孙立平:《改革到了哪一步》,《经济观察报》,2005 年 10 月 9 日。

42. ——:《"过程—事件分析"与当代中国国家—农民关系的实践形态》,清华大学社会学系主编《清华社会学评论特辑》第 1 辑,鹭江出版社 2002 年。

43. ——:《实践社会学与市场转型过程分析》,《中国社会科学》,2002 年第 5 期。

44. ——:《官煤政治之二:"扭曲的改革"与利益最大化》,社会学 BLOG,http://blog. sociology. org. cn

45. ——:《官煤政治之三:另一种秩序》,社会学 BLOG, http://blog. sociology. org. cn

46. ——:《作为制度运作和制度变迁方式的变通》,《中国社会科学季刊》,1997 年冬季卷。

47. ——、郭于华:《"软硬兼施":正式权力的非正式运作的过程分

析——华北 B 镇定购粮收购的个案研究》,清华大学社会学系主
编《清华社会学评论特辑》第 1 辑,鹭江出版社 2002 年。

48. 孙开红《论"土政策"》,《理论探讨》,2005 年第 5 期。

49. 孙璐:《齐鲁文化的基本特点》,载于《新山东》,2005 年地 6 期。

50. 谭满益、唐小我:《产权扭曲:矿难的深层次思考》,《煤炭学报》,
2004 年第 29 卷。

51. 唐绍欣:《传统、习俗与非正式制度安排》,江苏社会科学,2003 年
第 5 期。

52. 陶学荣:《公共政策学》,东北财经大学出版社,2006 年。

53. 田有成:《法律社会学的学历与运用》,中国监察出版社,2002 年。

54. 王则柯、李杰:《博弈论教程》,中国人民大学出版社,2004 年。

55. 王宏强、张晔:《交易成本、寻租与制度变迁——对矿难事件的制
度经济学思考》,《经济问题探索》,2006 年第 6 期。

56. 王铭铭:《皮埃尔·布迪厄:制度、实践与社会再生产的理论》,
《国外社会学》,1997 年第 2 期。

57. ——、王斯福:《乡土社会的秩序、公正与权威》,中国政法大学出
版社,1997 年。

58. 王宁:《代表性还是典型性? ——个案的属性与个案研究方法的
逻辑基础》,《社会学研究》,2002 年第 5 期。

59. 吴思:《隐蔽的秩序——拆解历史弈局》,海南出版社,2004 年。

60. ——:《潜规则:中国历史中的真实游戏》,云南人民出版社,
2001 年。

61. 吴道荣:《煤炭经济形势"十五"回顾与"十一五"展望》,《中国煤
炭》,2005 年第 12 期。

62. 薛晓源:《全球化与新制度主义》,社会科学出版社,2004 年。

63. 奚宇鸣:《安监总局局长李毅中表示 1800 处该关矿井仍未关
闭》,《北京青年》报,2006 年 3 月 3 日(B1)。

64. 颜烨:《"安全社会学"初创设想》,载于《安全文化与小康社会国
际研讨会论文集》,煤炭工业出版社,2003 年 11 月。

65. ——:《安全社会学:转型中国安全生产事故频发的社会性原因》,中国社会学网,http:www. sociology. cass. cn.

66. 杨敏英:《发展中国家的小矿资源开发与管理》,《煤炭经济研究》,1999 年第 12 期。

67. 杨国枢:《中国人的心理与行为:本土化研究》,中国人民大学出版社,2004 年。

68. 杨军、周树兴:《放谈东北人》,中国社会出版社,1997 年。

69. 杨瑞龙:《论我国制度变迁方式与制度选择目标的冲突及其协调》,《经济研究》,1994 年第 5 期。

70. ——:《我国制度变迁方式转换的三阶段论——兼论地方政府的制度创新行为》,《经济研究》,1998 年第 1 期。

71. 杨善华:《当代西方社会学理论》,北京大学出版社,1999 年。

72. 于广君:《关于"潜规则"的社会学解读》,社会科学论坛,2006 年(上)。

73. 袁方、王汉生:《社会研究方法教程》,北京大学出版社,2003 年。

74. 翟学伟:《中国人行动的逻辑》,社会科学文献出版社,2001 年。

75. ——:《"土政策"的功能分析——从普遍主义到特殊主义》,《社会学研究》1997 年第 3 期。

76. 张维迎:《博弈论与信息经济学》,上海三联书店、上海人民出版社,1996 年。

77. 张其仔:《我国煤炭工业结构调整透析》,《经济参考报》,2005 年 6 月 11 日。

78. 张静:《二元整合秩序:一个财产纠纷案的分析》,《社会学研究》,2005 年第 3 期。

79. ——:土地规则的不确定性,《法律与社会:社会学和法学的视角》,中国人民大学出版社,2004 年。

80. ——:《基层政权:乡村制度诸问题》,上海人民出版社,2006 年。

81. 张继焦:《市场化中的非正式制度》,文物出版社,1999 年。

82. 张佩国:《乡村纠纷中国家法与民间法的互动》,《开放时代》2005

年第二期。

83. 赵子祥：《东北地域文化复兴与老工业基地振兴的民族精神》，《大连社会科学》。

84. 郑欣：《乡村政治中的博弈生存》，社会科学出版社，2005 年。

85. 郑杭生：《社会学概论新论》，中国人民大学出版社，1987 年版。

86. 朱国华：《权力的文化逻辑》，三联书店，2004 年。

87. ——：《场域与实践：略论布迪厄的主要概念工具》，《东南大学学报》，2004 年第 5 期。

88. 朱国宏、桂勇：《经济社会学导论》，复旦大学出版社，2005 年。

89. 周雪光：《西方社会学关于中国组织与制度变迁研究状况述评》，《社会学研究》，1999 第 4 期。

二、中文类外国学者的著作和论文

1. 艾尔·巴比：《社会研究方法基础》，邱泽奇译，华夏出版社，2002 年。

2. 安东尼·吉登斯：《社会的构成》，李猛、李康译，三联书店，1998 年。

3. 阿尔蒙德、小鲍威尔：《比较政治学：体系、过程和政策》，上海译文出版社，1987 年。

4. 艾伦·斯密德：《财产、权利和公共选择——对法和经济学的进一步思考》，上海三联书店，上海人民出版社，2000 年。

5. 青木昌彦：《比较制度分析》，周黎安译，上海远东出版社，2001 年。

6. 彼得·布劳：《社会生活中的交换和权力》，孙非等译，华夏出版社，1988 年。

7. B. 豪尔、L. 泰勒：《政治科学与三个制度主义》，载于《全球化与新制度主义》，社会科学出版社，2004 年。

8. 丹尼斯·朗：《权力论》，陆震纶、郑明哲译，中国社会科学出版社，2001 年。

9. D·布莱克：《法律的运作行为》，唐越、苏力译，华夏出版社，

1994 年。

10. ——:《社会学视野中的司法》,郭星华译,法律出版社,2002 年。

11. 戴维·斯沃茨:《文化与权力——布尔迪厄的社会学》,陶东风译,上海译文出版社,2006 年。

12. 道格拉斯·C. 诺思:《制度变迁理论纲要》,《改革》,1995 年第 1 期。

13. ——:《经济史中的结构与变迁》,上海三联书店,1991 年。

14. ——:《制度,制度变迁与经济绩效》,上海三联书店,1994 年。

15. 杜赞奇:《文化、权力与国家:1900—1942 年的华北农村》,王明福译,江苏人民出版社,1995 年。

16. 凡勃伦:《有闲阶级论》,商务印书馆,1964 年。

17. 弗里德利希·冯·哈耶克:《自由秩序原理》,邓正来译,三联书店,1997 年版。

18. 哈贝马斯:《合法化危机》,刘北成、曹卫东译,上海人民出版社,2000 年。

19. M. 沃特斯:《现代社会学理论》,华夏出版社,2000 年。

20. 柯武刚、史漫飞:《制度经济学——社会秩序与公共政策》,韩朝华译,商务印书馆,2003。

21. 马克斯·韦伯:《经济与社会》(上、下),商务印书馆,1997 年。

22. ——:《新教伦理与资本主义精神》,四川人民出版社,1986 年。

23. ——:《轮经济与社会中的法律》,张乃根译,中国大百科出版社,1998 年。

24. 诺内特·塞尔兹尼克:《转变中的法律与社会——迈向回应型法》,张志铭译,中国政法大学出版社,1994 年。

25. 欧博文、李连江:《中国乡村中的选择性政策执行》,唐海华译,学说连线网站,http://www.xslx.com.

26. 皮埃尔·布迪厄:《资本的形式》,载薛晓源、曹荣湘主编《全球化与文化资本》,社会科学文献出版社,2005 年。

27. ——:《实践感》,译林出版社,2003 年。

28. ——、华康德:《实践与反思——反思社会学导论》,中央编译出版社,1998 年。

29. R. 科斯:《社会成本问题》,《财产权利与制度变迁—产权学派与新制度学派译文集》,上海三联书店、上海人民出版社,1960 年。

30. ——、诺思等:《制度、契约与组织——从新制度经济学角度德透视》,经济科学出版社,2003 年。

31. ——、A. 阿尔钦等:《财产权利与制度变迁—产权学派与新制度学派译文集》,上海三联书店、上海人民出版社,2004 年。

32. 詹姆斯·布坎南:《自由、市场与国家》,上海三联书店,1998 年。

33. 詹姆斯.S. 科尔曼:《社会理论的基础》,社会科学文献出版社,1999 年。

三、参考的博士论文

1. 宫留记:《布迪厄的社会实践理论》,南京师范大学,2007 年。

2. 邓玮:《法律场域的行动逻辑——一项关于行政诉讼的社会学研究》,上海大学,2006 年。

3. 秦海霞:《关系网络的建构——私营企业主的行动逻辑》,上海大学,2005 年。

四、外文类著作及论文

1. N. Luhman, Soci Systems. Stanford, California: Stanford University Press, 1995

2. Mark Grannovetter, The Strength of Weak Ties. *American Journal of Sociology.* 1973

3. J. March and J. Olsen, *Rediscovering Institutons: The Organizational Basis of Politics.* New York: The Free Press, 1989

4. M. Douglas, *How Institutions Think.* New York: Syracuse University Press, 1986

5. A. Giddens, *The Constitution of Society.* London: Polity Press, 1984

6. D. C. North, *Structure and Change in Economic History*, New York: Norton, 1981

7. D. C. North, *Institutions, Institutional Change and Economic Performance*. Cambridge: Cambridge University Press, 1990

8. E. Durkheim, The Division Labour in Society. Trans. by W. Halls. N. Y. : Free Press, 1984

9. L. Robert, Persp ective on Social Change. Boston, 1977

10. Bourdieu, Pierre. *Distinction.* Cambridge, Mass: Harrard University Press, 1984

11. Bourdieu, Pierre. *The Question of the Sociogy* Stanford: Stanford Unmiversity Press, 1989

12. Bourdieu, Pierre. *Practical Reason: On the. Theory of Action Cpolity* Press, 1998

附　录

附录1　访谈对象资料汇总表

访谈对象资料汇总表（1）　地方政府

编号	姓名	性别	职　务	工作单位
ZF-1	ABC	男	副市长	F市人民政府
ZF-2	DEF	男	副县长	F市Z县人民政府
ZF-3	WK	男	副区长	F市Q区人民政府
ZF-4	QWC	女	办公室主任	F市人民政府
ZF-5	BHY	女	秘书	F市M县人民政府

访谈对象资料汇总表（2）　管理部门

编号	姓名	性别	职　务	工作单位
GL-1	YHT	男	工程师	F市A区国土资源管理局
GL-2	GF	男	副局长	F市煤炭工业管理局
GL-3	WY	男	工程师	F市煤炭工业管理局
GL-4	DXY	女	副局长	F市B区国土资源管理局
GL-5	WJ	男	局长	F市国土资源管理局
GL-6	LWG	男	科员	F市国土资源管理局
GL-7	HGL	男	科员	煤炭安全监察分局
GL-8	LN	男	科员	煤炭安全监察分局
GL-9	TXW	女	副局长	F市Z县煤炭工业管理局
GL-10	BXL	女	科员	F市Q区煤炭工业管理局

访谈对象资料汇总表(3) 小煤矿矿主

编号	姓名	文化程度	煤矿原年生产能力	整顿关闭的结果
KZ-1	LWY	小学	1 万吨	关闭,因资源枯竭
KZ-2	LY	初中	1 万吨	保留,技改,提升至 4 万吨
KZ-3	SYL	初中	3 万吨	关闭,有条件有资源,主动申请
KZ-4	SWW	小学	1 万吨	关闭,生产条件落后,无资源
KZ-5	LLJ	高中	2 万吨	保留,技改,提升至 4 万吨
KZ-6	XY	初中	2 万吨	关闭,因资源枯竭
KZ-7	WGH	高中	3 万吨	保留,技改,提升至 5 万吨
KZ-8	BKL	小学	2 万吨	保留,技改阶段被淘汰
KZ-9	DS	大专	4 万吨	保留,技改,提升至 6 万吨
KZ-10	MXJ	中专	4 万吨	保留,技改,提升至 6 万吨

访谈对象资料汇总表(4) 矿工

编码	姓名	年龄	文化程度	选择做矿工的原因
KG-1	LZY	58	小学	供女儿读书
KG-2	YGL	31	初中	盖房子
KG-3	SWB	30	高中	赚钱
KG-4	LH	45	小学	供儿子读书
KG-5	GYM	24	初中	赚钱结婚
KG-6	MJY	35	初中	盖房子
KG-7	LYT	57	小学	赚钱给儿子结婚
KG-8	ZGQ	22	初中	赚钱自己花
KG-9	BJL	48	小学	赚钱给老婆治病
KG-10	HHY	37	初中	供儿子读书

附录 2　国家"2005—2008 整顿关闭小煤矿"的正式制度汇总表

实施日期	所有的公共政策	颁发部门
2005 - 6 - 7	关于促进煤炭工业健康发展的若干意见	国务院
2005 - 8 - 24	关于坚决整顿关闭不具备安全生产条件和非法煤矿的紧急通知	国务院
2006 - 3 - 15	关于加强煤矿安全生产工作规范煤炭资源整合的若干意见	国家安监总局
2006 - 5 - 29	关于制定煤矿整顿关闭工作三年规划的指导意见	国家安监总局
2006 - 5 - 29	关于对重特大安全生产事故责任追究落实情况进行检查的通知	中共中央纪委等
2006 - 6 - 2	关于开展全国煤矿生产能力复核工作的通知	国家发改委
2006 - 10 - 1	关于进一步做好煤矿整顿关闭工作意见的通知	国务院
2006 - 10 - 28	关于开展煤矿整顿关闭工作督查的通知	国务院安委办
2006 - 11 - 2	关于做好煤矿生产能力复审工作的通知	国家煤矿安全监察局
2006 - 12 - 28	关于严格审查煤矿生产能力审核结果遏制超能力生产的紧急通知	国家发改委
2007 - 2 - 4	关于进一步规范煤炭资源整合工作的通知	国务院安委办
2007 - 4 - 18	关于印发《2007 年煤矿整顿关闭工作要点》的通知	国务院安委办
2007 - 5 - 9	关于加强小煤矿安全基础管理的指导意见	国家安监总局等
2007 - 9 - 21	关于进一步规范安全生产行政执法工作的指导意见	国家安监总局
2007 - 10 - 15	关于做好煤炭资源整合项目安全设施设计审查与竣工验收工作的通知	国家煤矿安全监察局
2007 - 10 - 27	关于加强煤矿劳动定员管理严格控制井下作业人数的通知	国家安全监管总局
2008 - 1 - 14	关于统计上报煤矿安全生产重大隐患治理情况的通知	国家煤矿安监局

实施日期	所有的成文法	颁发部门
2005－9－1	劳动防护用品监督管理规定	国家安监总局
2005－9－3	关于预防煤矿生产安全事故的特别规定	国务院
2005－9－24	举报煤矿重大安全生产隐患和违法行为的奖励办法（试行）	国家安监总局
2006－3－1	生产经营单位安全培训规定	国家安监总局
2006－1－10	安全生产标准制修订工作细则	国家安监总局
2006－6－29	中华人民共和国刑法修正案（六）	全国人大常委会
2006－11－22	关于修改《煤矿安全规程》第 68 条和第 158 条的决定	国家安监总局
2006－11－22	安全生产领域违法违纪行为政纪处分暂行规定	国家安监总局
2007－3－1	最高人民法院、最高人民检察院关于办理危害矿山生产安全刑事案件具体应用法律若干问题的解释	最高人民检察院
2007－6－1	生产安全事故报告和调查处理条例	国务院
2007－6－1	行政机关公务员处分条例	国务院
2007－7－12	《生产安全事故报告和调查处理条例》罚款处罚暂行规定	国家安监总局
2007－11－1	《安全生产行政复议规定》	国家安监总局
2008－1－1	《安全生产违法行为行政处罚办法》	国家安监总局
2008－2－1	安全生产事故隐患排查治理暂行规定	国家安监总局

附录3　国家整顿关闭小煤矿的相关文件

文件一:《关于坚决整顿关闭不具备安全生产条件和非法煤矿的紧急通知》

各省、自治区、直辖市人民政府,国务院各部委、各直属机构:

　　7 月份以来,全国煤矿安全生产形势严峻,山西、陕西、新疆、河南、河北、贵州、广东等地相继发生停产整顿煤矿和不具备安全生产条件煤矿非法生产造成的特大、特别重大事故，给人民群众生命财产造成严重损失，其中，8月7日，广东省梅州市兴宁市大兴煤矿发生的特别重大透水事故，造成123名矿工涉难。为坚决整顿关闭不具备安全生产条件和非法煤矿，遏制煤矿事故频发多发的势头，现就有关事项紧急通知如下：

一、立即停产整顿不具备安全生产条件的煤矿

凡属逾期没有提出办理煤矿安全生产许可证申请、煤矿安全监管监察机构已责令停产整顿的矿井，已提交申请、但经审查认定不具备安全生产条件、责令限期整顿的矿井，证照不全矿井，超能力生产矿井，没有按规定建立瓦斯监测和瓦斯抽放系统的矿井，没有采取防突措施的矿井，没有经过安全生产"三同时"竣工验收而投产的基建和改扩建井等，必须立即停止煤矿生产，认真进行整改。

对应当停产整顿的矿井，国家煤矿安全监察机构和地方政府煤矿安全监管部门要下达停产整顿指令，并分别抄送同级地方人民政府和国土资源、工商、煤炭行业管理等部门，依法暂扣其采矿许可证、煤炭生产许可证、矿长资格证、工商营业执照和安全生产许可证。

地方各级人民政府要制订煤矿停产整顿工作方案。对列入整顿名单的煤矿，要依据其安全生产状况和整顿工作难易程度，分批次规定整顿期限。鼓励有条件的煤矿早整顿、早达标，尽快恢复正常生产。所有不合格的煤矿，只能给予一次停产整顿的机会，届时达不到安全生产许可证颁证标准的，一律依法予以关闭。停产整顿最后期限不得超过今年年底。有关地方人民政府要向停产整顿煤矿派出监督员，坚决防止明停暗开，日停夜开，假整顿真生产。

停产整顿的煤矿要认真按照有关规定查证照，查隐患，查安全管理，查劳动组织，确定整改项目，制订整改方案及停产整顿期间保障安全的有关措施，报当地政府煤矿安全监管部门和煤矿安全监察机构。

二、坚决关闭取缔"停而不整"、经整顿仍不达标以及非法生产的矿井

凡属于证照不全拒不停产或无证生产的矿井,已被关闭又非法生产的矿井,明停暗开或"停而不整"的矿井,经整顿仍然达不到安全生产条件的矿井,必须立即依法予以关闭取缔。关闭取缔工作由地方人民政府组织实施。对确定关闭取缔的矿井,地方人民政府要发布关闭矿井公告并采取有效措施,相关部门要吊销其所有证照,停止供电、供水、供火工品,拆除电源和地面设施,炸毁井筒,填平场地,恢复地貌,遣散从业人员。

三、实行联合执法,依法查处违法违规单位和人员

各地区要认真贯彻安全监管总局等五部门联合下发的《关于严厉打击煤矿违法生产活动的通知》,在地方人民政府统一领导下,落实联合执法牵头部门,组织煤矿安全监管监察、国土资源管理、煤炭行业管理、工商行政管理、公安、环保、电力等部门和单位,开展联合执法。地方各级行政监察、司法等部门,也要积极做好配合工作。

对拒不执行停产整顿指令、非法生产的,按妨碍执行公务处理。要依法没收其非法所得,按规定处以罚款,并严格查处直接责任者和有关人员的责任。触犯刑律的,要移送司法机关依法追究刑事责任。严格安全生产行政问责制,认真查处煤矿安全生产和煤矿事故背后的失职渎职、官商勾结和腐败现象。国家机关工作人员、国有企业负责人参与投资入股办矿、接受贿赂、公开或暗中包庇袒护,致使煤矿未能停产整顿或关闭取缔,甚至酿成事故的,要一查到底,依法严肃处理;凡已经投资入股煤矿(依法购买上市公司股票的除外)的国家机关工作人员、国有企业负责人,自本通知下达之日起1个月内撤出投资,逾期不撤出投资的,依照有关规定给予处罚。

四、加强领导,建立和落实煤矿整顿关闭工作责任制

整顿关闭不具备安全生产条件和非法煤矿工作,由省级人民政

府统一负责。各省、自治区、直辖市人民政府要从实践"三个代表"重要思想、落实科学发展观、构建社会主义和谐社会的高度，充分认识安全生产工作的重要性，牢固树立"安全第一、预防为主"和"以人为本"的理念，把整顿关闭不具备安全生产条件和非法煤矿工作摆上重要日程，切实加强领导，把责任层层落实到市（地）、县、乡人民政府。对列为停产整顿和关闭对象的煤矿，要严整关死，并加强督促检查，不留后患。要把整顿关闭工作和强化地方政府煤矿安全监管结合起来，健全完善煤矿安全监管各项规章制度。各省、自治区、直辖市人民政府要将本地区煤矿整顿关闭工作方案报国家安全监管总局，并接受监督监察。

各级煤矿安全监察机构要坚持从严执法，落实监察执法责任制，通过重点监察、定期监察和专项监察，切实加强对煤矿整顿关闭工作的监督。发现该停不停、该关不关或明停暗开的，要立即采取有力的监察执法措施。要严格煤矿安全生产许可证的审核发放，建立许可证年审制度，经审核不再具备安全生产许可证标准的，要依法进行停产整顿或关闭。

煤矿企业要全面落实安全生产主体责任，深刻吸取事故教训，深入开展隐患排查。企业负责人要全面掌握本单位的安全隐患，积极组织采取整改措施，并报当地人民政府及煤矿安全监管部门、煤矿安全监察机构。凡属被责令停产整顿、关闭取缔的煤矿，必须严格自觉执行地方政府和煤矿安全监管监察机构的指令。

五、加强对整顿关闭工作的社会监督和舆论监督

地方各级人民政府和煤矿安全监管部门、煤矿安全监察机构对停产整顿和关闭取缔的矿井，要及时向社会公布。对已被责令停产整顿而明停暗开、非法生产造成重特大事故的案例，要公开查处情况，接受社会和舆论的监督。建立举报奖励制度，公开举报电话、举报信箱，鼓励广大职工和人民群众积极举报非法生产和存在重大安全隐患的煤矿。各新闻单位要积极配合，做好舆论监督工作。

各省（区、市）、各有关部门年底前要将本通知贯彻落实情况报国

务院。

文件二:《关于加强煤矿安全生产工作规范煤炭资源整合的若干意见》

各省、自治区、直辖市及新疆生产建设兵团安全生产监督管理局、煤矿安全监管部门、发展改革委(经贸委)、煤炭局(办)、公安厅(局)、监察厅(局、委)、财政厅、国土资源厅(局)、国资委、工商局、电力部门、总工会,各省级煤矿安全监察机构:

为有效遏制煤矿重特大事故多发的势头,国务院于2005年9月颁布实施了《国务院关于预防煤矿生产安全事故的特别规定》(国务院令第446号,以下简称《特别规定》)。地方各级人民政府、各有关部门按照国务院的工作部署,加大整顿关闭不具备安全生产条件和非法煤矿的工作力度,取得了一定成效。但随着整顿关闭工作的不断深入,也暴露出一些亟待解决和规范的问题。根据《国务院关于促进煤炭工业健康发展的若干意见》(国发[2005]18号)和《国务院关于全面整顿和规范矿产资源开发秩序的通知》(国发[2005]28号)的要求,为了规范煤炭资源整合工作,加强安全生产,进一步推进煤炭整顿关闭工作的整体进度和质量,现提出以下意见:

一、充分认识煤炭资源整合对煤炭工业安全发展的重大意义

煤炭资源整合是指合法矿井之间对煤炭资源、资金、资产、技术、管理、人才等生产要素的优化重组,以及合法矿井对已关闭煤矿尚有开采价值资源的整合。

煤炭资源整合是淘汰落后、优化布局,提高产业集中度的重要手段;是提高矿井安全保障能力的有效途径;是落实全国人大常委会安全生产法执法检查提出、国务院确定的"争取用三年左右的时间完成小煤矿的整顿工作"目标任务的重要举措;是提高小煤矿本质安全水平、确保煤炭资源合理开发的必然选择;是煤炭工业节约发展、安全发展、实现可持续发展的重大举措。通过资源整合,可大幅度减少小煤矿数量,提高办矿规模和安全、装备、技术管理水平,从源头上减少和控制煤矿事故。各地要充分认识搞好煤炭资源整合工作的重要性，将煤炭资源整合工作纳入重要日程，统一部署，规范动作，积极推进。

二、切实加强对煤炭资源整合工作的领导

煤炭资源整合工作由省级人民政府统一组织和领导，成立专门的工作机构，健全工作机制，采取法律、经济和必要的行政手段，组织国土资源、煤炭行业管理、煤矿安全监管、国有资产监管、工商行政管理、公安、电力等部门和工会组织及煤矿安全监察机构制定煤炭资源整合的规划，明确煤炭资源整合的范围、规模和操作程序，落实各部门在资源整合工作中的职责，明确煤炭资源整合工作的牵头部门。各部门要在地方人民政府的统一领导下，认真履行职责，齐抓共管、形成合力。各市（地）、县（市、区）人民政府要按照省级人民政府的统一部署和要求，切实加强对煤炭资源整合工作的领导，结合本地实际，统筹规划，合理布局，制定煤炭资源整合实施方案，落实各部门在煤炭资源整合工作中的职责，确保煤矿资源整合工作规范、有序进行。

三、明确煤炭资源整合的目标、范围和原则

（一）煤炭资源整合的目标

1. 坚决依法关闭不具备安全生产条件、非法和破坏浪费资源的煤矿。

2. 淘汰落后生产力。2007 年末淘汰年生产能力在 3 万吨以下的矿井；各省（区、市）规定淘汰生产能力在 3 万吨以上的，从其规定。

3. 提升煤矿安全生产条件，提高煤矿本质安全程度。矿井必须采用正规采煤方法。

4. 压减小煤矿数量，提高矿井单井规模。经整合形成的矿井的规模不得低于以下要求：山西、内蒙古、陕西 30 万吨/年，新疆、甘肃、青海、宁夏、北京、河北、东北及华东地区 15 万吨/年，西南和中南地区 9 万吨/年。

5. 合理开发和保护煤炭资源，符合已经批准的矿区总体规划和矿业权设置方案,回采率符合国家有关规定。

（二）煤炭资源整合的范围

1. 纳入煤炭资源整合的矿井必须是合法的生产矿井或建设（新建、改扩建）矿井。

2. 已关闭煤矿原则上不得纳入资源整合范围,经省级国土资源部门认定尚有开采价值的资源可以纳入整合范围。

3. 煤炭资源接近枯竭且 2007 年年底前采矿许可证到期的煤矿,一律不得纳入资源整合范围,采矿许可证到期后应注销其各种证照,一律予以关闭。

4. 年生产能力 3 万吨以下的煤与瓦斯突出矿井,一律不得纳入资源整合范围,不符合安全生产条件的,应按照《特别规定》依法予以关闭。

（三）煤炭资源整合的原则

1. 煤炭资源整合工作应按照经省级人民政府批准的整合方案有计划、分步骤地进行。煤炭国家规划矿区的资源整合工作应遵循已批复的矿业权设置方案。

2. 必须先关闭后整合。对于不具备安全生产条件、非法开采的煤矿,由地方人民政府作出关闭决定后,相关部门必须吊（注）销其所有证照,停止供电,地方人民政府组织实施关闭。

3. 必须坚持以大并小、以优并差。合法矿井参与煤炭资源整合,应以规模大、技术、管理和装备水平高的矿井作为主体整合其他矿井。鼓励大型煤矿企业采取兼并、收购等方式整合小煤矿。

4. 坚持一个法人主体。煤炭资源整合只能由一个法人主体实施,必须是一个有资质、有资金、有技术的法人主体整合其他矿井。整合后形成的矿井只能有一套生产系统,选用先进开采技术和先进装备,杜绝一矿多井或一矿多坑。

5. 整合后形成的矿井的生产能力、服务年限应符合国家有关规定,其资源（储量）要与生产规模、服务年限相匹配。

6. 对实施整合的矿井,要按建设项目进行管理。矿井必须依法取得（变更）采矿权，履行煤矿建设项目相关核准手续和"三同时"审核批准程序；有关部门按照建设项目对其实施监督管理。

四、严格遵循煤炭资源整合程序

（一）县级（含，下同）以上地方人民政府确定纳入资源整合范围的矿井，并责令停止一切生产活动，暂扣采矿许可证，吊（注）销安全生产许可证、煤炭生产许可证和工商营业执照；供电部门限制供电，公安部门依法注销民用炸物品使用、储存许可证，并监督煤矿企业妥善处理剩余民用爆炸物品。

（二）县级以上人民政府制定资源整合方案，经省级人民政府批准后实施，对方案中明确直接关闭的矿井要立即实施关闭。

（三）拟设立的法人企业由工商行政管理部门对企业名称进行预核准。

（四）国土资源主管部门对整合后的资源依法划定矿区范围，对整合后的资源开发利用方案进行审查，并颁发（变更）采矿许可证。

（五）由整合矿井的法人主体委托有相应资质的设计单位进行矿井设计、安全设施设计，并按项目建设程序规定报批。经批准的设计中明确不予利用的井筒要立即封闭。矿井设计必须坚持高标准，采用先进技术、先进装备。

（六）矿井设计和安全设施设计经批准后，由整合矿井的法人主体委托有相应资质的施工单位按照批准的设计进行施工，并在规定的建设工期内完成施工。同时，委托有相应资质的监理单位进行施工监理。

（七）资源整合矿井建设项目完工后，由矿井法人主体向设计批准部门或机构提出竣工验收申请，有关部门或机构要在规定的时限内组织验收并审批。

（八）验收合格的矿井依法向有关证照颁发管理机关提出办证申请，取得各种证照后，方可投入生产。

五、认真做好对煤炭资源整合的监督管理

各地要明确对资源整合矿井的监管职责，行业管理、国土资源、煤矿安全监管等部门和煤矿安全监察机构要加强对资源整合矿井的监督管理和监察。为确保煤炭资源整合期间的安全,县级以上地方人民政府要向纳入资源整合范围的矿井派驻监督人员,专人盯守,防止违法生产。整合过程中必须做到"四个严防",即严防借整合之名拖延或逃避关闭、严防整合期间突击生产、严防边施工边生产、严防验收走过场。

各地要加强对资源整合矿井施工期间的安全监管,督促施工单位制定施工方案,按照设计核准的建设工期组织施工,确保施工期间的安全。要督促整合矿井的法人主体建立安全管理机构,制定安全生产工作制度,落实安全生产责任制,完善劳动组织定员,强化安全培训,制订应急预案,为竣工投入生产奠定基础。

煤矿整顿关闭工作部际联席会议各成员单位将加强对煤炭资源整合工作的领导和监督检查,及时研究解决煤炭资源整合过程中出现的新情况、新问题。各地要及时将煤炭资源整合过程中出现的新情况、新问题及时报告煤矿整顿关闭工作部际联席会议办公室(设在国家安全监管总局)。

二〇〇六年三月十五日

文件三:《关于制定煤矿整顿关闭工作三年规划的指导意见》

各产煤省、自治区、直辖市安全生产委员会:

为贯彻落实全国人大常委会安全生产法执法检查中提出的、国务院确定的"争取用三年左右时间,解决小煤矿问题"和温家宝总理在全国安全生产工作会议上提出的"从现在起,用三年时间完成煤矿整顿关闭工作"的总体要求,国务院安全生产委员会办公室在认真总结分析前阶段煤矿整顿关闭工作进展情况的基础上,针对当前形势和工作中出现的新情况、新问题,就制定煤矿整顿关闭工作三年规划提出以下指导意见:

一、煤矿整顿关闭工作的指导原则

贯彻胡锦涛总书记在中央政治局第三十次集体学习时的重要讲话精神和全国安全生产工作会议总体部署，依据有关法律法规、标准、"十一五"规划和煤炭工业产业政策，坚持"安全第一、预防为主、综合治理"的方针，综合运用法律、经济和必要的行政手段，深化煤矿整顿，消除事故隐患；依法取缔关闭，淘汰落后生产能力；规范资源整合，促进结构调整；加强安全管理，落实主体责任；实行联合执法，强化监督监察。争取用三年左右时间，基本解决小煤矿发展过程中存在的数量多、规模小、办矿水平和安全保障能力低、破坏和浪费资源严重、事故多发等突出问题。通过坚持不懈的努力，全面提升煤矿安全生产保障能力，促进煤炭工业结构调整；有效遏制重特大事故，减少伤亡人数，实现煤矿安全生产状况的稳定好转。

二、煤矿整顿关闭工作的基本目标

自 2005 年 7 月至 2008 年 6 月，争取用三年时间实现"一个好转、两个减少和三个提高"的目标。

一个好转：采矿秩序明显好转。基本消灭非法开采、违法违规生产、建设、破坏浪费资源、污染环境和布局不合理的煤矿。

两个减少：一是小煤矿数量大幅度减少，力争控制在 1 万处左右，单井平均规模在 9 万吨/年以上，产业结构趋于合理；二是小煤矿事故总量大幅度下降，特别重大事故得到有效遏制，小煤矿百万吨死亡率力争控制在 4 以下。

三个提高：一是小煤矿资源回收率明显提高，采区回采率达到国家规定标准（厚煤层 75％，中厚煤层 80％，薄煤层 85％）以上，破坏和浪费资源的现象基本得到控制；二是小煤矿装备水平明显提高，基本实现正规开采，采掘机械化程度达到 20％以上，全部装备安全监控系统；三是小煤矿安全管理水平和从业人员技术素质明显提高，设置安全管理机构，配齐安全管理人员，各项规章制度齐全，从业人员文化程度达到初中以上，特种作业人员达到高中以上，主要负责人和经营管理人员达到中专以上。

三、煤矿整顿关闭工作的步骤

煤矿整顿关闭工作原则上分为以下三个阶段：

第一阶段：(2005 年 7 月～2006 年 6 月)以整顿关闭为工作重点。依法取缔关闭非法开采、违法生产、不具备安全生产条件和布局不合理的矿井。

第二阶段：(2006 年 7 月～2007 年 6 月)以整顿关闭和煤炭资源整合为工作重点。一手抓整顿关闭，一手抓资源整合。按照国家安全监管总局、国家煤矿安监局和国家发展改革委等 11 个部门联合印发的《关于加强煤矿安全生产工作，规范煤矿资源整合的若干意见》(安监总煤矿〔2006〕48 号，以下简称《若干意见》)中规定的资源整合的目标、范围、原则和程序进行。通过资源整合，淘汰落后生产能力，改变小煤矿过多、过乱、过散的状况，进一步减少矿点数量。

第三阶段：(2007 年 7 月～2008 年 6 月)以政策治本，强化矿井安全管理，落实企业安全主体责任为工作重点。继续深化煤矿整顿关闭工作，严格安全准入，强化源头管理，全面提升小煤矿整体水平。

四、煤矿整顿关闭工作重点

(一)严厉打击非法开采行为，严防已关闭矿井死灰复燃

对非法开采和已关闭擅自恢复生产的矿井(矿点)发现一处，取缔一处，并依据有关规定依法查处相关责任人；非法挂靠矿井一律予以关闭；发现同一个矿井 1 年内 2 次或 2 次以上超层越界开采的，一律予以关闭；非煤矿山违法从事煤炭开采的，一律予以关闭。

(二)限期关闭和淘汰以下矿井

1. 关闭布局不合理矿井

一是不同的采矿权人，其许可的采矿范围在垂直方向上相互重叠(俗称"楼上楼")的矿井，只能保留一个，其余必须关闭。

二是国有煤矿井田范围内的各类小煤矿。

2. 淘汰落后生产能力

一是 2007 年末淘汰年生产能力在 3 万吨以下(含 3 万吨)的矿

井;各省(区、市)规定淘汰生产能力在 3 万吨以上的,从其规定。依据《若干意见》,采矿许可证到期的,一律不再延续,到期一个关闭一个。

二是依据《若干意见》,年生产能力 3 万吨以下(含 3 万吨)的煤与瓦斯突出矿井,不符合安全生产条件的,提请地方人民政府依法予以关闭。

3. 关闭违法组织生产的矿井

一是依据《国务院关于预防煤矿生产安全事故的特别规定》(以下简称《特别规定》),存在重大安全生产隐患被责令停产整顿、擅自从事生产的煤矿,提请地方人民政府依法予以关闭。

二是依据《特别规定》,3 个月内 2 次或者 2 次以上发现有重大安全生产隐患、仍然组织生产的煤矿,提请地方人民政府依法予以关闭。

三是被列入煤炭资源整合范围,整合过程中违法组织生产的矿井,提请地方人民政府依法予以关闭。

4. 关闭不具备安全生产条件的矿井

一是依据《特别规定》,存在重大安全生产隐患被责令停产整顿,经整改后仍不具备安全生产条件的矿井,提请地方人民政府依法予以关闭。

二是依据《特别规定》,1 个月内 3 次或者 3 次以上发现未按照国家有关规定对井下作业人员进行安全教育和培训或者特种作业人员无证上岗的矿井,提请地方人民政府予以关闭。

三是依据《特别规定》,存在瓦斯突出、自然发火、冲击地压、水害威胁等重大安全生产隐患,现有技术条件难以有效防治,不能保证安全生产的矿井,依法予以关闭。

四是已取得相关证照,但管理滑坡、安全生产条件下降,被责令停产整顿,经整改后仍不具备安全生产条件的矿井,提请地方人民政府依法予以关闭。

5. 关闭资源整合方案中确定的被整合矿井

地方人民政府批准列入资源整合范围的矿井,被整合的矿井必须先关闭、后整合;整合后形成的矿井只能有一个法人主体、一套生产系统,矿井的生产能力、服务年限应符合国家有关规定。

6. 地方人民政府决定依法予以关闭的矿井

一是地方各级人民政府根据地方行政法规和规定,对发生重特大事故后决定依法予以关闭的矿井。

二是不符合当地产业政策的矿井,依法予以关闭。

7. 关闭煤炭资源接近枯竭的矿井

依据《若干意见》,对经地方国土资源管理部门认定,煤炭资源接近枯竭且分别在 2006 年、2007 年年底前采矿许可证到期的煤矿,采矿许可证到期后及时注销其各种证照,当年依法予以关闭。

(三)严格控制新建矿井的规模和数量。

从本意见印发之日起,各地一律停止核准(审批)达不到产业政策规定的最小规模的小煤矿,不得核准(审批)列入淘汰范围的小煤矿进行扩大能力的改扩建工程。加强煤矿建设项目的监管,未列入当地煤炭工业"十一五"发展规划的建设项目,一律不予核准(审批),不得发放采矿许可证。

五、煤矿整顿关闭工作的保障措施

(一)进一步统一思想,坚定信心,打好煤矿整顿关闭工作攻坚战

认真学习贯彻胡锦涛总书记和温家宝总理关于安全生产的重要讲话精神,用讲话精神统一思想,指导和推动煤矿整顿关闭工作。"争取用三年左右时间,解决小煤矿问题"的目标能否实现,关系到煤矿安全生产形势能否根本好转,关系到煤炭产业结构调整和可持续发展能否实现,关系到广大煤矿职工生命安全能否得到真正保护。胡锦涛总书记和温家宝总理在讲话中都强调,要打好煤矿整顿关闭攻坚战,把工作抓细抓实抓好。各地要进一步认清形势,统一思想,提高认识,坚定信心,明确任务,狠抓落实。坚决实现全国人大常委会提出、国务院确定的三年解决小煤矿问题的奋斗目标。

（二）加强组织领导，完善工作机制

煤矿整顿关闭工作由省级人民政府统一负责。各产煤省（区、市）应成立相应的组织领导和协调机构，负责组织制定本地区煤矿整顿关闭工作三年规划，并组织实施和监督检查，明确和落实市、县级人民政府和各部门在煤矿整顿工作中的责任，把关闭煤矿的任务逐级分解到基层，落实到具体矿井。各产煤市（县）人民政府也应成立相应的机构，主要领导亲自抓，分管领导具体抓，切实加强对煤矿整顿关闭工作的领导。

（三）制定三年规划，明确工作目标

各产煤省（区、市）人民政府煤矿整顿关闭工作领导机构（小组）应依据本意见，结合本地煤炭工业"十一五"发展规划，抓紧组织制定本地区煤矿整顿关闭三年（2005 年 7 月～2008 年 6 月）规划方案。规划方案应明确煤矿整顿关闭的指导思想、工作目标、矿井名单、工作方法和工作步骤、配套的政策措施等，细化关闭矿井的范围和对象，确定每个阶段的关闭矿井数量计划和 2008 年 6 月底保留的小煤矿数量。

（四）完善联合执法机制，落实部门职责

要建立健全党委和政府统一领导、相关部门共同参与的联合执法机制，提高执法权威和执法效率，落实各部门在煤矿整顿关闭工作中的职责。

1. 国土资源管理部门负责认定非法开采、关闭后擅自恢复生产、超层越界、布局不合理、资源接近枯竭、国有煤矿井田内以及资源重叠矿井，并向地方人民政府提出关闭矿井名单；依法暂扣停产整顿矿井的采矿许可证，对地方人民政府决定关闭的矿井及时依法吊（注）销采矿许可证。

2. 煤矿安全监管部门和煤矿安全监察机构负责对存在重大隐患矿井依法作出停产整顿、停止施工的监察指令，并向地方人民政府提出不具备安全生产条件关闭矿井名单；依法暂扣停产整顿矿井的安全生产许可证，对地方人民政府决定关闭的矿井及时依法吊（注）

销安全生产许可证。

3. 煤炭行业管理部门负责控制新建矿井规模,负责认定违法生产、非法挂靠、一证多井、落后生产能力和不符合产业政策的矿井,并向地方人民政府提出关闭矿井名单;依法暂扣停产整顿矿井的煤炭生产许可证,对地方人民政府决定关闭的矿井及时依法吊(注)销煤炭生产许可证。

4. 工商行政管理部门负责依法暂扣停产整顿矿井的工商营业执照,对地方人民政府决定关闭的矿井及时依法吊(注)销工商营业执照。

5. 劳动保障部门依据《劳动法》和《工伤保险条例》等法律法规,负责依法查处煤矿企业非法用工行为;负责监督煤矿企业与劳动者签定劳动合同和为每位劳动者加入工伤保险,加强劳动组织管理,落实和保护劳动者权益,严禁超定员组织生产,严禁强令劳动者超时限作业,严禁妇女从事井下作业。

6. 公安部门负责收缴地方人民政府决定关闭矿井的火工用品,注销民用爆破器材准用证;负责维护矿井关闭现场的秩序。

7. 供电部门负责切断决定关闭矿井供电电源,拆除供电设施,查处地方供电部门向非法煤矿供电行为。

8. 行政监察部门负责对参与煤矿整顿关闭工作的有关部门履行职责情况实施监督监察;负责对存在非法开采并且没有采取有效制止措施的县、乡级人民政府主要负责人给予行政处分;负责查处国家机关工作人员和国有企业负责人投资入股办矿问题。

(五)研究制定相应的经济政策

一是各地应结合实际,借鉴北京、广东、山西和内蒙古的做法,研究制定转产扶植、结构调整、就业培训、困难补助等经济政策和鼓励政策。

二是完善相应的退款、退费制度。对关闭的矿井,其剩余采矿权价款由国土资源管理部门会同财政部门按规定予以退还;其所缴纳的安全生产风险抵押金、地质环境治理备用金等费用,由收缴部门据实予以返还本息。

三是推进山西省开展煤炭工业可持续发展政策措施试点，及时总结推广成熟经验。

请各产煤省（自治区、直辖市）抓紧时间摸清现有煤矿的基本情况，制定煤矿整顿关闭工作三年规划。请将三年规划于 2006 年 6 月 30 日前，本地区 2006 年关闭矿井的数量及名单、2007 年关闭矿井数量以及到 2008 年 6 月底保留矿井数量（按附件要求填报）于 6 月 15 日前分别报送国务院安全生产委员会办公室。国务院安全生产委员会办公室将于 6 月 15 日以后分批听取各产煤省（自治区、直辖市）关于煤矿整顿关闭工作的汇报。

二〇〇六年五月二十九日

文件四：《关于严格审查煤矿生产能力复核结果遏制超能力生产的紧急通知》

各产煤省（区、市）煤炭行业管理、煤矿安全监管部门，各省级煤矿安全监察机构，有关中央煤炭企业：

今年 6 月以来，各地贯彻国家发展改革委、国家安全监管总局、国家煤矿安监局关于开展全国煤矿生产能力复核工作的统一部署，迅速组织实施，目前现场复核工作已基本结束。通过复核，比较全面地摸清了全国煤矿特别是乡镇煤矿生产系统、工艺装备、资源储量等基本情况，为加强生产能力管理、促进安全生产和结构调整提供了重要基础依据。

但是，从近期对部分省煤矿督查和初步掌握情况看，各地复核工作极不平衡，有些省（区、市）存在严重问题。主要表现在：一些核定资质单位执业思想不端正，专业技术水平低，有的迎合煤矿不正当要求，放弃原则和标准；有的不能正确理解和执行各项规定，以偏概全，对资源储量达不到服务年限规定的、违规形成的能力擅自予以核定，甚至弄虚作假，虚增生产能力。有的煤矿特别是原生产能力在 3 万吨/年以下的煤矿，为逃避关闭，与核定资质单位通同作弊，上报违规和虚假能力。一些地方政府片面强调当地发展,盲目追求能力扩张,不支持依据国家规定开展能力复核。有的煤炭行业管理部门不能正确掌握安全第一、从严审查、总量控制的各项规定,审查把关不严,造成复核结果膨胀。有的煤矿安全监管部门、煤矿安监机构没有切实履行对复核结果的复审职责,对存在的问题没有提出意见。以上问题,如不坚决予以扭转,将严重影响有效应对产能过剩、安全生产和结构调整工作。当前部分煤矿超能力生产相当严重,仍是煤矿重特大事故多发的直接原因之一。

为进一步做好复核结果审查工作,保证复核质量,遏制超能力生产,经研究决定,在前一段各地初步审查的基础上,对生产能力复核结果重新组织一次全面审查,现紧急通知如下:

一、进一步统一对复核工作目的和要求的认识。这次全国煤矿生产能力复核工作,是在近年来超能力生产引发的煤矿安全事故频繁发生、违规建设和盲目扩能十分严重、产能过剩趋势日益加剧、煤炭工业健康发展面临严峻挑战的形势下组织开展的,是应对产能过剩、制止违规建设、促进安全生产和结构调整、实现可持续发展的一项重要措施。其基本目的和要求是,通过实施生产能力管理办法和调整核定标准,全面开展复核,查处未经批准的新建、改扩建、技术改造项目以及"批小建大"形成的违规能力,压减近年来盲目扩张的生产能力,遏制超能力生产,防范重特大事故,促进煤炭供需总量基本平衡。各地必须认清形势,增强全局意识,服从国家宏观调控的统一部署,坚决、全面、不折不扣地贯彻执行有关生产能力复核的各项规定,认真总结吸取前一阶段的经验教训,切实加强组织领导,严肃认真地组织好复核结果审查工作,坚决把过高的生产能力压下来,全面完成复核结果总量控制的任务。

二、严格遵循复核结果审查的各项规定。各地要全面正确理解和执行复核工作的各项原则、政策和标准,不能断章取义、以偏概全。针对目前出现的问题,这次审查要严格执行以下规定:

(一)对"四证"(采矿许可证、安全生产许可证、煤炭生产许可证、工商营业执照)不全的非法煤矿,一律不得参加能力复核,并在核查清楚后提请列入关闭煤矿名单。

(二)2005年上报统一核定结果之后,已完成的经批准的新建、改扩建、技术改造、资源整合、采煤方法改革的煤矿,必须提供初步设计和竣工验收批复文件,一律依批准文件认定的设计能力为准。对超过设计"批小建大"形成的违规能力一律不予认可。

(三)未经批准擅自实施新建、改扩建、技术改造、资源整合、采煤方法改革的煤矿,提供不出规定的批准文件的,新增生产能力一律不予认可。

(四)2005年上报统一核定结果之后,没有进行改扩建、技术改造、资源整合、采煤方法改革的煤矿,应按照《煤矿生产能力核定标准》年工作日数由350日调整为330日的规定,相应调减生产能力。

(五)复核能力提高的煤矿,服务年限必须符合设计规范的规定,对应的资源储量必须有国土资源部门的认定文件。凡达不到服务年限规定,或对应的资源储量无国土资源部门认定文件的,一律不得提高复核能力。

(六)高瓦斯、煤与瓦斯突出的矿井,凡瓦斯抽采能力没有同步提高的,一律不得认可提高的复核能力。

(七)落后的采煤工艺、采煤方法未改进的煤矿,不得提高采掘工作面能力。

(八)提升绞车、钢丝绳等设备、设施必须符合《煤矿安全规程》关于安全系数的规定,不能以降低设备、设施的安全系数提高生产能力。

(九)未参加2005年全国统一核定,而参加本次复核的煤矿,必须单独列表,逐一说明原因,提供"四证"齐全的证明,复核结果应以煤炭生产许可证登记能力为基础,执行本次复核的各项规定。

对不符合以上规定的复核结果,必须坚决予以调整。

三、严肃认真的开展复核结果审查工作。自本通知下发之日起,各地要由省级煤炭行业管理部门牵头,煤矿安全监管部门、煤矿安监机构配合,在前一阶段初步审查的基础上,共同组织,集中开展一次全面系统的审查。审查结束后,联合行文上报国家发展改革委、国家安全监管总局、国家煤矿安监局。

各地要逐一对所有参与复核的煤矿认真进行审查。在此基础上,把以下煤矿作为审查重点:(一)复核结果与 2005 年统一核定上报能力相比持平或提高的煤矿;(二)2005 年统一核定上报能力在 3 万吨/年及其以下,而复核结果在 3 万吨/年以上的煤矿;(三)2005 年实际产量不足上报复核能力 80％的煤矿;(四)落后的采煤工艺、采煤方法未改进而提高生产能力的煤矿。

各地在审查中,要对各核定资质单位的工作质量进行检查,对在复核中弄虚作假、工作质量低劣的,予以经济处罚,吊销核定资质,并严肃追究主要负责人和有关人员的责任。

在各地审查结束后,国家发展改革委、国家安全监管总局、国家煤矿安监局将严格按照本通知规定,联合组织专家组对各地上报复核结果进行审查。对未通过审查的,责成进一步做出调整。对经调整后仍达不到要求的,将联合组织现场抽查,发现问题的,将给予全国通报批评,并严肃追究有关部门主要负责人的责任,吊销核定资质单位的核定资质。

当前正值冬季煤炭需求旺季,各级煤炭行业管理部门、煤矿安全监管部门、煤矿安监机构要把查处年底超能力突击生产作为一项重点工作。复核结果经审查批复后,作为组织生产和监督检查的依据。复核结果未批复前,必须按照原能力组织生产和监督检查。对超能力生产的,依据《国务院关于预防煤矿生产安全事故的特别规定》和《煤矿生产能力管理办法》,责令停产整顿、实施经济处罚,直至吊销安全生产许可证和煤炭生产许可证,提请地方人民政府予以关闭。

二〇〇六年十一月二十八日

文件五:《关于开展煤矿安全生产百日督查专项行动的通知》

各产煤省、自治区、直辖市及新疆生产建设兵团煤炭行业管理部门、煤矿安全监管部门、安全生产监督管理局,各省级煤矿安全监察机构,有关中央企业:

为认真贯彻落实党中央、国务院关于安全生产的一系列指示部署,根据《国务院办公厅关于开展安全生产百日督查专项行动的通知》(国办发明电〔2008〕22 号)精神,从 4 月下旬至 7 月底,在全国煤矿开展百日安全督查专项行动。现将有关事项通知如下:

一、工作目标

进一步推动地方各级人民政府贯彻党和国家安全生产方针政策、法律法规,落实国务院关于煤矿安全生产隐患排查治理的工作部署,落实地方人民政府对煤矿安全监管的主体责任和煤矿企业安全生产的主体责任,摸清、搞准各地在煤矿安全生产管理工作中存在的突出问题和薄弱环节,立足于治大隐患、防大事故,巩固、发展煤矿瓦斯治理和整顿关闭两个攻坚战的成果,减少煤矿事故总量,有效遏制重特大事故的发生,促进煤矿安全生产形势持续稳定好转。

二、督查的范围和重点

各产煤地区要全面组织开展煤矿百日安全督查专项行动,并在此基础上,对事故多发、灾害严重的重点地区、重点企业开展重点督查。省级督查不少于 1/3 市(地),市级督查不少于 1/3 县区,县级督查不少于 1/3 乡镇。

国家安全监管总局、国家煤矿安监局将对山西、黑龙江、湖南、重庆、四川、贵州、云南等七省(市)开展重点督查。

三、督查内容

(一)督查的综合内容

1. 各地区贯彻执行党和国家有关煤矿安全生产方针政策、法律法规、煤矿安全生产"十一五"规划情况;分解落实煤矿安全生产控制考核指标,落实煤矿安全生产责任制情况;设置煤矿安全监管机构和配备专业人员情况;制定并落实煤矿安全生产经济政策情况;深化煤矿整顿关闭和瓦斯治理两个攻坚战情况;加强煤矿应急救援体系建设情况;打击"三非"(非法建设、非法生产、非法经营)情况等。

2. 各地区按照《国务院办公厅关于进一步开展安全生产隐患排查治理工作的通知》(国办发明电〔2008〕15 号)和国家安全监管总局、国家煤矿安监局《关于印发煤矿企业 2008 年安全生产隐患排查治理工作实施意见的通知》(安监总煤行〔2008〕36 号)要求,制定下发煤矿隐患排查治理实施意见情况;明确牵头部门、明确职责分工情况;建立煤矿重大隐患公告公示、挂牌督办、跟踪治理和逐项整改销号制度,特别是 2007 年查出但尚未整改的煤矿重大隐患整改销号情况;"第二时段"开展煤矿隐患排查治理工作的情况等。

3. 各地区贯彻《生产安全事故报告和调查处理条例》(国务院令第 493 号),对煤矿事故责任者追究处理的落实情况,事故防范措施的落实情况,打击煤矿事故瞒报的措施制定和执行情况等。

4. 各地区全面排查易由自然灾害引发煤矿淹井等事故灾难的隐患,并在汛期来临之前落实除险加固措施和完成治理工作的情况。

(二) 对企业督查的重点内容

1. 安全生产规章制度制定和落实情况。煤矿主要负责人跟班下井情况;严格执行煤矿安全生产费用提取使用、安全生产风险抵押金交纳、瓦斯抽采利用优惠政策落实等经济政策情况;建立隐患排查治理报告制度情况;煤矿严禁以包代管,层层转包情况;企业与工人依法签订劳动合同情况等。

2. 安全基础管理情况。落实国家七部委局《关于加强国有重点煤矿安全基础管理的指导意见》(安监总煤矿〔2006〕116 号)和《关于加强小煤矿安全基础管理的指导意见》(安监总煤调〔2007〕95 号)的情况。

3. 安全准入制度执行情况。新建、改扩建、资源整合项目按批准的安全设施设计组织施工情况;生产矿井持有煤矿企业安全生产许可证情况;从业人员按规定参加安全培训情况等。

4. 通风瓦斯管理情况。矿井具备完整可靠独立的通风系统,保证风量满足安全生产要求情况;按规定建立瓦斯抽放系统,保证抽、掘、采平衡情况;按照规定建立安全监控系统,重点产煤县(市)实现安全监控系统县域联网情况;执行瓦斯突出矿井"四位一体"防突措施情况;落实矿井瓦斯现场管理有关规章制度情况等。

5. 防治水管理情况。坚持"预测预报、有疑必探,先探后掘、先治后采"的探放水原则情况;落实采空区、相邻矿井及废弃矿井老空(窖)积水防治措施,制定承压水开采安全技术措施及地表水监控防范措施情况;小煤矿查清与相邻矿井连通情况,建立完善的防、排水系统情况等。

6. 火灾防治管理情况。开采容易自燃和自燃煤层建立防灭火系统,采取综合措施预防内因火灾和外因火灾等情况。

7. 煤尘管理情况。矿井建立综合防尘系统且运行正常,作业场所粉尘浓度符合有关规定等情况。

8. 顶板管理情况。采掘工作面严禁空顶作业,按有关要求淘汰木支护和金属摩擦支柱等情况。

9. 机电运输管理情况。按规定实现双回路供电;井下机电设备保持完好,杜绝电气设备失爆;禁止非防爆农用车下井;提升运输设备保护装置和安全防护设施齐全、有效情况等。

10. 火工品使用和管理情况。煤矿严禁购买、使用非法火工品情况;建立和严格执行火工品的购买、运输、贮存、领退、使用责任落实等制度,并严格执行和监督检查,防止被盗和丢失情况等。

11. 采掘布置情况。矿井采掘接替正常,杜绝"剃头下山"开采情况;煤矿使用正规采煤方法,严禁以掘代采情况;放顶煤开采符合《煤矿安全规程》的规定情况等。

12. 劳动定员管理情况。煤矿按核定生产能力组织生产,严防超能力、超强度、超定员生产情况;国有重点煤矿严格执行劳动定员的有关规定,国有地方和乡镇煤矿井下作业人数不超过地方政府及有关部门的规定情况等。

13. 防止自然灾害引发事故灾难情况。防范山体滑坡、垮塌、泥石流，以及洪灾导致溃坝、溃堤、淤积危险河道等自然灾害威胁矿井的治理措施落实情况。

14. 应急救援工作落实情况。按规定建立矿山救援机构和队伍，配置应急救援物资和设备，制定应急救援预案并组织演练情况。

15. 结合当地实际情况，需要督查的其他重大隐患。

四、督查方法

（一）听取汇报

1. 听取地方人民政府及相关部门关于煤矿安全生产工作和煤矿隐患排查治理开展情况汇报；

2. 听取煤矿企业主要负责人关于煤矿安全生产工作和煤矿隐患排查治理开展情况汇报。

（二）查阅资料

1. 查阅地方人民政府及相关部门关于煤矿安全生产工作和煤矿隐患排查治理工作安排部署的规划、文件、会议纪要、规章制度等资料；

2. 查阅煤矿企业的有关文件、会议纪要、规程、制度、图纸等资料。

（三）现场督查

1. 现场督查要采用随机抽查、突击检查等灵活多样的督查方式，力求发现真实情况和共性问题。

2. 现场督查要与煤矿安全监管、监察执法相结合。督查组在现场查出的煤矿安全生产重大隐患，由当地煤矿安全监管部门或驻地煤矿安全监察分局依据有关法律、法规提出责令停止作业等行政处罚意见，并及时通报地方人民政府。

（四）召开座谈会

召开由煤矿投资人、法定代表人、矿长、区队长、班组长和矿工代表等参加的座谈会，了解煤矿安全生产和隐患排查治理情况及存在的突出问题，听取对煤矿安全生产工作的建议。

（五）反馈意见

对每个市、县督查工作结束后，及时向地方人民政府通报督查情况，交换意见，提出建议。

五、工作要求

（一）加强对督查专项行动的组织领导

各有关部门和省级煤矿安全监察机构要高度重视这次专项行动，增强搞好煤矿安全生产的责任感、使命感和紧迫感，要把督查专项行动作为当前的一项重要工作，认真抓好落实。督查工作原则上由煤炭行业管理部门或由政府指定部门牵头，牵头部门主要领导要亲自研究、亲自部署，精心组织，结合实际制定具体工作方案，并于4月下旬报国家安全监管总局、国家煤矿安监局。

（二）深入细致做好督查工作

各有关部门和省级煤矿安全监察机构要以求真务实的工作作风，深入细致地开展工作，主要领导要亲自带队，深入基层，深入井下，及时发现、研究和解决安全生产工作中存在的突出问题，并做到督查中边查边改，对发现的重大隐患和突出问题要及时督促整改，确保取得实效。

（三）营造督查专项行动的良好氛围

各有关部门和省级煤矿安全监察机构要充分利用主流媒体对督查专项行动进行广泛宣传，使各地区、各单位掌握督查专项行动的工作目标、主要内容，自觉搞好煤矿安全生产和隐患排查治理工作；对工作中的先进典型和经验要及时宣传报道，对存在的严重问题要及时曝光，促进煤矿安全生产和隐患排查治理工作的深入开展。

（四）及时掌握和反馈督查专项行动信息

各有关部门和省级煤矿安全监察机构要做好督查信息报送工作，反映工作进展情况；在督查工作中要根据工作进展情况和存在的问题及时研究处理。请各省级牵头部门于 8 月上旬将督查专项行动工作总结报告上报国家安全监管总局、国家煤矿安监局。

请各省（区、市）煤炭行业管理部门和中央企业将本通知转发至所属各类煤矿。

二〇〇八年四月十七日

图书在版编目(CIP)数据

从"背离"到"互构":制度实践的行动逻辑/包艳著.—上海:
上海三联书店,2011.6
ISBN 978 - 7 - 5426 - 3581 - 5

Ⅰ.①从…　Ⅱ.①包…　Ⅲ.①制度建设-研究-中国
Ⅳ.①D63

中国版本图书馆 CIP 数据核字(2011)第 097250 号

从"背离"到"互构":制度实践的行动逻辑

著　　者 / 包　艳

责任编辑 / 姚望星
装帧设计 / 王　思
监　　制 / 任中伟
责任校对 / 张大伟

出版发行 / 上海三联书店
　　　　　(200031)中国上海市乌鲁木齐南路 396 弄 10 号
　　　　　http://www.sanlianc.com
　　　　　E-mail:shsanlian@yahoo.com.cn
印　　刷 / 上海叶大印务发展有限公司

版　　次 / 2011 年 6 月第 1 版
印　　次 / 2011 年 6 月第 1 次印刷
开　　本 / 890×1240　1/32
字　　数 / 180 千字
印　　张 / 8.75
书　　号 / ISBN 978 - 7 - 5426 - 3581 - 5/F·595
定　　价 / 30.00 元